DEBORAH ELMALEK

LA SAVEUR DE NOS VIES

roman

l'Archipel

Notre catalogue est consultable à l'adresse suivante :
www.editionsecriture.com

Éditions Écriture
34, rue des Bourdonnais
75001 Paris

ISBN 978-2-3590-5325-8

« Tout roman est une devinette du monde. »
Gabriel Garcia Marquez

« Chez la fille, il n'est pas de désir plus grand
que celui de protection par le père. »
Sigmund Freud

À Hannah et Benjamin,
les magiciens de ma vie.
Il n'y a pas plus grand amour
que celui que je vous porte.

À Patrick Klugman,
merci de nous avoir emmenés
là où nous sommes.

Première partie

I

Mardi 24 février 2015

— Maman, maman, regarde ! Tu crois qu'il a peur avant une émission ? Il est trop beau, papi !

Hannah est tellement fière de son grand-père ! Elle a les yeux rivés sur l'écran du salon.

— T'as vu, maman ? Trop fort, papi. Ouaouh ! Il fait un gâteau à la télé !

Benjamin aussi a du mal à calmer son enthousiasme.

Invité sur le plateau de l'émission « Télématin », Jacques Kahn présente son nouveau livre de cuisine : *Les Conseils et Astuces de Jacques Kahn*.

— Mais pourquoi on l'invite, lui ? Toi, on t'appelle pas pour aller à la télé parler de tes tableaux ou de tes grandes sculptures qui font de la lumière ?

— Chérie, papi est célèbre. Les gens le connaissent, et c'est pour ça qu'on le fait venir dans cette émission.

— Le mieux, enfin, là où il est vraiment super, c'est dans « Top Chef », quand il corrige les autres cuisiniers. En plus, il est gentil avec ses élèves, parce que les autres, c'est pas pareil que papi.

— Chérie, ce ne sont pas ses élèves, ce sont de futurs chefs. Ils font un concours pour gagner un prix et pouvoir ensuite ouvrir leur propre restaurant, ou publier un livre de recettes avec leurs propres idées.

*

Le petit-déjeuner est toujours un moment joyeux. Être avec ses enfants est sûrement le moment qu'Eva préfère. Depuis qu'elle et Franck ont divorcé, elle a Hannah et Benjamin avec elle, pour son plus grand bonheur. L'appartement est un puits de lumière et de chaleur aux couleurs apaisantes. Le salon se prolonge par une terrasse qui donne sur le parc Monceau et favorise la rêverie. Ici, on est hors du temps et c'est ce que recherche Eva : un refuge, un havre de paix. Elle qui est passionnée de photo voudrait pouvoir immortaliser chaque instant. Et des photos, il y en a partout sur les meubles et les murs.

Au sortir de la douche, elle ouvre grand la fenêtre de sa chambre et fait une moue de contrariété : il continue de pleuvoir.

Tout en sortant ses vêtements de l'armoire, elle récapitule le programme de sa journée. Galerie, mise en place du salon de Bruxelles, appeler le transporteur pour qu'il livre les clients milanais, rendez-vous avec l'ambassadeur pour l'expo du Plaza Athénée… Ouf : fin de la journée…

Elle détache ses longs cheveux retenus par une pince, dépose une goutte de parfum derrière chaque oreille, se donne un coup de peigne. Ne pas abuser du maquillage : juste cacher les signes de fatigue. Elle fourre une paire de baskets dans un cabas : pas question de passer toute la journée en talons. Elle vérifie la tenue des enfants. Jette un dernier coup d'œil dans la pièce pour être sûre de n'avoir rien oublié. Ayant souhaité une bonne journée à Sarah, la nounou, elle claque la porte. Le cartable d'Hannah à l'épaule, elle tient bien fort la main de Benjamin.

Après avoir déposé les enfants à l'école, elle monte dans sa voiture.

Sa galerie, EVA.K, se trouve rue de Seine. Le trajet depuis le parc Monceau est un émerveillement quotidien. Eva aime Paris, même sous la pluie. Le long du boulevard

Saint-Germain embouteillé, les camions de livraison sont garés en double file. Et ce sont des trombes d'eau maintenant qui tombent du ciel ! Ce qui n'arrange rien à la circulation. Eva profite des ralentissements pour passer ses coups de fil. Et pour envoyer aussi un SMS à Jeff, son cousin, le chirurgien de la famille : « Hello ! je pense à toi pour cette journée capitale. Tu es un génie, tu redonnes une vie normale aux gens fracassés. Je suis à la maison ce soir avec les enfants : si tu veux, viens dîner. »

Jeff : elle l'admire, il est pour elle comme un grand frère.

Elle aime chanter à tue-tête quand elle conduit. Ce qui ne manque pas de faire rire les autres automobilistes. À la radio, France Gall interprète « La Groupie du pianiste ». Eva monte le volume.

Au croisement de la rue de Lille, elle compose le numéro de Sophie, son amie d'enfance. Eva et Sophie ont grandi ensemble, elles ont fréquenté la même école, elles demeurent inséparables.

— Comment ça va ? Pas trop galère, Rungis, avec cette flotte ? Tu as dû patauger ! Moi, j'ai les os qui grincent et ma hanche serait bien restée couchée !

Sophie a toujours les mains prises : nettoyer les roses, enlever les épines, vérifier les marchandises au retour de Rungis. Elle a mis son casque pour pouvoir répondre au téléphone :

— Ne m'en parle pas ! Suis trempée de la tête aux pieds ! Grosse journée, vivement ce soir. Pas de nouvelle pour la Fiac ?

— Je ne veux même pas y penser. Toujours rien. Mais on devrait avoir du nouveau d'un jour à l'autre. J'arrive à la galerie, je t'embrasse fort.

— Allô ? allô ? Tu es toujours là ? Tu as vu ton père, ce matin, chez Leymergie ? J'ai regardé en rentrant de Rungis.

— Comment le rater ? Hier, il a téléphoné dix fois aux enfants pour qu'ils soient devant l'émission. Ils sont tellement attachés à leur grand-père ! C'est touchant. Tu sais ce qu'on dit ? On est meilleur grand-père que père…

Eva se gare dans la cour de la galerie. Rudy est-il bien arrivé ? Elle l'aperçoit et lui fait de grands signes. Elle n'a pas le temps de poser la question qu'il répond d'avance :

— Non, rien au courrier. Enfin, si : la TVA, les factures de FEDEX, le devis UPS pour la Chine.

— Rien de la Fiac, alors ? dit-elle.

— Rien. Sympa, le chargement, avec cette flotte. On va s'amuser ! Ils ont livré les caisses pour Milan, elles sont derrière.

Le regard d'Eva se fixe sur le bureau où repose un bouquet de fleurs encore emballé.

— Qu'elles sont belles ! Ça vient d'où ?

— C'est ce que j'allais te demander, répond Rudy.

Il écarquille les yeux dans l'attente d'une explication, ou du moins d'un indice… Eva ouvre l'enveloppe qui accompagne le bouquet.

— Je t'en ai parlé, dit-elle en parcourant le billet. Tu sais, ce dîner chez le marchand d'art. Il y a une dizaine de jours. Il y avait aussi des antiquaires…

Elle est un peu gênée.

— Jolies fleurs, dit Rudy. Le mec, il est comment ?

— Moins bien que ses fleurs ! Agréable, charmant, cultivé. Mais qu'est-ce que j'étais contente de rentrer chez moi ! Je suis irrécupérable ! Je n'y arrive pas, je suis un détecteur de défauts. J'ai un radar à la place des yeux. Je ne sais plus quoi faire de moi ! Un vrai boulet !

— Je n'y crois pas une seconde. C'est le moment ou pas, voilà tout.

— Reconnais que je me suis abonnée aux mecs pas possibles, ces dernières années !

— N'en parlons plus, mon petit boulet. Ton père a appelé. Il voulait savoir si vous aviez regardé la télé ce matin. Il souhaite que tu le rappelles. Il m'a demandé aussi si tu avais des déplacements, cette semaine. J'ai dit non. Je n'aurais pas dû ?

— Si, si.

Eva a les yeux dans le vide ; elle se reprend :

— Pardon, j'étais ailleurs. Tu as bien fait. Il ne changera jamais. Hannah lui a envoyé un texto devant moi ! Avec Benjamin qui dictait.

— Il ne sait plus quelle excuse trouver pour t'appeler.

— Tu parles. Je sais que s'il me cherche de bon matin, c'est qu'il a besoin de quelque chose.

*

Eva ouvre son courrier ; elle tourne en même temps son capuccino.

La galerie lui ressemble : décontractée, élégante. Elle veut que les accrochages y soient aérés, et que l'art numérique soit dissocié du reste.

Elle n'avait que dix-neuf ans quand elle a monté sa première expo chez elle, dans son appartement. Ayant repéré des graffeurs de rue et des artistes dénichés aux Puces, elle voulait montrer leur travail. Ce fut son premier vernissage. Il s'est tenu dans son salon de vingt mètres carrés. Peu après, elle ouvrait sa première galerie non loin de la place des Vosges, dans un petit espace que lui prêtait un ami de Jeff. Mais le lieu n'a pas tardé à devenir trop étroit : Eva attirait des artistes toujours plus nombreux.

Cette passion pour l'art contemporain lui était venue après une chute d'équitation qui avait été à deux doigts de se révéler fatale. Sa grand-mère, pour ses dix-sept ans, lui avait offert une jument palomino. Eva l'avait baptisée Etasœur. Elle la montait régulièrement. Un jour, Etasœur avait pris peur en entendant un bruit. Elle s'était cabrée. Soudain elle devenait incontrôlable. Eva était passée par-dessus la crinière. Elle s'était retrouvée à l'hôpital avec un diagnostic sévère : le dos abîmé, une épaule en pièces détachées, la hanche broyée par les sabots de l'animal. Avaient suivi quatre interventions et des mois de rééducation. Plus une année entière au lit. C'était presque un miracle qu'elle eût recouvré l'usage de ses jambes.

Jeff ne l'avait pas laissé tomber. À chaque visite, il lui apportait des livres et des cours d'histoire de l'art – ceux de sa copine, qu'il photocopiait soigneusement. Eva avait appris à connaître les artistes. Elle avait compris que chacun avait sa personnalité, son histoire, sa façon d'exprimer sentiments et émotions, qu'il penche vers l'abstrait ou le figuratif.

*

Il continue de pleuvoir. Les rafales de vent secouent les bâches des restaurants et des galeries mitoyennes. L'orage plonge dans la pénombre la rue de Seine soudain déserte. En l'espace de quelques minutes, on n'y voit plus âme qui vive.

Une partie de la galerie est agencée comme un salon d'appartement. Les visiteurs y apprécient un canapé en tissu grège et différentes ambiances lumineuses. Un grand bureau en ardoise longe le fond de la pièce principale : on peut y travailler à plusieurs. Les deux fauteuils Louis XIV sont d'époque, et taggés par un artiste qui expose à la galerie. Posée contre un ordinateur, encadrée comme une toile de maître, une lettre du ministère de la Culture et de la Communication informe Mlle Eva KAHN qu'elle sera élevée au rang de chevalier des Arts et des Lettres.

Eva a reçu cette décoration à trente-trois ans. Avec humour et humilité, elle a baptisé la cérémonie « ma remise de pin's ».

Elle multiplie les actions pour faire entrer l'art dans les écoles. Elle donne des conférences. Ce qu'elle aime pardessus tout, c'est transmettre. Et elle a la passion des arts de la rue. Depuis ses débuts, les graffitis la fascinent : ils disent l'urgence dans laquelle travaillent les artistes, et la magie de l'instant. Eva se bat pour que ce mouvement trouve sa place. Et elle ne lâche rien, en dépit des réticences des aînés, des autres galeristes, des commissaires-priseurs, des critiques, des journalistes – des réticences et même quelquefois des attaques. On la sollicite beaucoup pour parler du Street Art, pour commenter tel ou tel accrochage dans la galerie d'un confrère ; et ça lui plaît.

Elle s'apprête à enfiler son manteau quand un téléphone sonne. C'est celui de la galerie. Rudy décroche.

— Oui, Jacques... Bonjour. Son téléphone est sûrement sur silence. On a eu du monde ce matin. Oui, c'est bien ça : jeudi soir. On compte sur vous ?

Il fait des signes à Eva : il lui passe la communication ou pas ?

De la tête, elle répond oui.

— Je vous la passe, Jacques. Bonne journée.

Eva se force à sourire à Rudy, et même à sourire tout court.

— Oui, papa... Bonjour. Oui, on t'a vu ce matin. Oui, ils ont adoré. Ils veulent refaire le gâteau ce soir. Oui, jeudi soir. À la galerie, mais tu fais comme tu peux... Si tu n'es pas libre, je comprends très bien...

— Ma chérie, il faut que je te voie. C'est important. Je dois te faire signer des papiers... Je t'expliquerai, c'est pour une assurance vie. Tu sais, je n'ai plus vingt ans, il pourrait m'arriver quelque chose, on ne sait jamais...

— C'est ta nouvelle lubie ? On est déjà allé signer des documents chez ton ami notaire, avec Vanessa. Il n'y a même pas deux ans. C'était pour quoi alors ?

— Ce n'était pas la même chose. Cette fois, je te parle d'une assurance vie.

Eva préfère ne pas chercher à comprendre. Pour écourter la conversation, elle propose à son père de passer à la galerie en fin d'après-midi, avant d'aller au restaurant...

— Impossible, ma chérie. Je suis à Marseille jusqu'à demain soir. Mais je compte bien être jeudi à ton vernissage, bien sûr. Si je venais un peu plus tôt, juste avant...

— Je ferai sûrement un saut à la maison dans l'après-midi.

— Alors 16 h 30 chez toi. Comme ça, j'embrasse mes petits-enfants. Et on pourra repartir ensemble pour la galerie. Je ferai le chauffeur. OK ?

— Faisons comme ça.

— Je t'embrasse, ma fille.

— Au revoir papa…

— Allô ? Eva ? Tu es toujours là ?

— Oui papa.

Elle est excédée.

— Tu n'oublies pas samedi soir, hein ?

— Quoi, samedi soir ?

— Ta sœur a privatisé *Le Bistrot*. Pour une soirée au profit du cancer. J'ai invité Tout-Paris. Tu sais, même pour la galerie, c'est bien. Il n'est même pas envisageable que tu ne sois pas de la fête.

— Je passerai avec Jeff. Je ne promets pas de rester tard mais je serai là.

Après qu'Eva a raccroché, Rudy la regarde du coin de l'œil, et la tire de ses pensées.

— Ça va ?

— Oui, oui, ça va…

*

Au volant de sa voiture, Eva roule vers la rive droite. Maintenant, les quais de Seine sont ensoleillés comme au début du printemps. Eva n'en peut plus d'attendre la réponse de la Fiac ! Elle veut absolument que sa galerie soit présente à l'événement du Grand Palais dans quelques mois. Ce serait une consécration. D'autant qu'elle serait la plus jeune galeriste française à exposer dans cette foire. L'admission dépend d'un comité, un jury d'une quinzaine de personnes dont la plupart n'auraient pas misé le moindre euro sur le travail d'Eva à ses débuts, vu ses choix artistiques. Aucun n'aurait parié sur la pérennité de son ascension professionnelle. Mais sa grand-mère Jeanne lui disait toujours : « Ma chérie : la force tranquille. il n'y a que ça de vrai. Ça rend les gens fous. Prends l'air détaché, trace ton chemin et, surtout, n'oublie pas de sourire en toute circonstance. »

Un coup de klaxon la tire de sa rêverie. Elle arrive place François Ier. Elle rejoint le Plaza Athénée où l'attend l'ambassadeur du Japon. L'expo présente un artiste célèbre de son pays. Un artiste qui fait déjà le tour du monde avec ses œuvres : musées et autres institutions commencent à se l'arracher…

L'ambassadeur invite Eva à le suivre jusqu'à la cour intérieure. Il choisit une table tranquille, sur le côté. On leur sert des amuse-bouche.

Sans Eva, l'art numérique ne serait jamais arrivé dans ces lieux.

Tandis qu'elle s'entretient avec l'ambassadeur, Antoine, le directeur de l'hôtel, vient les saluer. Il a avec lui le responsable événements. Les deux hommes prennent des notes. Le responsable événements mesure la longueur des murs et la distance entre les baies vitrées. Puis une nouvelle discussion démarre. Elle durera pas loin de deux heures. Quand tous les points ont fini d'être abordés, le petit groupe se retrouve dans le hall pour les salutations. Eva et Antoine se connaissent de longue date : Jacques, le père d'Eva, a été second dans l'établissement. C'était il y a plus de vingt-cinq ans. Avant que Jacques ne passe chef pâtissier. Et Antoine a à cœur de garder des liens avec ses anciens collaborateurs.

*

Tout en regagnant sa voiture, Eva prend son portable au fond de sa poche. Elle compose le numéro de la maison. Hannah ne manque pas de poser sa petite question quotidienne :

— Tu rentres quand, maman ?

— Dans une demi-heure, chérie.

Un bip signale l'arrivée d'un SMS.

« Comment va ma sœur ? Tu seras samedi soir au *Bistrot* ? J'espère ! Baisers. Vanessa. »

Eva tape une brève réponse : « Bien sûr ! » À peine le message est-il parti que le téléphone sonne. C'est Vanessa.

— Je te dérange ? Tu as du monde ?

— Je ne suis pas à la galerie. Je sors du Plaza. Le vernissage…

— C'est top. Tu vas révolutionner l'endroit. C'est pour quand ?

— Fin juin ou courant juillet. Et toi, ça va ?

— Il faut que je te parle d'un truc…

Elle enchaîne aussitôt :

— Je suis chargée de lancer la nouvelle montre Cartier – je ne te dis pas les budgets. Tu penses qu'on pourrait prévoir une prestation d'un ou plusieurs de tes artistes ? En *live*. Ils veulent une soirée branchée et *arty*.

— Envoie-moi le dossier et je regarde : promis. Sur le principe, pourquoi pas. Tu es prête pour samedi ?

— Tu sais comment ça se passe. On prépare tout des mois avant, et trois jours avant la date butoir, tu sens que tu ne seras jamais prête. Je n'arrête plus de courir !

— Je connais ça… Dis-moi, tu as vu papa ces derniers jours ?

— Évidemment. Pourquoi ?

Un léger sourire flotte sur les lèvres d'Eva : elle s'amuse du naturel avec lequel sa sœur a lâché cet *évidemment*.

— Comment tu le trouves, en ce moment ?

— Comme d'habitude. Une pile. Genre inusable.

— Il n'est pas un peu bizarre ? Secret…

— Maintenant qu'on en parle… Oui, il se déplace un peu plus souvent. Et de façon plus rapprochée. Quelque chose t'inquiète ?

— C'est juste qu'il me semble un peu… disons *fuyant*, mais je ne sais pas si c'est le bon mot…

— Laisse-moi te raconter… Écoute… Il y a quinze jours, une femme est passée au *Bistrot.* J'étais en réunion avec Lucas pour la soirée de samedi, justement… Bref : elle cherchait papa…

— Elle était comment ?

— Étrange… Je ne sais pas, assez… assez vulgaire. Sûre d'elle et tout. Jupe à mi-cuisse. Talons démesurés.

— La grande classe, je vois…

— En tout cas, elle m'a fait une drôle d'impression.

— Vous vous êtes parlé ?

— Elle m'a dit qu'elle connaissait papa depuis plus de trente ans. Elle répétait sans arrêt *Je suis une très bonne amie de Jacques.* Elle avait envie qu'il l'appelle…

— Qu'est-ce que tu as répondu ?

— Que j'étais sa fille. Ça a semblé l'amuser beaucoup. Vraiment étrange, la nana…

— Elle t'a dit son nom ?

— Myriam. Ça te parle ?

— Vaguement. Mais ça remonte à loin. Quand on était petites peut-être…

— Sinon, j'ai vu avec Sophie : elle gère les fleurs. Je te reparle de ma soirée, là…

— J'avais compris. Sophie est douée. Tu as bien fait.

— Elle a l'habitude du restau de papa. C'est elle qui s'occupe des fleurs au *Bistrot* aussi.

— Alors à samedi ?

— À samedi…

— Au fait, tu passes à la galerie jeudi soir ? J'arrive en bas de la maison. Je t'embrasse.

Alors qu'elle se gare, Eva est intriguée par un personnage de dessin animé : Buzz l'Éclair. C'est une hallucination, ou quoi ? Buzz l'Éclair est bel et bien à la porte cochère de l'immeuble, en train de composer le code…

Sous le déguisement, il y a Franck, son ex-mari. Il est comédien au chômage. Il la voit dans le reflet de la porte vitrée. Il fait demi-tour pour venir l'embrasser. Il lui prend ses sacs de courses. Du coup, elle n'a plus dans les bras que le monumental bouquet de roses rouges livré ce matin à la galerie.

— Tu t'es acheté des fleurs ?

— Bien sûr. Regarde : je me suis même écrit un petit mot sur une carte.

Buzz l'Éclair, l'espace d'un instant, se demande si c'est du lard ou du cochon.

— Tu passais dans le coin ? Tu prends les enfants ce soir ? Il faut me prévenir. Ils doivent déjà être en pyjama…

— Je ne prends pas les enfants, Eva. Je voulais juste leur montrer mon déguisement. Ils adorent *Toy Story*…

— C'est le rôle que tu viens de décrocher ?

— J'ai animé cet après-midi le lancement du DVD. Je me suis débrouillé pour garder la panoplie.

Les portes de l'ascenseur s'ouvrent sur le palier. À peine la clé est-elle dans la serrure que les enfants se précipitent.

— Maman ! Maman !

Puis ils aperçoivent Buzz et l'effet de surprise est total.

— On dirait le vrai Buzz !

— Papa ! Papa ! Tu vas rester dîner, hein ?

Hannah lève vers sa mère des yeux implorants.

— Bien sûr que papa reste dîner.

*

À vingt-trois heures, les enfants sont endormis. Eva et Franck, affalés sur le canapé, finissent la bouteille de vin.

— Je suis sur un gros coup, dit Franck. Un rôle récurrent dans une nouvelle série. D'après Julie, la directrice de casting, la réal hésite entre moi et un autre comédien. L'autre est un peu trop vieux. Paraît que j'ai un talent fou, et que je suis acteur dans l'âme. C'est long, dans ces putains de métier. Mais je vais y arriver…

— Tu as couché avec elle ?

Franck se renfrogne, vexé par la question.

— Je déconne ! Bien sûr que tu vas y arriver. Nous, on y croit à bloc. Les enfants sont fans de ta pub Orangina…

— C'est vrai que je porte bien les déguisements… Bon, ces fleurs. Vu la taille du bouquet, tu as dû lui faire un sacré effet.

— Il m'a dit que j'avais un talent fou, sourit Eva. Mais bon. Tu vois, quoi…

Franck ne creuse pas davantage.

Eva le raccompagne. Sans oublier de lui demander, comme à chaque fois, s'il n'a besoin de rien.

— Je te dis que je vais m'en sortir.

— Je m'inquiète, c'est tout. Si tu as besoin de quelque chose, dis-le-moi.

— Promis. Arrête de t'en faire comme ça pour tout le monde. Déjà que parfois je me sens nul…

— Tu n'es pas nul.

Elle l'embrasse tendrement sur le front, referme la porte et donne deux tours de clé.

2

Jeudi 26 février

— Catherine, écoute-moi ! C'est l'endroit que j'ai cherché toute ma vie ! Douze chambres, toutes avec vue sur la mer. Largement la place qu'il faut pour faire un gastronomique. À vue de nez, quatre-vingts couverts. Plus le bar qui servira en continu et où je pense pouvoir caser, à l'aise, une bonne trentaine de couverts. Je vais voir tout ça avec Estelle. Elle va gérer l'architecte, la déco, les agencements, etc. Crois-moi, cet endroit, on en fera un bijou ! Je vois la banque demain. C'est le projet d'une vie, tel que maman l'avait rêvé.

— Jacques, doucement… Du calme ! Je n'y comprends rien. La banque demain ? C'est si urgent ? On ne peut pas en discuter d'abord ? Tu sais, avec la banque, cette année, c'est tendu. Ça ne passera pas. Tu vas devoir essuyer un refus. C'est sûr…

— Un refus ? Mais Catherine, tu plaisantes ! Ils ne peuvent rien me refuser ! Tu peux considérer que c'est fait ! Allez, je te laisse. Je dois passer chez Eva voir les enfants. Je t'embrasse.

Catherine est bien plus que la sœur de Jacques ; elle est sa conscience. Cette avocate de formation gère la partie juridique du groupe de son frère. Et Jacques a menti à Catherine : la promesse d'achat, pour cet hôtel à Marseille, est déjà signée. L'emprunt s'élève à dix millions d'euros. Fier, entêté, Jacques a décidé de mener cette acquisition à terme. Rien ne pourra l'arrêter. Hélas, cette fois-ci, les mises en garde de Catherine semblent n'avoir aucune prise sur lui. Bien qu'il soit déjà présent sur la scène gastronomique dans le monde entier, il demeure insatisfait. Le rêve de sa vie, c'est d'avoir un hôtel face à la mer. De diriger un groupe – un groupe humblement baptisé *Jacques Kahn*. Jacques Kahn : le chef qui démocratise l'enseignement de la cuisine, lui dont l'école de cuisine refuse des candidats.

Autodidacte, il n'a jamais supporté l'autorité, ni la rigueur exigée par une école. Il a tenté d'intégrer un établissement en Suisse, avant de se tourner vers un cours de cuisine pour chefs en devenir. Les échecs se sont succédé. Il a claqué la porte de deux grands établissements. Et fini par aller faire ses classes chez ses aînés. Il a gravi les échelons en occupant tous les postes, même ceux dont personne ne voulait. Épluchage des pommes de terre, plonge, nettoyage, désarêtage des filets de poisson jusqu'à en avoir les doigts en sang. C'est seulement au bout de trois longues années qu'il a obtenu enfin le privilège de *cuisiner*, au sens vrai du terme.

Il s'est retrouvé chef de famille à treize ans ! Son père avait succombé à une crise cardiaque. À l'époque, Catherine n'avait que huit ans. Jeanne, leur mère, n'avait plus que lui sur qui compter. Elle a dû reprendre son travail d'institutrice. Jacques, à la maison, s'occupait de l'intendance : les courses, les repas, les devoirs de sa sœur. Et il prenait son nouveau rôle très à cœur. C'est à ce moment-là que s'est révélée sa passion pour la cuisine. Catherine, comme beaucoup d'enfants de cet âge, n'avait pas une alimentation très variée. Jacques, pour elle, déguisait des légumes, cachait des fruits dans de la pâte à brioche ; il était tellement créatif qu'il arrivait à lui faire apprécier la nourriture.

Depuis qu'il a trouvé son hôtel, il s'imagine vivant la moitié du temps dans la cité phocéenne. Il se voit partir en mer à quatre heures avec ses amis pêcheurs. Pour lui, ce projet est bien autre chose qu'un but ; ce serait un accomplissement.

*

La voiture de Jacques se gare devant chez Eva. Louis, le chauffeur, en descend le premier. Jacques extrait du coffre les nounours et autres cadeaux destinés à ses petits-enfants. Et comme il a bien l'intention de montrer à Eva combien il est présent dans la presse hebdomadaire, il glisse une pile de magazines dans son porte-document.

Eva est à la fenêtre de l'entrée donnant sur le porche de l'immeuble. Elle observe l'arrivée de son père. En fait, il fait maintenant les cent pas sur le trottoir. Il est en pleine conversation téléphonique.

Eva aussi est au téléphone, en train de décrire à Jeff la situation :

— Je confirme. Je le vois, là. Il a apporté toutes ses parutions de la semaine, comme d'habitude. Sérieusement, comment peut-on être à ce point épris de soi-même ?

— Tu es dure avec lui, dit Jeff. Il faut dire que cette semaine, il bat tous les records ! Il est partout. En pleine promo…

Jeff taquine Eva ; la vérité, c'est qu'il adore son oncle.

— Tu ne te rends pas compte ! Partout, on me parle de lui : à la pharmacie, à la boulangerie. « On a vu votre papa ! Oh ! qu'est-ce qu'il nous a fait rire ! » Ou bien : « Oh ! votre père, quel bel homme ! Et quel humour ! » En fait, peut-être que je lui en veux, d'être aussi joyeux. Vu ce que je sais… Il pense à quoi, le soir, en s'endormant ? D'accord, il est chef étoilé. Il est doué. Il est tout ce que tu veux. Mais à la base, son métier, c'est quoi ? C'est de faire à manger, non ?

— Tu préférerais qu'il soit dépressif ? Il compense, c'est tout ! Je me doute que ça ne doit pas être facile pour toi. Mais ce comportement, ça s'explique.

L'analyse de Jeff laisse Eva sceptique.

— Il est monté ?

— Toujours en bas au téléphone. Ça m'a l'air de chauffer sérieusement. Je ne sais pas à qui il parle mais je plains son interlocuteur. Ou trice. Tu passes au vernissage ce soir ? C'est beau, ce qu'elles font, ces deux nanas…

— Ce soir, j'ai une conférence. Si je ne finis pas trop tard, je ferai un saut en fin de soirée.

— En revanche, je t'en supplie, ne me laisse pas tomber samedi soir ! La soirée de Vanessa pour la recherche contre le cancer. C'est au restau de mon père. Dans la journée, je serai allée voir Etasœur, histoire de la monter un peu. Moi qui voulais rentrer chez moi après et me poser tranquillement, c'est raté.

— Je ne bosse pas ce week-end, alors je viendrai peut-être avec toi. Respirer un peu. Je pourrais monter l'autre jument ? Et oui, bien sûr, pour samedi soir.

— Une journée ensemble ! Le rêve. Je n'ai pas les enfants ce week-end. Ils sont chez Belmondo !

La remarque ironique d'Eva les fait rire tous les deux.

— Il en met, un temps ! Dans quarante-cinq minutes, je repars pour la galerie. Il veut me faire signer une assurance vie… Au cas où il lui arriverait quelque chose, comme il dit… Tu parles ! ça sent l'embrouille à plein nez. Comme s'il était capable de penser à ce qui arrivera après lui !

— Quelle embrouille ? Qu'est-ce que tu vas chercher ? Tu vires parano, ou quoi ? À propos d'assurance vie, n'oublie pas notre pari : le premier qui se case souscrit un contrat d'assurance vie à l'autre !

— Ah ! oui, je me souviens. Je crois que je serai refaite, financièrement. Parce que tu trouveras chaussure à ton pied avant moi ! Bon, il faudrait qu'il se décide à monter, maintenant… Ah… Attends, je ne le vois plus…

La sonnette de l'entrée retentit.

— Je te laisse, il est à la porte.

Les cris de joie des enfants signalent à Eva qu'ils ont ouvert à Jacques.

— Salut, papa.

— Comme tu es belle !

— Merci. Je suis pressée, je file dans vingt minutes au plus tard…

— Bien sûr. Je voudrais que tu signes ça…

Les documents sont déjà sortis de leur pochette, prêts à être paraphés. Eva ne trouve pas l'affaire très claire, mais peu importe : ce qu'elle veut, c'est se débarrasser du tête-à-tête avec son père. Elle sort un stylo de son sac et signe sans lire une seule ligne du contrat. *Lu et approuvé, Paris, le jeudi vingt-six février 2015.*

— Bon, papa… C'est quoi, ces papiers, au juste ?

— Je t'ai dit : une assurance vie. S'il m'arrivait quelque chose, je veux que tu t'occupes de tout et que tu récupères la totalité de ce que j'ai.

Eva est interloquée.

— Toi, tu es capable de réagir en cas de pépin. Vanessa est trop fragile. Elle aura besoin de toi.

Tout en parlant, il glisse les documents dans leur pochette et la pochette dans la serviette.

— Pourquoi je n'ai signé que les dernières pages ? s'étonne Eva.

— Tu as envie de lire les cent quatre-vingts pages d'un contrat d'assurance ?

— Non… Tu as raison.

— Louis nous attend. On y va ?

Jacques ne peut s'empêcher d'interpeller ses petits-enfants :

— Et pourquoi vous ne viendriez pas avec nous ? Sarah peut vous attendre ici. Louis vous ramènera à dix-neuf heures… On est jeudi, c'est la fin de la semaine, demain c'est le week-end…

Eva a envie de l'étrangler.

— Papa ! Demain, il y a école !

Les enfants insistent :

— Allez, maman ! Dis oui ! Dis oui ! S'il te plaît ! On ne te dérangera pas ! C'est promis !

— Mais vous ne me dérangez jamais, ce n'est pas la question. Je vais être très occupée, ce ne sera pas cool pour vous…

Elle soupire.

— Bon, allez, OK… Vous avez gagné. Mais vous êtes à la maison à dix-neuf heures trente au plus tard, promis ? Je file. Je prends un taxi. Préparez-vous en vitesse : papi vous attend. Allez, allez…

*

Depuis la veille, Sophie et Eva n'ont pas réussi à se parler. Eva lui envoie un SMS : « Tu pourras passer à la galerie ? » Un bip lui signale la réponse : « OUI ! » À dix-sept heures trente précises, Eva pousse la porte de la galerie. Rudy immortalise l'instant en la prenant en photo.

— On aura du monde, ce soir. En plus, mon père vient avec les enfants !

— Génial ! Un bail que je ne les ai pas vus. Mais tu as l'air énervée… voire excédée. Je me trompe ?

— Rien de grave. C'est l'ingérence : je ne supporte pas. Surtout avec mes enfants. Il se croit tout permis et ça a le don de m'exaspérer. Les amener ici ce soir ! Quel intérêt, tu peux me dire ? Mais bon, on a plus important à gérer.

— Je confirme. Retire ton manteau, pose ton sac, tu feras les vérifs après. Pose-toi une minute, s'il te plaît. Une coupe ?

— Tu as quelque chose à me dire ? Oui, mais pas pleine !

— En quelque sorte.

Pourquoi Rudy laisse-t-il planer ce mystère ? Eva soudain s'impatiente :

— Alors ? Qu'est-ce qu'il y a ? Un truc grave ? Tu es malade ? Tu me quittes pour aller bosser chez la salope d'en face ?

Eva a compris : la réponse pour la Fiac.

Elle ose à peine prendre l'enveloppe que Rudy lui tend.

— Je l'ouvre, alors ? Et si l'on attendait plutôt la fin de la soirée ?

Elle examine l'enveloppe en la faisant tourner entre ses doigts.

— Si la réponse est non, on passe une soirée de merde… En même temps, on vit bien sans exposer là-bas !

Pendant qu'elle aligne les arguments, pesant le pour et le contre, Rudy lui reprend doucement l'enveloppe, et l'ouvre lui-même.

— C'est oui !

Eva met plusieurs secondes à comprendre qu'elle n'a plus l'enveloppe dans les mains ; puis les cris de Rudy lui parviennent.

— C'est oui !

Elle se jette dans ses bras, euphorique.

Tout le staff arrive en même temps : le DJ, le voiturier, les serveurs. Les artistes Macy et Many entrent dans la galerie bras dessus, bras dessous.

En l'espace de quinze minutes, l'espace s'emplit de monde. Certains s'abritent de la pluie sous la bâche, et fument une cigarette. Acheteurs, collectionneurs, galeristes, journalistes, artistes… Comme à chaque vernissage chez Eva, personne ne manque à l'appel, et chacun a à cœur de faire en sorte que l'événement soit réussi.

*

Il est minuit passé lorsque les derniers invités s'en vont. Eva est ravie. Le vernissage est un succès, tant au niveau des ventes que des personnes présentes. Les nouvelles artistes ont séduit. Eva peut enfin commencer à savourer son admission à la Fiac. Elle lit et relit le fameux courrier, à haute voix, pour Vanessa, Rudy et Sophie. Mais devant la galerie, une voiture klaxonne. Eva entrouvre la porte.

— Gare-toi sous le porche, il n'y a plus personne !

Jeff manœuvre, ferme sa voiture et les rejoint à l'intérieur.

— Jeff ! La Fiac ! On est admis !

Sophie sort des toilettes. Elle s'apprête à enfiler son manteau et à partir. Avec chaleur, elle embrasse Jeff qui proteste :

— Reste encore cinq minutes ! Je viens à peine d'arriver que tu t'en vas ! Il faut fêter la bonne nouvelle !

— Si tu me prends par les sentiments…

Sophie raccroche son manteau.

Rudy ouvre une bouteille de champagne et emplit cinq coupes. Ils vident la bouteille en parlant de tout et de rien, heureux de partager cette belle fin de soirée.

*

Le lendemain, le réveil tire Eva d'un profond sommeil.

Alors qu'elle prend son café devant les infos, un SMS lui parvient. C'est Jacques : « Petit dîner familial ce soir au *Bistrot ;* je compte sur toi. Ton cousin sera là avec ta tante, ta sœur aussi. On doit régler les derniers détails pour la soirée de demain. Bonne journée, ma princesse. »

Ces petits noms aussi ont le don d'exaspérer Eva. Et quant à la perspective de ce dîner, elle lui donne carrément envie de prendre ses jambes à son cou.

Hannah et Benjamin se lèvent. Eva adore voir ses deux petits sortir du lit encore ensommeillés. Benjamin a les cheveux tout ébouriffés. À peine réveillé, il se love comme un animal dans les bras de sa mère. Hannah, la plupart du temps, n'a qu'un œil ouvert : l'autre dort encore. Ce soir, ils vont chez Franck où ils passeront le week-end.

Eva se lève de table pour aller se préparer quand Hannah l'interpelle :

— Maman, tu la connais, toi, Héléna ?

— Qui est Héléna, ma chérie ?

— Ben... La copine de papa.

— Il a une copine, papa ? Première nouvelle. Tant mieux, chérie. Elle est gentille ?

— Oui. Elle a un accent quand elle parle. C'est comme si elle roulait les *r*... Tu sais, l'autre jour, papa nous a gardés toute la journée. Tu te souviens ? Tu avais des clients à la galerie... Elle est venue, Héléna. Et j'ai vu à travers la glace de la salle de bains qu'elle n'avait même pas mis de culotte !

Benjamin arrive en riant et en répétant les informations fournies par sa sœur. Eva, qui finissait de boire son café, s'étouffe avec la dernière gorgée.

— Pas de culotte ! Pas de culotte !

Benjamin ne comprend pas ce qu'il dit, ce qui rend la scène encore plus drôle.

— Comment ça, elle n'avait pas de culotte ? Tu es sûre ? Et qu'est-ce qu'elle faisait dans la salle de bains ?

— Ah ! oui, j'en suis sûre. En plus, papa n'avait pas l'air content qu'elle soit là, en même temps que nous. Tu aurais vu sa tête quand elle a sonné ! Elle est allée directement dans la salle de bains en nous disant qu'elle sortait du sport. J'ai très bien vu quand elle a enlevé son jogging : elle n'avait rien en dessous, pas de culotte !

Eva est sauvée par Benjamin qui brandit un moule à gâteau Spider Man.

— T'as pas oublié ! T'es la meilleure des mamans ! Je t'aime au fond du cœur.

— Bon, écoutez, la meilleure des mamans doit se préparer, maintenant. On va demander à Sarah de faire un gâteau au chocolat dans le moule Spider Man. Vous n'aurez qu'à l'emmener chez papa et le manger ce week-end.

Dans la salle de bains, Eva referme la porte. Assise sur le rebord de la baignoire, le téléphone à la main, elle réfléchit à un message pour Franck. Il ne s'agit pas de se montrer intrusive. Il ne faut pas non plus trahir Hannah qui lui a confié spontanément cette histoire. Après plusieurs essais, elle n'a pas trouvé les mots justes. Elle renonce. Elle lui parlera de vive voix. Ce sera plus naturel.

Eva n'a pas les idées claires ce matin. Trop peu dormi. Et sa hanche lui fait mal. Ses épaules aussi. Elle va devoir se motiver pour boucler sa journée. Si elle souffre trop, elle ne pourra pas monter sa jument demain. Ses yeux s'arrêtent sur une des rares photos d'elle avec Nathalie, sa mère. Elle détourne aussitôt le regard.

Hannah surgit dans la salle de bains.

— Maman, Jeff au téléphone. Je te le passe ?

— Oui, ma chérie. On y va dans quinze minutes, OK ?

— Oui, oui !

— Allô ?

— Tu pleures ? Qu'est-ce qui ne va pas ? J'ai bien fait d'appeler de bonne heure…

— T'inquiète. Rien de grave. La nostalgie… ces foutues photos. Un petit voyage dans le passé… Bref, j'ai un mal de tête, je ne te dis pas. Et quand je marche, ça grince !

— Juste pour savoir, c'est vrai que tu seras ce soir au « dîner de famille » ?

— Tu crois qu'on m'a laissé le choix ?

La question matinale de Jeff a pour effet d'amuser Eva.

— Ton père m'a servi ça comme argument pour me faire venir. « Ta cousine chérie y sera ! »

— Il est terrible. Il m'a fait le même coup : « Ton cousin sera là aussi. » Qu'est-ce qu'il est bizarre, en ce moment ! À la fois très soucieux et surexcité. Quand on connaît mon père, on sait que c'est dangereux !

— Je n'ai rien remarqué. Je ferai attention, ce soir. Je passe te prendre ? C'est toujours d'accord pour le haras demain matin ? À quelle heure, le départ ?

— Dix heures ? Avec une marge de quinze minutes pour éviter le stress… J'y ai pensé toute la semaine.

— Je viendrai de bonne heure, ce soir. Comme ça, je vois les petits avant qu'ils ne partent chez leur père. Sors de ta nostalgie, chérie. Rien ne doit te rendre triste. Tu as reçu hier soir la meilleure des nouvelles ! Alors, reste là-dessus. Après, on te trouve un chéri et la boucle sera bouclée ! Quant à ces dîners, comme celui de ce soir, personne ne peut te forcer. On a toujours le choix. Tu n'as pas envie d'y aller ? Tu n'y vas pas…

— Tu as raison. C'est juste que je ne me sens pas de discuter pendant des heures. Je me dis qu'un dîner, ça passe plus vite que trente ans d'histoire ! Je vais laisser la nostalgie à la maison et virer les images qui me font de la peine. À chaque fois, c'est pareil. Bon, et pour ce qui est du chéri, vu les tocards qui se baladent en liberté, je te jure, je suis bien mieux toute seule.

— Tu es sûre de vouloir faire du cheval demain ? Si tu as mal…

— Si vraiment je fais une crise, je resterai au pas pendant que tu galoperas ! J'ai envie de voir Etasœur. Elle me manque. Ça me rapproche de mamie, quand je monte. La jument ne va pas vivre encore dix ans, tu sais, alors j'ai envie d'en profiter.

— Allez ! Accroche ton sourire des jours radieux. À ce soir.

— Sourire accroché.

C'est un lien fraternel qui les unit. Pour Jeff, Eva, c'est la sœur qu'il aurait aimé avoir. Il la considère comme telle. Ils se comprennent d'un seul regard et se soutiennent en toute situation ; ils n'ont aucun secret l'un pour l'autre.

Ce matin, Eva est dépassée par le temps. La pendule de la salle de bains affiche huit heures quarante-deux.

— Maman, on y va ?

— Désolée, mon ange, je n'ai pas vu l'heure. Je mets des baskets. Je reviendrai prendre ma douche après vous avoir déposés.

*

Eva rentre lentement de l'école en traversant le parc Monceau, comme tous les matins. Le printemps arrive : l'air se fait plus doux. Elle prend le temps d'observer les joggeurs, les pompiers à l'entraînement, les jeunes mamans avec leur couffin, les gens du quartier sortis promener leur chien. Elle apprécie ce spectacle quotidien. Ce sont des instants qui la renvoient au passé. Elle se rappelle les longues promenades avec Jeanne. Elles n'étaient jamais à court de sujets de conversation. Un rien les émerveillait. Il suffisait qu'elles soient ensemble. Eva avait donné la main à sa grand-mère durant toute son enfance. Puis elle lui avait donné le bras : le temps ayant fait son travail, c'était au tour de Jeanne de s'appuyer sur sa petite-fille.

3

Vendredi 27 février

— Gare-toi, on peut marcher deux minutes.

— Ce n'est pas la voiture de ma mère, là ? Ils sont arrivés tôt : c'est raté pour notre verre en tête à tête !

Le Bistrot se divise en plusieurs espaces ; un coin salon, meublé de canapés et de fauteuils, offre une ambiance rappelant l'atmosphère chaleureuse d'un bar d'hôtel.

À peine entrés, ils entendent des cris en provenance de la cuisine.

— Qu'est-ce que je t'avais dit ? Je ne t'avais pas dit que tu n'obtiendrais pas ce prêt ? C'est inconscient, de t'endetter à ce point. C'était évident que la banque ne suivrait pas. Tu ne réalises pas tout l'argent que tu as dehors ! Mais d'où te vient ce côté capricieux, bon sang ! Tu n'as plus l'âge, Jacques ! Tu sais ce que ça représente, un emprunt de dix millions ? Et si, pour une raison ou une autre, tu ne pouvais pas rembourser ? Tu ne vois donc pas la fragilité de tes montages ? Un prêt en hypothèque un autre ! Ton groupe pourrait s'effondrer comme un château de cartes ! Je ne sais pas s'il faut mettre ça sur le dos de l'inconscience ou de la bêtise !

Catherine est hors d'elle. Et Jacques de répliquer :

— Je ne te permets pas de me parler sur ce ton ! La banque, je l'emmerde ! Ces crétins ne comprennent rien.

C'est de l'incompétence, de ne pas me suivre sur une opération pareille ! C'est l'affaire du siècle ! Comme entrepreneur, ils te poussent à faire appel à des sociétés de prêts privées, et après, c'est encore à toi de les faire plier ! Tu es la juriste du groupe, non ? Alors trouve-nous les bons arguments ! Tu crois que je peux être partout en même temps ? Si tu n'es pas capable d'avoir des solutions, j'irai les chercher moi-même !

— Jacques ! Dis-moi que ce n'est pas vrai ! Dis-moi que tu n'as pas signé une promesse d'achat sans avoir les fonds ! Si tu te rétractes, les conséquences seront énormes !

— Mais de quoi tu parles, à la fin ? Quelles conséquences ? Il n'y en aura aucune, je ne reviendrai sur rien, j'ai signé ma promesse avant-hier, j'attaque les travaux dans quinze jours. Je voulais faire la surprise à toute la famille ce soir !

— La première traite, tu comptes la payer avec quel argent ?

Un bref silence s'installe, au terme duquel Jacques est encore plus sur la défensive. Il prend sa sœur de haut :

— Mais je l'ai eu, mon financement ! Tu me prends pour un débile, ma pauvre Catherine. Je n'ai pas de compte à te rendre, tu m'emmerdes !

— Depuis quand tu t'engages sur de tels projets sans m'en parler ? Je m'occupe du juridique de ton groupe depuis tes débuts, non ? On a toujours tout décidé ensemble ! Qui l'a validé, ce contrat ?

— Tu es hystérique. Impossible de discuter avec toi. Ce sont des investisseurs anglais. Ils me débloquent les fonds dont j'ai besoin. Jusqu'à preuve du contraire, je n'ai jamais eu besoin de personne pour lire un contrat…

Catherine lui coupe la parole :

— Ils débloquent dix millions pour tes beaux yeux ? Mais tu te fous de moi ? Ils t'ont demandé quoi, en garantie ?

— Je ne veux plus parler avec toi. Je n'attends l'autorisation de personne. Ni la tienne, ni celle de ce connard de banquier coincé comme pas permis. Je l'aurai, mon hôtel. C'est l'héritage des enfants !

— Parlons-en, des enfants. Tu veux que je te dise quel héritage tu vas leur laisser, si tu continues à faire des conneries et à te croire au-dessus de tout le monde ? Leur héritage, ce sont les oranges qu'ils devront t'apporter. Quant à ces rendez-vous mystères à Neuilly, c'était quoi ? Qui a ses bureaux à Neuilly ? Estelle est au courant de tes montages de génie ? Ton « connard » de banquier, comme tu dis, c'est moi qui le drive ! Tu tires trop sur la corde, Jacques. Et ça fait un an que tu déconnes. Tu jongles avec les impôts, tu déstabilises une trésorerie pour en renflouer une autre. Tu n'as jamais aucune reconnaissance ni aucune considération pour personne. Tout est normal, pour toi.

— S'il te plaît, laisse ma femme en dehors de tes soupçons dégueulasses ! Estelle n'a rien à voir avec tout ça. J'ai fait un communiqué de presse pour annoncer l'ouverture de l'hôtel. Catherine, malgré tout l'amour et le respect que j'ai pour toi, sache que tes inquiétudes de fonctionnaire ne m'ébranlent pas, mais alors pas du tout. Dans la vie, il faut savoir faire des choix.

— Un communiqué de presse ? Tu délires ! Jacques, si ça se passe mal, même moi, je ne pourrai rien faire.

— Ne t'en fais pas. Jusqu'à preuve du contraire, c'est moi qui me suis toujours occupé de tout le monde. Surtout de toi, d'ailleurs. Tu aurais pu rester juriste dans ta boîte de télécom à même pas trois mille euros par mois. Brut.

Catherine, à présent vexée et rabaissée, retient ses larmes. Puis elle réplique, glaciale :

— Tu te souviens, quand les flics ont débarqué chez toi à sept heures du mat ? Oh ! je sais : c'était il y a vingt ans. Mais je peux te rafraîchir la mémoire si elle te joue des tours ! Vingt-quatre heures de garde à vue ! Parce que monsieur se croyait au-dessus des lois et plus fort que tout le monde ! Si ton prêt occulte tourne mal, personne ne se mouillera pour te tirer d'affaire. Aucun ami du monde politique. Tu connais les chefs d'accusation, pour ce genre de « détails », comme tu dis ? Escroquerie, blanchiment, association de malfaiteurs... Tu expliqueras à tes enfants que c'était pour leur héritage !

— Tu me donnes plus d'importance que je n'en ai. Tout ça parce que j'ai emprunté des fonds à une société privée... Tu sais, les investisseurs, ce sont des gens qui investissent pour toi quand tu n'as pas la trésorerie nécessaire. Si tous les hommes d'affaires devaient être inquiétés pour avoir voulu entreprendre... Alors là, oui, c'est moi qui n'y comprends plus rien.

Jacques essaie un ton plus doux :

— Je déteste quand on s'énerve comme ça. On a toujours tout fait ensemble, alors fais-moi confiance...

— Qui t'a mis en relation avec ces gens ? Qui sont-ils ? Pourquoi tu ne m'as pas demandé de t'accompagner aux réunions ? Je te connais trop, Jacques. Si tu as fait comme ça ton coup en douce, c'est qu'il y a quelque chose qui n'est pas clair.

— Arrête, tu es ridicule.

— J'ai un mauvais pressentiment, depuis deux jours. Ne me dis pas que tu es retourné vers Myriam Miraz...

— Myriam Miraz est avocate. Avocate d'affaires.

Il a répondu à sa sœur sans la regarder dans les yeux ; maintenant, il fait semblant de se préoccuper de la crème Chantilly.

— Jacques, regarde-moi. Tu n'as pas fait ça ?

Elle enchaîne :

— Elle est avocate comme je suis chirurgienne, Myriam Miraz. Elle traîne la pire des réputations. Elle n'a jamais plaidé de sa vie ! Elle met en relation des « investisseurs » avec des crétins naïfs dans ton genre !

— Elle ne se conduirait jamais comme ça avec moi. J'ai été l'homme de sa vie – je le suis même encore, sans doute.

— L'homme de sa vie... Je rêve, ou quoi ? Tu as ruiné sa vie, à cette femme ! Tu n'aimes personne, Jacques, à part toi-même. Tu ne te serais pas lancé dans cette affaire si tu avais pensé à quelqu'un d'autre que toi.

— Quel rapport avec l'hôtel ?

— Tu veux que je te rafraîchisse la mémoire, encore une fois ? Est-ce qu'on ne t'a pas soupçonné d'avoir financé un parti politique ?

Jacques acquiesce, le sourcil relevé.

— C'est loin, tout ça. Qu'est-ce qui te prend, tout à coup, de remuer le passé ?

— Tes amis, le Premier ministre à l'époque et le maire... Ils t'ont tiré de là parce que tu soutenais à fond leur campagne électorale. Je parle de soutien financier, bien sûr. Je continue ?

— Je t'en prie, va au bout de ton idée. Qu'est-ce que tu veux insinuer ?

— Tu le sais très bien. Cette femme veut se venger. Après toutes ces années... Elle s'est retrouvée sans rien ! Du jour au lendemain. Personne ne l'a aidée. On lui a même fait comprendre qu'elle avait intérêt à disparaître. Le pire, c'est qu'elle va la réussir, sa vengeance. Cette histoire va mal tourner, je n'ai pas le moindre doute là-dessus.

Le ton a baissé ; Catherine conclut froidement :

— Écoute, Jacques, laisse tout le monde en dehors de ça. Ne parle de rien à personne, s'il te plaît. Dès lundi, je regarderai ce dossier de près. Qu'est-ce que ça te coûte ? Oh ! tu peux me regarder, quand je te parle. Ta juriste de sœur te demande d'attendre quelques jours avant de rendre cette acquisition officielle. C'est envisageable ou pas ?

Catherine n'attend pas la réponse. Elle quitte le sas qui sépare la cuisine et la salle. Jacques se retrouve seul au milieu de ses batteries de casseroles.

*

Eva et Jeff ont eu tout juste le temps de reculer, puis d'aller s'attabler dans la partie bar. Ce qu'ils viennent d'entendre les a pétrifiés. Catherine, la mine défaite, ne cherche même pas à dissimuler sa colère alors que la famille débarque.

Vanessa capte immédiatement le malaise. Eva se rapproche d'Estelle, sa belle-mère. D'habitude elle se montre distante avec elle, mais ce soir, après ce qu'elle a entendu, elle est prise de compassion pour elle… De quelle virulence Jacques est-il capable !

— Ça va, Estelle ? J'ai pris un verre de vin. Je t'en sers un aussi ?

Estelle est surprise de l'attention que lui porte Eva. Touchée, elle accepte d'entamer la conversation.

— C'est gentil, ma chérie. Je veux bien. Comment vas-tu ?

— Super bien. Tu sais, j'ai eu une réponse positive de la Fiac.

— C'est une consécration, je suis heureuse pour toi.

Eva sait que sa belle-mère est sincère. C'est une femme profondément gentille, alors même que sa vie n'a pas toujours été facile. Enfant, ses parents diplomates ne jugeaient pas utile de la garder auprès d'eux. De sorte qu'elle a grandi dans une pension en Suisse. Toute seule. Cependant c'était une élève brillante, et elle est sortie diplômée d'une école de design et d'architecture intérieure. Après un mariage malheureux, elle a pris la direction d'un prestigieux magazine déco. Grande, mince, élégante, c'est un canon de beauté et Jacques n'a pas résisté à son charme. Elle l'accompagne souvent dans ses déplacements. Elle est omniprésente dans les restaurants où chacun l'apprécie. Ils vivent ensemble depuis dix ans. Ils s'aiment. Ils s'admirent mutuellement.

Eva glisse à l'oreille de son cousin :

— Sois gentil, fais signe à Vanessa de sortir fumer une cigarette. On la rejoint dehors.

Deux minutes plus tard, ils se retrouvent tous les trois à l'extérieur.

— Vous aviez l'air bizarre, tout à l'heure. Il se passe quelque chose ?

— Papa et Catherine. Ils se sont hurlés dessus. Je te jure, ça faisait peur.

— Je confirme. Insultes et tout. On a entendu des « Je t'emmerde ! » et des cris… dans la bouche de ma mère, ça fait un drôle d'effet !

— C'est rare qu'ils s'engueulent…

— Tu m'as bien dit qu'une certaine Myriam était passée au *Bistrot*, et qu'elle avait demandé après papa, non ? Catherine a parlé d'une Myriam. Après ils ont baissé d'un ton et je n'ai pas capté la suite…

Jeff renchérit :

— Moi, pareil. J'ai entendu « Myriam », une relation qui remonte à vingt ans…

— Oui, elle cherchait papa. C'était il y a combien ? Un mois, je dirais…

Vanessa écrase sa cigarette. Tous les trois, ils rejoignent ensemble les autres, et retrouvent la famille attablée dans le petit salon au-dessus de la salle principale : c'est toujours là que les choses se passent quand Jacques dîne en famille ou avec des amis. Le repas démarre calmement, après ce coup d'éclat.

Catherine est à côté de Jeff, Vancssa à côté de sa sœur. Jacques préside en bout de table et Estelle lui fait face, à l'autre extrémité.

Eva pianote sur son portable. Et Jeff fait de la gymnastique oculaire pour essayer de lire ce qu'elle écrit et à qui.

— Tu veux une loupe ?

— Je m'assure que tu ne me caches rien.

— Tu te rappelles, l'architecte italien dont je t'ai parlé ? Finalement, j'ai accepté un dîner. C'est après que ça s'est gâté. Le serveur a pris la commande, je suis allée aux toilettes et là, j'ai vu la porte d'entrée qui me faisait de l'œil. Je n'ai pas pu résister. Je suis partie ! Je me suis sauvée !

Jeff recrache sa gorgée de vin, éclaboussant la nappe devant lui ; il ne peut s'empêcher de rire.

— Qu'est-ce que vous manigancez tous les deux ? Eva chérie, je t'ai fait préparer ton dessert préféré : soufflé aux amandes amères…

— Ça y est, il entre en scène ! C'est l'heure des surprises ! Remarque, ce qu'il y a de bien, c'est qu'on est prévenus.

Eva grimace.

Dans la foulée, Jacques prend la parole sur un ton presque solennel.

— S'il vous plaît… Puis-je avoir votre attention une minute ?

Eva et Jeff ont les yeux rivés sur la réaction de Catherine : elle fusille Jacques du regard. Puis, voyant qu'il continue sur sa lancée, elle quitte la table. Jacques poursuit sans même remarquer le départ de sa sœur :

— Comme vous le savez, mon rêve a toujours été d'acquérir un hôtel au bord de l'eau. Je voudrais partager ma joie avec vous – une joie immense. J'ai enfin trouvé l'endroit que je cherchais. La promesse d'achat a été signée avant-hier. Je ne vous en ai pas parlé avant car je préférais attendre que tout soit officiel.

Dans la suite du propos, Jacques décrit son « bijou » dans les moindres détails.

Eva pince alors la jambe de Jeff.

— Qu'est-ce que c'est que cette façon de parler ? Il répète un rôle, ou quoi ? Il faudrait peut-être lui dire qu'il n'y a ni caméra, ni public d'ailleurs !

— Papa, je suis tellement heureuse pour toi.

Vanessa embrasse son père, presque la larme à l'œil. Eva, dépitée, ne fait aucun commentaire.

*

Après avoir quitté *Le Bistrot*, dans la voiture, Jeff lance à Eva :

— C'est quoi, cette histoire de garde à vue ?

— Pas au courant. Pourtant, peu de choses m'ont été épargnées pendant toutes ces années. Mais une descente de flics il y a vingt ans, non, je n'en ai pas entendu parler...

Elle ajoute :

— J'ai oublié de te dire... En arrivant, j'ai accroché mon manteau dans le placard de mon père, et une chose m'a paru bizarre...

— Quoi ?

— Comment s'appelle le robot, déjà, dans *La Guerre des étoiles* ? R ? D ? Tu te souviens...

— Eva ! qu'est-ce que tu racontes ? On a bu tant que ça ? Quel rapport avec *La Guerre des étoiles ?*

— R2-D2 : c'est ça ! Dans le placard de mon père, il y a une réplique de R2-D2. Une réplique grandeur nature...

— Ce n'est pas un cadeau pour Benji ?

— Non, non, il est passé à la maison hier, il le lui aurait donné. Et Benji n'a que cinq ans. Il ne connaît pas *La Guerre des étoiles* !

— C'est bizarre, en effet, mais on ne va pas jouer les Columbo...

— Accorde-moi au moins que tout est inhabituel.

— Oui, cousine. Je te l'accorde. On se prend un dernier verre vite fait ?

— Pas de refus, après cette soirée de malades.

En lâchant un soupir, elle monte le son de la musique.

*

Ils se sont arrêtés dans un bar d'hôtel ; Eva est préoccupée.

— Ça m'obsède, cette dispute au *Bistrot*. Depuis, je n'arrête pas de penser à un truc...

— Quel truc ?

— Hier, il m'a fait signer des documents.

Jeff, son verre à la main, attend la suite.

— Il me courait après depuis quinze jours, enchaîne Eva. Il dit que c'est une assurance vie. Soi-disant que j'en serais la principale bénéficiaire…

— Soi-disant ?

— Je n'ai rien lu, Jeff. J'ai signé pour être débarrassée. Il avait bien choisi son moment : chez moi, une heure avant le vernissage, avec les enfants au milieu… Maintenant je trouve ça louche.

— Tu t'inquiètes à tort. Il se croit plus fort que tout le monde, on le sait. Mais il n'irait pas jusqu'à te faire signer quelque chose de compromettant…

— Peut-être, mais j'aurais quand même dû lire avant de signer.

— Tu l'appelles demain et tu lui demandes un exemplaire du contrat.

— Pourquoi pas, soupire Eva…

Jeff reprend :

— À part cette histoire d'assurance, tu vas bien ?

— Je n'en sais plus rien. Par moments, je doute de tout. Voilà des années que je me focalise sur ma réussite professionnelle. Déjà, quand j'étais mariée, c'est moi qui assurais. Après, les enfants sont arrivés. Ensuite, le divorce. Ce n'est pas Franck qui couvre les besoins des enfants, il n'arrive même pas à se gérer lui-même… Tu crois qu'il se demande comment je fais, financièrement ? Penses-tu. Il ne se pose même pas la question. Qu'est-ce que tu crois qu'il fait, pour eux, à part débarquer dans un déguisement ?

— C'est vrai, approuve Jeff. Le pilier, c'est toi. Heureusement pour les enfants, d'ailleurs. Mais ta galerie fait un malheur. Tu atteins tous tes objectifs…

— Je suis une machine, quoi. Tu trouves ça équilibré, comme schéma de vie ? Je suis là, retranchée, entre le boulot et les enfants… En dehors de ça, je ferme toutes les portes. Mais c'est plus fort que moi. Je n'arrive pas à changer. Les hommes ne m'inspirent aucune confiance. Je sens que je vais finir aigrie ! La vraie célibataire endurcie, incasable.

— Tu sais, on a beau vouloir tout contrôler, il arrive que le destin s'impose. En ce qui te concerne, je pense qu'il ne s'est pas encore manifesté.

— Combien de psys je suis allée voir, Jeff ? Tous me répètent la même chose : « Mlle Kahn, c'est à vous de faire ce qu'il faut pour vous ouvrir aux autres. Si vous ne vous livrez pas un minimum, comment voulez-vous qu'on vous lise ? »

Jeff coupe la parole de sa cousine :

— Arrête, avec tes psys. Tu as bien des aventures…

— Des aventures, oui.

Elle enchaîne :

— Je ne révèle rien de moi, Jeff. Je ne dis à personne qui je suis vraiment. Sauf à toi. À Sophie. À Rudy, peut-être. Mais qui sait vraiment ce que j'ai au fond de moi ?

— Ça ne tient qu'à toi. Décide de t'ouvrir un peu, de montrer autre chose…

Il lui pince affectueusement la joue.

4

Samedi 28 février

À vingt et une heures, commence la soirée organisée par Vanessa. Eva, arrivée avec Jeff, accroche son manteau dans le placard de Jacques en se disant qu'ainsi, elle n'aura pas besoin de faire la queue au vestiaire si elle a envie de partir discrètement.

— Jeff, le robot… Il n'est plus là…

Jeff met quelques secondes à comprendre.

— Quel robot ? Ah… Oui, le robot. Ça te perturbe à ce point ?

— Écoute, c'est quand même bizarre… Hier soir, il était là !

Eva explique à Sophie l'histoire de R2-D2.

— Ton père a dû vouloir rendre service à quelqu'un. Je ne sais pas, moi, un fan de *La Guerre des étoiles*, un gamin à qui il aura voulu faire plaisir… C'est tout à fait son genre. Sinon, les fleurs, vous les trouvez comment ?

— Ouais, admet Eva. Vous avez raison. C'est moi qui ne tourne pas rond. Je vais aller nous chercher à boire… Ah ! tes fleurs ? Sublimes…

*

La soirée se déroule dans les règles mais est-ce vraiment une soirée organisée par Vanessa ? On dirait presque un événement en l'honneur de Jacques : il pavane, passe de groupes en groupes, salue les nouveaux arrivants, vérifie que les verres sont bien remplis… Il est en ébullition.

Sophie, amusée, donne un coup de coude à Jeff : elle a remarqué des échanges de regards insistants entre Eva et un homme.

— Tu sais qui c'est ?

— Connais pas, répond Jeff. Elle le regarde ?

— Non seulement elle le regarde, mais elle lui sourit.

— Qu'elle prenne du bon temps.

— Tu as raison. Je n'ai pas à la chaperonner ! Je vais me servir un verre.

— Je te suis. Pas question de te laisser boire toute seule.

Il offre son bras à Sophie.

*

Appuyée à la barre de l'escalier, Eva fixe l'inconnu des yeux. Elle lui sourit. Il la fascine. Et lui-même, manifestement, n'est pas insensible au charme d'Eva. Ces échanges à distance durent maintenant depuis une demi-heure et plus. C'est à peine si leur parviennent encore les bruits, la musique, les rires et les éclats de voix. Ils sont comme déconnectés du moment présent.

Eva a chaud. Elle se détourne et monte les marches de l'escalier.

L'inconnu interroge la serveuse :

— Excusez-moi, mademoiselle, où mène cet escalier ?

— Aux toilettes, monsieur. Mais vous en avez aussi derrière le bar à gauche.

Il monte à son tour. En haut des marches, il y a un salon privé dont la porte est restée entrouverte. La pièce est plongée dans l'obscurité. Après une hésitation, l'inconnu pousse la porte, délicatement.

Eva, qui avait besoin de reprendre ses esprits, se rafraîchit la nuque, puis les tempes. Elle a chaud et froid en même temps. Ses jambes tremblent. Elle a l'impression de ne plus rien maîtriser. Les paumes sur le rebord du lavabo, elle observe son reflet dans le miroir et murmure :

— Qu'est-ce qui m'arrive ?

Sans même s'essuyer les mains, elle sort des toilettes. Et tombe nez à nez avec son inconnu.

Son cœur s'emballe. L'eau dont elle s'est aspergé la nuque lui glisse le long du dos, atteint le creux des reins. Elle sent qu'elle vacille : elle aurait presque besoin de se tenir à la rampe. Ses jambes la trahissent. Son corps est en émoi.

Quant à lui, il est manifestement dans le même état : déboussolé.

La porte des toilettes est mitoyenne à l'entrée du petit salon. Le brouhaha de la soirée monte jusqu'à eux, étouffé par l'escalier.

Ils se taisent. Mais les regards restent accrochés l'un à l'autre.

Eva a le geste de s'appuyer au mur, comme si elle allait perdre l'équilibre, il lui tend instinctivement la main. Elle lui prend non la main mais le bras. Puis elle l'entraîne dans le petit salon éclairé seulement par la clarté des réverbères traversant la fenêtre. L'inconnu pousse doucement Eva contre le mur. Il lui passe la main sur la nuque, et fait glisser les cheveux vers l'arrière. Des lèvres, il lui effleure le cou. Une sensualité étourdissante émane de ses gestes. Eva est parcourue de frissons. Les respirations s'accélèrent. Eva s'introduit sous la chemise de l'inconnu. Elle lui caresse le dos. Prenant le visage d'Eva à deux mains, il l'embrasse avec fougue. Leurs baisers laissent échapper des gémissements. Puis l'inconnu, se détachant brièvement, murmure :

— Je m'appelle Sacha.

Son sourire trouble Eva davantage encore. Elle le fixe des yeux. Elle aime tout ce que cet homme dégage. Ses mains la rassurent. Jamais elle n'oubliera son odeur.

— Moi, c'est Eva. Enchantée.

Peu à peu, ils reviennent à la réalité présente. Mais le syndrome de Cendrillon se manifeste à nouveau : si elle osait, elle s'enfuirait. Tout son corps est en état de choc. Ayant pris une grande inspiration, elle lui sourit.

— Je dois y aller.

Sans lui laisser le temps d'articuler une réponse, elle quitte le petit salon. Eva n'est pas dans son état normal.

Lui reste immobile une minute. Il remet sa chemise dans son pantalon. Il redescend les marches.

Et retrouve en bas la soirée qui bat son plein.

*

Tout paraît insipide à Eva, après le choc intense qu'elle vient de vivre. Vanessa se précipite :

— Où tu étais passée ? On te cherche partout !

Eva articule difficilement :

— Euh… j'étais, j'étais là, en haut…

— En haut ? Mais en haut de quoi ?

— En haut de… de l'escalier…

— Eva, tu as bu ? Ça va ?

Vanessa est inquiète pour sa sœur.

— Non, non… Juste deux coupes… Mais ça va, ça va…

Eva a les yeux absents.

— Pourquoi vous me cherchez ? dit-elle d'une voix étrange. Il se passe quelque chose ?

— Trois quarts d'heure que tu avais disparu ! À part ça, non, il ne se passe rien.

— Je suis fière de toi. Ta soirée est magnifique. C'est réussi.

— Arrête, tu vas vexer papa ! Il a oublié que c'était une soirée caritative, il croit que c'est son anniversaire !

*

Jeff et Sophie fixent Eva d'un regard empli d'interrogations. Eva sait que le moment est venu : elle va être mise à la question.

— Alors ? Qui est-ce ?

Jeff renchérit :

— Dis-moi, entre hier et ce soir, tu as fait une thérapie accélérée sur les hommes ? Ou tu t'es mise secrètement en couple avec le petit-fils de Freud ?

Elle a toujours apprécié l'humour de Jeff. Mais elle tient encore à esquiver. De toute façon, personne n'a rien pu voir.

— Vous avez grignoté ? dit-elle. C'est bon ? Le dîner, c'est pour quand ?

— Eva…

Jeff lui fait avec son doigt le geste pour dire « Non ».

— Bon, OK. Qu'est-ce que vous voulez savoir ?

— On te voit regarder un homme… Que dis-je, regarder ! On t'a vue l'aguicher ! Tu lui balançais de ces regards ! De ces sourires ! Et soudain tu disparais ! Trois quarts d'heure aux toilettes, ce n'est pas un peu beaucoup ?

— Les toilettes d'en haut, dit Eva d'une toute petite voix. En bas, il y avait la queue.

Sophie regarde Jeff :

— Elle me prend pour une idiote !

Eva capitule :

— Bon, c'est vrai, j'ai flashé sur un homme. J'ai voulu tester ma capacité à séduire. On a échangé des sourires, des regards un peu insistants, mais c'est tout. Ça s'arrête là…

— Tu es sûre ?

— Sûre.

Eva doute de leur discrétion, à ces deux-là. Pas question de leur dire ce qui s'est passé en haut de l'escalier. Tournant la tête, elle voit que Sacha enfile son manteau. Trois secondes après, il se dirige vers la sortie…

Un court instant, Eva est de nouveau la proie des mêmes symptômes. Puis Sacha sort de son champ de vision : elle se calme.

*

Les derniers invités quittent les lieux vers une heure. Et il n'est pas loin de deux heures quand Eva rentre chez elle. Elle envoie un SMS à Sophie : « Tu dors ? » Réponse : « Quelle question. Qui aurait l'idée de dormir à deux heures vingt-cinq ? » « Je t'appelle ? » « OK ! »

Eva lui dit la vérité : ce qui est arrivé dans le petit salon. Rien que d'en parler, elle a les mains moites et la respiration haletante ; Sophie n'en croit pas ses oreilles.

— C'est vrai ou tu me racontes des conneries ?

— Tu sens bien que je ne suis pas dans mon état normal.

— Ça, on s'en est rendu compte. Je peux poser une question ? Pourquoi tu es partie ? Tu ne pouvais pas lui laisser une carte ? Lui dire un truc…

— Une carte ! Tu n'as rien trouvé de plus pompeux ? Et à quoi bon, du reste ? Il m'appelle, on va dîner au restau, un dernier verre chez lui ou chez moi… Quel intérêt ?

— Arrête avec ce pessimisme ! Tu ne peux pas savoir à l'avance. Tu mériterais que la vie te joue un mauvais tour avec cette histoire. Je te laisse, essaie de t'endormir avec le souvenir du bel inconnu !

— C'est ça, moque-toi.

Eva ne trouvera pas le sommeil avant l'aube. Elle est physiquement atteinte par Sacha qui a laissé en elle des traces obsédantes.

5

Lundi 23 mars

Le rendez-vous avec l'entrepreneur a été fixé le jour où fut signée la promesse de vente. C'est aujourd'hui le coup d'envoi des travaux pour l'hôtel à Marseille.

La veille, Louis est venu chercher Jacques et Estelle pour les conduire à la gare de Lyon, et c'est au prix d'un effort que Jacques a réussi à faire rentrer le robot R2-D2 à l'avant de la voiture.

— Attention, Louis, vous êtes surveillé ! Il est magnifique, non, chérie ?

Estelle est attendrie par Jacques.

— On dirait le vrai, répond-elle. Comment tu as fait pour dénicher ça ? Il va être aux anges !

Jacques lui prend la main. Ils sont sur la banquette arrière.

— Chéri, tu es sûr que tout va bien ?

Jacques affirme d'un ton un peu trop rassurant :

— Mais oui, mon amour. Pourquoi ça n'irait pas ? Je suis sur le point de concrétiser mon rêve ! Et le tout dirigé par toi. Tu vois une raison pour que j'aille mal ?

— Expliqué comme ça, non, effectivement.

Pourtant Estelle ne se sent pas tranquille.

— On fait la couverture de *Challenge* la semaine prochaine, reprend Jacques. Tu crois que j'appelle ma sœur pour le lui dire ?

Jacques est amusé par ses propres paroles.

— La situation ne s'est pas arrangée, avec Catherine ? Au bout de trois semaines ! Même au bureau, vous ne vous parlez toujours pas ? Tu ne veux vraiment pas fournir un petit effort ? Faire le premier pas ?

— Au fond, elle est blessée. Elle aurait voulu que je l'implique davantage dans l'acquisition de l'hôtel. Je la connais. D'ailleurs c'est vrai : je ne décide jamais rien sans elle. Mais cette fois, j'ai dû agir vite. Sinon, l'affaire me passait sous le nez. Honnêtement, c'est une excellente juriste, avocate, tout ce que tu veux, mais personne n'a la rapidité de réaction que je peux avoir, moi, quand une urgence se présente. Tu sais bien que je n'arrive pas à déléguer. C'est une preuve de plus.

— Tout de même, ça ne lui ressemble pas de se mettre dans une rogne pareille. On dirait qu'elle a voulu te mettre en garde. Qu'elle a senti un danger, pour toi ou pour le groupe.

Elle se tourne vers lui :

— Il y a quelque chose que tu ne m'as pas dit, Jacques ? Pardon d'insister, mais je ne vois pas pourquoi ta sœur ferait des concours de timing pour régler un dossier. Surtout pour une acquisition de ce genre.

Jacques est vexé que sa femme puisse douter de lui. Il dit, changeant de ton :

— Qu'est-ce que tu cherches à me dire ? Que tu prêtes du crédit aux âneries de ma sœur ? Si j'avais laissé faire Catherine, on n'aurait pas la moitié de ce qu'on a construit ! Quand on est frileux, on n'avance pas. C'est connu.

Estelle, qui ne veut pas d'histoire, décide de calmer le jeu :

— Je sais, mon amour. Tu as raison. Mais par pitié ! Ne fais rien qui risquerait de te mettre en danger. Je ne supporterais pas qu'il t'arrive quelque chose.

Et elle ajoute, pour éviter que le débat ne soit relancé :

— Si tu me dis qu'il n'y a aucune raison de s'angoisser, alors évidemment je te crois sur parole.

— Il n'y a aucune raison de s'angoisser, ma chérie. Sois tranquille.

Mais Jacques n'a pu prononcer ces mots sans fuir le regard d'Estelle.

*

Les travaux démarrent au matin de ce lundi. Estelle enchaîne les réunions. Minutieuse, organisée, elle respecte scrupuleusement les désirs de Jacques qui la couve d'un œil admiratif.

Alors qu'elle est au milieu d'une réunion, il vient l'embrasser.

— J'y vais. Je passe un moment avec lui et je rentre. Je serai de retour en fin de journée. Ça te va, ma chérie ?

— Bien sûr. Profite bien ! Sois prudent sur la route. À tout à l'heure.

— Ne t'inquiète pas, je t'appelle en repartant. Travaillez bien !

— Tu me diras si ça lui a plu !

Jacques cale le robot à l'arrière, démarre et prend la direction de l'autoroute.

Deuxième partie

6

Jeudi 28 mai, 6 heures 45

À l'approche de l'été, les journées sont plus longues. L'avenue de Breteuil est dégagée. Devant les cafés et les restaurants, on décharge les livraisons du jour. Les gardiennes nettoient leur trottoir. Quelques courageux font leur jogging matinal. Des gens du quartier promènent leur chien, encore ensommeillés, certains en pyjama.

Deux voitures banalisées et un fourgon de la gendarmerie se garent devant le domicile de Jacques. Quatre hommes et deux femmes sortent des véhicules. Ils ajustent leur brassard orange où s'inscrit en majuscules noires : POLICE. Quatre agents en uniformes leur emboîtent le pas.

Dans l'appartement silencieux, Estelle et Jacques dorment d'un sommeil profond. La veille, Jacques a cuisiné à *L'Excellence*, son restaurant étoilé. Il y recevait l'ambassadeur des États-Unis. Estelle était présente. Ils ont dîné avec l'ambassadeur et son épouse. Le restaurant a fermé ses portes à une heure tardive.

Les policiers sonnent chez la gardienne surprise, apeurée. Ces policiers avec leur brassard !

— Bonjour madame. Police judiciaire. M. Jacques Kahn, c'est bien au cinquième ?

Maria arrive à peine à répondre. Les mots se bousculent sur ses lèvres. Elle tremble.

— Euh… Cinquième et sixième. Mais à cette heure-ci, ils dorment encore. M. Kahn travaille très tard, vous savez… C'est grave ? Je vous accompagne ?

— Pas la peine, madame.

Plusieurs agents montent par l'escalier ; les autres prennent l'ascenseur.

*

C'est un vacarme étourdissant qui réveille Estelle en sursaut. Il lui faut plusieurs minutes pour comprendre que les coups viennent de leur palier. Jacques, lui, dort toujours. Elle le secoue, paniquée.

— Jacques, Jacques ! Réveille-toi !

Jacques ouvre les yeux. Le bruit arrive à ses oreilles. Il saute du lit, enfile son peignoir à l'envers et gagne l'entrée de l'appartement, encore engourdi. Tandis qu'il s'approche de la porte, des voix lui parviennent :

— Police ! Police judiciaire !

Jacques déverrouille la porte. Six cartes de police lui sont présentées.

— Monsieur Jacques Kahn ?

— C'est moi, que se passe-t-il ?

Il est sonné.

Un des policiers répond calmement :

— Monsieur Kahn, nous avons une commission rogatoire. Délivrée par Mme Florence Soulemoidon, juge d'instruction. Nous allons perquisitionner votre appartement. Ainsi que vos bureaux. Et vos restaurants. Escroquerie, complicité d'associations de malfaiteurs, faux en écriture. Ces chefs d'accusation sont liés à un contrat de financement que vous avez passé avec la société anglaise Fast Invest. À partir de cet instant, vous êtes en garde à vue. Il est sept heures et sept minutes. Vous avez le droit d'avertir votre avocat. Il pourra vous assister dès la fin des perquisitions.

Jacques s'efforce de garder son sang-froid ; Estelle se décompose.

— On peut vous offrir du café ? dit Jacques.

Tous répondent par l'affirmative. Puis les premières questions arrivent :

— Monsieur Kahn, vous avez un coffre, ici ?

— Estelle, dit Jacques, ma chérie, tu veux bien ouvrir le coffre et le vider ? Je vous laisse faire votre boulot. Mais je n'ai aucun document professionnel dans l'appartement.

Une des femmes s'adresse à Estelle d'un ton calme :

— Je vous suis, madame.

Estelle, sans un mot, se dirige vers le coffre. Elle l'ouvre. Elle le vide de ce qu'il contient : des bijoux, deux enveloppes d'argent liquide, des papiers d'assurance.

Pendant ce temps, une des deux policières feuillette le dernier livre de recettes publié par Jacques.

— Je vous l'offre, dit-il, aimable et flatté. Voulez-vous une dédicace ?

Les agents ouvrent les portes des placards, les tiroirs du bureau ; même les penderies sont entièrement fouillées et vidées de leurs vêtements.

Le responsable de l'opération s'est présenté : commissaire Marcoud. Il est allé s'asseoir dans le salon, sur le divan, près de la table basse. Il demande à Jacques :

— Vous savez à quel point les juges sont sensibles au fait que la personne impliquée coopère avec la police. Vous n'avez rien à nous dire ? Pas de document à nous montrer ?

— Coopérer, répond Jacques, je suis d'accord. Tout ce qui concerne mes affaires est rangé au bureau. Je vous montrerai tout ce que j'ai.

— Allons-y, monsieur Kahn.

Muette, défigurée par la peur, Estelle s'est adossée au mur du salon. Elle cherche à croiser le regard de Jacques ; mais Jacques, à présent, se dérobe. Elle repense alors à cette dispute entre Jacques et Catherine. En arrivant au *Bistrot,* le soir du dîner familial, elle en a entendu la fin ; et la violence avec laquelle ils s'invectivaient l'a choquée.

Les agents saluent poliment Estelle. Jacques lui donne un baiser.

— Ne t'inquiète pas, ma chérie.

Le ton, subitement, n'est guère rassurant. Jacques a le regard noir. Les policiers lui ont pris son téléphone portable et son ordinateur.

Les bureaux de Jacques Kahn sont à cinq minutes. Il est à peine huit heures quinze quand les véhicules de la police arrivent devant l'entrée du *Bistrot*. La gardienne de l'immeuble voisin est sur le trottoir, en discussion avec une locataire. D'abord, elle ne remarque pas les brassards orange. Puis elle se rend compte que la police entre dans l'immeuble. Elle n'imagine pas une seconde que Jacques puisse être inquiété ; elle se précipite vers lui :

— Jacques, est-ce que tout va bien ? Vous avez eu une effraction cette nuit ? Je n'ai rien entendu. Vous voulez que j'appelle mon mari ? Il ne dort jamais. Victor ! Victor…

— Ce n'est pas la peine, Lucia. Je n'ai pas été cambriolé. Bonne journée.

Jacques referme la porte ; Lucia est frappée d'incompréhension.

La brigade du commissaire Marcoud fouille les bureaux de Jacques et de Catherine. Ils explorent aussi celui de Françoise, l'assistante. Ils perquisitionnent enfin toute la comptabilité. Les dossiers s'empilent sur les bureaux. Papiers et contrats jonchent le sol.

Jacques, de crainte que Catherine ne le lise, avait pris soin de mettre en lieu sûr le contrat avec Fast Invest. Il indique des taux de remboursement usuriers. Les garanties fixées y sont exorbitantes. Jacques sait pertinemment que n'importe quel conseiller un peu sensé l'aurait dissuadé de signer un tel papier. Sans compter qu'il ne sait rien de ces investisseurs mystères. Il ne les a rencontrés qu'une fois.

Mentant aux enquêteurs, il affirme ne pas avoir de contrat en sa possession…

Et il se demande comment désigner Catherine sans lui dire la vérité. S'il se trouve obligé de le faire, alors il faudra tout lui raconter. Elle apprendra qu'il a revu Myriam, et cédé à ses propositions de financements occultes. Résultat : la situation dans laquelle il se retrouve aujourd'hui. Il n'ose encore se l'avouer, mais il commence à comprendre que Myriam a tout manigancé. Mentalement, il dresse déjà la liste des amis à contacter.

Il en est toujours persuadé : personne ne peut l'atteindre.

*

Estelle, sans parvenir à retrouver une élocution normale, essaie de raconter à Rosa, l'employée de maison, ce qui s'est passé ce matin. Son discours est haché, à peine compréhensible ; elle bégaie.

Elle a tenté de joindre Catherine, puis Eva, mais aucune des deux n'est joignable. Elle leur a laissé des SMS plus qu'alarmants. Puis elle a demandé à Rosa d'aller lui acheter un paquet de cigarettes, alors qu'elle a arrêté depuis dix ans.

Au même moment, Catherine est au cours de yoga. Elle s'est laissé convaincre par Lætitia, la réceptionniste du *Bistrot*, de l'accompagner pour une heure de méditation. Les deux femmes se sont retrouvées à sept heures quarante-cinq pour s'y rendre ensemble. À présent, elles sont dans la salle. Et le portable de Catherine est resté aux vestiaires, de sorte qu'elle ignore tout de ce qui arrive.

Eva, après avoir déposé les enfants à l'école, est allée retrouver Sophie avec qui elle a prévu de prendre un petit-déjeuner. Elle ne cesse de repenser au mystérieux Sacha et c'est quelque chose qu'elle a envie de partager avec son amie. Presque trois mois ont passé depuis la fameuse soirée, et elle garde un souvenir intense des quelques minutes passées avec Sacha dans le petit salon privé en haut de l'escalier.

— Hello ! Il y a quelqu'un ?

Un jeune homme apparaît, sortant du bureau. C'est Julien, l'apprenti fleuriste qui travaille avec Sophie.

— Salut, tu vas bien ? Ce qu'on a fait pour ton vernissage, ça allait ? Tu étais contente ?

— Quelle question ! répond Eva. Rien à dire, comme d'hab ! Sophie est en livraison ?

— Elle arrive, elle est en bas. Tiens, la voilà.

— On y va ? dit Sophie dès qu'elle voit Eva.

Et elle ajoute à l'attention de l'apprenti :

— Julien, je serai de retour dans une petite heure. On sera en face s'il y a quelque chose.

— Pas de souci.

Les deux amies traversent la rue et vont aller s'asseoir au café où elles commandent une orgie de petit-déjeuner.

— Après ça, jure Eva, je jeûne jusqu'à demain ! Qu'est-ce que j'ai fait de mon portable ? Mince, alors… Il n'est pas dans mon sac. Tu veux être gentille d'appeler Julien et de lui demander si je ne l'aurais pas laissé sur le comptoir à la boutique ?

Sophie compose le numéro du magasin.

— Julien, Eva a dû laisser…

— Son portable, oui, il est là. Je me suis permis de le mettre sur silence, ça n'arrêtait pas de sonner.

— Tu as bien fait.

Eva raccompagne Sophie à la boutique afin d'y récupérer son téléphone.

Estelle a appelé onze fois, puis laissé un SMS : « Chérie, TRÈS URGENT. La police vient de partir avec ton père… Viens dès que possible… N'arrive pas à joindre Catherine. J'ai peur… »

Eva relit plusieurs fois le texto qui lui a fait l'effet d'une douche glacée.

— Ça ne va pas ? demande Sophie. Tu es livide ! Qu'est-ce qui se passe ?

Eva n'arrive pas à s'expliquer clairement : elle tend le téléphone à Sophie et lui fait lire le SMS.

— Je te jure, il nous aura tout fait. La police l'a emmené. Je n'ai que ça à faire, moi, maintenant, d'aller chez lui !

Elle compose le numéro de Catherine, espérant la convaincre d'aller chez Jacques à sa place. Elle lui laisse un message vocal :

— Catherine, c'est Eva, rappelle-moi de toute urgence. Je n'y comprends rien… Estelle m'a laissé un SMS pas possible. Papa se serait fait embarquer par la police. Je vais chez eux.

Sophie est déboussolée.

— Tu veux que je t'accompagne ?

— C'est gentil, mais non. Je fonce. S'il te plaît, appelle Jeff… Qu'il essaie de joindre sa mère.

Eva démarre en trombe.

Sophie regarde la voiture s'éloigner. Elle a le cœur serré : la famille Kahn, c'est comme sa famille…

*

Tout en conduisant, Eva rappelle Estelle. Mais elle n'arrive pas à comprendre les explications, tellement elles sont confuses…

— Ne te fatigue pas. Ne parle pas. J'arrive. Je serai là dans dix minutes.

Conduisant vite, trop vite, elle récupère les quais de Seine. Bientôt, elle se gare devant chez son père. Comme elle referme la portière de sa voiture, Maria l'interpelle :

— Mademoiselle Eva ! C'est terrible… La police, ce matin… Même pas sept heures ! Et votre papa…

Elle est plus essoufflée que si elle avait couru le marathon de Paris. Eva n'a d'autre choix que de lui couper la parole :

— Je dois monter, Maria. On vous tient au courant.

Eva entre dans l'appartement à l'instant où le portable d'Estelle retentit. C'est Catherine. Estelle passe directement le téléphone à Eva qui s'écrie :

— Tata ! c'est quoi ce bordel ?

— Je ne sais pas, ma chérie, répond Catherine. Je viens juste de récupérer mon téléphone. J'arrive tout de suite. Je suis à Bastille, je me dépêche. Il a fallu que j'aille au yoga ce matin !

Eva tente d'expliquer à Catherine qu'il ne va pas être facile de décrypter quoi que ce soit. Elle parvient à lui glisser quelques mots en chuchotant dans son téléphone :

— Imagine un dialogue entre un bègue et un enfant qui apprend à parler. Je ne comprends rien à ce qu'elle raconte…

— Tu as interrogé la gardienne ?

— La gardienne ? C'est encore pire ! Fonce, s'il te plaît. En attendant, je fais ce que je peux. Mais je n'ai pas non plus la journée devant moi !

Eva raccroche. Estelle se jette dans ses bras et se met à sangloter en allumant une cigarette.

— Quoi, tu refumes ? Non, non, la clope, ce n'est vraiment pas la peine… Allez, tu connais papa. Si ça se trouve, tu l'auras ce soir à la maison et tout sera arrangé.

Eva se veut rassurante mais elle a le regard sombre : son angoisse est visible. Quant à Estelle, elle est encore sous le choc. Articuler la moindre phrase lui prend un temps infini. Eva attrape un bloc et un feutre. Elle tend le tout à sa belle-mère en disant :

— Écris, ce sera plus facile. Le temps que tu reprennes tes esprits.

Rosa sert le thé et demande :

— Madame Eva, vous voulez manger quelque chose ?

— Non, merci, ma Rosa. Vous n'avez rien vu ? Vous êtes arrivée après le départ de papa ?

— Oui, je suis désolée.

— Ne soyez pas désolée. Vous pourriez me rendre un service ?

— Bien sûr.

— Descendez voir Maria. Essayez de savoir à quelle heure elle a vu la police, ce qu'ils lui ont dit exactement, s'ils étaient aimables, si elle les a suivis dans l'appartement… Qu'elle vous donne le plus d'informations possible…

— J'y vais.

*

Eva ne lâche pas des yeux Estelle qui peine à mettre les événements par écrit, tant elle a la main qui tremble. Elle voit apparaître sur le bloc le mot « horrible », le mot « affreux », le mot « humiliant »… De quoi donner des sueurs froides. Des bribes de la dispute entre Jacques et Catherine resurgissent dans la tête d'Eva.

Catherine arrive un peu avant midi. Les trois femmes vont s'asseoir dans le salon et c'est Catherine qui prend la parole. Au ton de sa voix, on devine que rien de bon ne sortira de cette affaire…

— J'ai réussi à obtenir des infos, dit-elle. Ce n'est pas glorieux. Il n'y a plus qu'à croiser les doigts pour qu'ils le lâchent demain, au pire après-demain. Si ce n'est pas le cas, c'est la merde. Jacques va me désigner comme son avocate. Ce qui signifie que je pourrai m'entretenir avec lui seul à seul. Je tenterai alors d'en savoir plus. Dès que ma désignation est confirmée, j'y vais…

Eva intervient brusquement :

— Croiser les doigts ? Pour qu'ils le relâchent ? Qu'est-ce que tu racontes, là ? Où est papa ?

— En garde à vue, soupire Catherine. Dans les locaux de la police judiciaire.

— Ils vont le mettre en prison ? Mais sous quelle accusation ?

Elle ne peut croire ce qui arrive.

— Et d'abord, reprend-elle, qu'est-ce qu'il fait en garde à vue ? On met les gens en garde à vue comme ça ? Sans raison ?

Estelle est prête à défaillir. Catherine lui prend la main en disant doucement :

— Jacques est fort. Ne perds pas courage. On va le tirer de là.

Sauf qu'elle n'a pas vraiment l'air d'y croire… On dirait qu'elle essaie de se convaincre elle-même. Elle enchaîne les cigarettes. Dans sa tête aussi, tout se bouscule.

— Il va falloir appeler Vanessa, dit Eva. Tu la connais : elle va s'effondrer…

— Pas question de lui cacher la situation. De toute façon, elle passe souvent au bureau à l'improviste. Elle aura tôt fait de comprendre que quelque chose ne tourne pas rond. J'ai appelé *Le Bistrot* et *L'Excellence*. Ça va, ils gèrent. Mais la perquisition les a secoués. Ton père a fait une arrivée triomphante avec la police, genre l'Artiste entre en scène…

— Il a toujours rêvé de ça : être escorté par les gyrophares…

— Je leur ai donné la consigne : si on demande ton père, la réponse, c'est qu'il est en province pour quarante-huit heures. Voire soixante-douze. On verra l'évolution. Si ça se prolonge, on fera un communiqué de presse.

Estelle leur fait des signes. Elle est toujours muette. Elle écrit sur le bloc qu'elle voudrait prendre sa douche. Eva demande à Rosa de rester avec elle. Puis, s'adressant à Estelle :

— En cas de problème, tu frappes le mur. Tant que tu es dans cet état, on utilise un code : un coup fort, c'est qu'il y a urgence. OK ?

Estelle répond oui de la tête.

Catherine est attendrie par la façon dont sa nièce réagit.

— Même en pleine panique, dit-elle, tu penses à rassurer les autres. Petite, tu étais déjà comme ça. Tu ne voulais pas qu'on s'inquiète pour toi.

Mais Eva est exaspérée.

— Il m'énerve tellement, à toujours se croire au-dessus de tout ! Je comprends maintenant que tu te sois emportée l'autre soir au *Bistrot*… Bon, il faut que j'appelle Rudy. Je n'irai pas à la galerie aujourd'hui. Enfin, j'y ferai peut-être un saut en fin de journée. Tu appelles Vanessa ou je m'en charge ?

— Appelle-la. C'est mieux. Dis-lui de venir…

La colère crispe le visage de Catherine.

— Moi aussi, il m'énerve ! Je serais capable de l'étrangler ! Je savais qu'il était en train de faire des conneries ! Ce que je ne comprends toujours pas, c'est pourquoi. S'ils le gardent ce soir, il sera obligé de faire appel à moi…

— Comment ça, s'ils le gardent ce soir ? Il va dormir où ? Dans une cage ? Une cellule ? Il aura à manger ? À boire ?

Eva est blême. Certes, elle en veut à son père, pour des raisons secrètes, mais une telle situation, elle ne l'aurait jamais envisagée. Elle a même du mal à comprendre que c'est vraiment arrivé : Jacques retenu par la police ! Elle ne sait plus ce qu'elle doit faire. Partir ? Les laisser tous se débrouiller ? Non : elle pense à sa sœur si sensible… Impossible de les abandonner dans cette panade…

Elle compose nerveusement un numéro.

— Galerie Eva K. Bonjour…

— C'est moi, Rudy…

— J'allais t'appeler. Je m'inquiétais. Il est tard…

— On a un souci avec mon père. Je ne pense pas pouvoir venir. On avait des rendez-vous importants ?

— C'est grave ?

— Oui, assez…

— OK. Ne t'inquiète pas : j'assure. On a reçu les devis pour la soirée au Plaza – la lumière, le rétroprojecteur, la sécurité que tu veux prendre en plus, tout ça. Mais ce n'est pas à vingt-quatre heures près. On verra demain… Jacques est malade ?

— Non, Rudy. Il n'est pas malade. La police l'a cueilli chez lui à sept heures du mat. Ils l'ont embarqué.

Rudy en reste un instant muet de stupéfaction. Puis :

— Merde… Où es-tu ?

— Chez lui. Avec Estelle. Ma tante vient d'arriver. Je vais rester.

— N'hésite pas à m'appeler si tu as besoin de moi.

— Promis.

— Courage.

Reste à appeler Vanessa : Eva a du mal à se décider. Elle promène des regards dans la pièce. Les inspecteurs ont laissé partout des piles de documents. La veste de Jacques pend au dossier d'une chaise. Près du divan, les escarpins d'Estelle gisent abandonnés. Et son petit sac du soir est accroché à l'accoudoir du fauteuil. La vie a basculé dans l'espace de quelques minutes. Comment est-ce possible ? Un verdict, un mauvais coup de frein, un réflexe au mauvais moment, une chute… et rien n'est plus pareil.

— Ça va ? dit-elle, parlant au téléphone. Je te dérange ?

— Tu ne me déranges jamais. C'est rare que tu m'appelles en pleine journée… Ça va ? Tu as une drôle de voix.

— Il faudrait que tu viennes chez papa et Estelle. Il s'est passé quelque chose, ce matin. La police est venue et papa a dû repartir avec eux.

— Eva, si c'est une blague…

— Ce n'est pas une blague. Tu crois que je plaisanterais sur un sujet pareil ? Catherine est là aussi. On est avec Estelle. Viens, s'il te plaît. On t'attend.

— J'arrive.

*

Enfermée dans la cuisine, Catherine est au téléphone depuis vingt minutes. Dans le salon, l'attente est lourde. Estelle, assise par terre, a les yeux hagards. Eva répond à ses messages. Vanessa, perchée sur le rebord d'un des canapés, est comme sur le qui-vive.

Puis Estelle commence à ranger la pièce. Elle veut effacer le désordre laissé par la perquisition. Elle ramasse des papiers, des dossiers bancaires, des photos… Elle fait le tour des tiroirs et des placards : tout est vide.

Quand Catherine sort enfin de la cuisine, c'est pour dire d'un ton grave :

— La garde à vue est prolongée jusqu'à demain. Jacques m'a désignée comme avocate… Je pars tout de suite. Je ne peux rien dire tant que je n'ai pas vu les chefs d'accusation. Je ne suis même pas certaine de pouvoir le défendre, je ne suis pas pénaliste. Je vais passer un moment avec lui, je crois qu'on a droit à trente minutes en tête à tête…

Elle ne met plus aucune ponctuation entre ses phrases. Elle ne prend même pas le temps de souffler. Eva est obligée de lui couper la parole :

— Respire ! On est toutes dans le même état. Vas-y, fais ce qu'il y a à faire et tiens-nous au courant. On va rester là avec Estelle. J'ai eu Franck : il prend les enfants dans une heure. J'ai prétexté une livraison chez des clients. Pour une fois, ça tombe bien, ils sont chez lui ce week-end.

Eva accompagne Catherine à l'ascenseur.

— Eva… Ça semble plus grave que je ne le pensais. Marcoud, le commissaire, m'a expliqué ce qu'il y a dans le procès-verbal. Je t'épargne les détails. Ils adorent ton père, ils le trouvent charmant. Du coup, la garde à vue se passe bien. C'est déjà ça. Mais le dossier est chargé…

— Sinon, dit Eva, il serait dehors.

— Évidemment. Marcoud a été clair : la juge va s'acharner contre lui. Je pense qu'il faut se préparer au pire.

— Mais il y a quoi dans ce dossier ?

— J'en saurai plus tout à l'heure. Alors je pourrai réfléchir à ce qu'il convient de faire.

Eva est exaspérée.

— Je n'y comprends rien, dit-elle, tendue. Tout ce que je sais, c'est que j'ai juste envie de le tuer…

— Il s'est tué tout seul, Eva…

— Tu te rends compte de ce qu'il nous fait ?

— J'y vais.

Catherine entre dans l'ascenseur ; les portes se referment sur elle.

*

Catherine attend dans une pièce glaciale aux murs gris, aux peintures craquelées, au sol noirci par la crasse. Soudain, Jacques apparaît, escorté par un policier. Il a les traits tirés et des cernes sous les yeux. Sa chemise est ouverte jusqu'au troisième bouton. Il a jeté sa veste sur son épaule. Il remercie l'agent.

Catherine, qui ne s'est pas préparée à un tel spectacle, doit écraser une larme. Jacques s'approche. Elle pose la tête contre le buste de son frère : elle faisait ça quand ils étaient enfants…

Ils s'assoient.

— On a trente minutes, c'est très court…

— Il faut que tu appelles le cabinet du maire, Catherine. Il se débrouillera pour me sortir de là. Ça n'a pas de sens, si seulement…

— Jacques !

Il se tait, stupéfait. Catherine aussi est surprise de sa propre fermeté.

— J'ai appelé tout le monde, dit-elle. Personne ne va te sortir de là. On ne me prend pas au téléphone : ni le maire, ni tes amis ministres. Personne. Tu es inconscient. Tu sais pourquoi tu es là ?

Jacques regarde le mur, puis le sol.

— Merde, Jacques ! Parle-moi ! Si ça se trouve, la prochaine fois que je te verrai, ce sera au parloir. Tu vas passer la nuit ici, tu es au courant ? J'ai consulté le procès-verbal. Le superfinancement de ton hôtel ! La juge est persuadée que tu es à l'origine des fonds. Et comme prévu, c'est de l'argent sale. Ou un blanchiment. Bref, tout est gelé. Il y a un mandat d'arrêt contre le gérant de la boîte en question. Laquelle n'est pas anglaise, d'ailleurs, mais luxembourgeoise. Pour ta gouverne.

— Mais qu'est-ce que tu racontes ? s'emporte Jacques. Le commissaire m'adore ! On a parlé longtemps. Je vais même prendre sa fille en stage au *Bistrot.* Elle a été recalée de Lausanne ! Ça ne te rappelle personne ? Ils ne vont pas me garder. Cette nuit, c'est une formalité. Tu connais les juges : ils ont besoin d'affirmer leur petit pouvoir. Un type comme moi n'a rien à faire en prison ! Tu sais combien d'emplois je crée avec mes établissements ?

Catherine est atterrée.

— Réveille-toi, dit-elle doucement. Le commissaire n'a aucun pouvoir de décision. J'ai lu les chefs d'accusation : c'est grave. Il faut que tu m'en dises le plus possible et l'on n'a pas beaucoup de temps. Si tu ne rentres pas demain, il va falloir s'agiter. Je ne peux pas te défendre, je dois prévenir Olivier dans les plus brefs délais. Qu'est-ce qu'ils t'ont posé comme questions ? Ce contrat avec tes investisseurs, où est-il ?

Soudain les rôles sont inversés. Catherine fait à nouveau preuve d'autorité. Jacques, les yeux dans le vide, se triture les ongles. Puis il se met à parler :

— Comme elle ne me trouvait pas, elle est venue déjeuner au *Bistrot.* Avec un prétendu client. Elle a parfaitement joué le jeu des retrouvailles. Aguicheuse comme pas deux ! Pour ça, elle n'a pas changé…

— Qui est venu au *Bistrot ?* Myriam ? Mais comment tu as pu… Bref, continue…

— Elle lisait tous mes articles de presse, mes interviews. J'y parle beaucoup de mon projet de monter un hôtel au bord de l'eau, alors voilà… Elle m'a cueilli pile poil le jour où la banque m'a refusé l'emprunt.

— Et toi tu boucles un montage d'une telle ampleur en à peine trois semaines !

— Catherine, j'avais déjà signé la promesse. Qu'est-ce que je pouvais faire ? C'est une affaire qui est tombée en liquidation, je n'avais pas plus de quarante-huit heures devant moi, sinon je ratais le coup. Il y avait une tonne de monde dessus.

— Pardon, mais il aurait mieux valu que tu ne l'obtiennes pas.

— Ce n'est plus vraiment la question.

— Bon, et après ?

— Eh bien…

— Ne me dis pas que tu as recouché avec elle…

— Tu perds la tête ou quoi ? Jamais je ne ferais ça à Estelle.

— Ce que tu es en train de nous faire à nous, c'est bien pire ! Tu vas salir tes filles, la famille entière. Il ne fallait pas te rapprocher de cette traînée ! Elle n'aura aucun scrupule. Crois-moi, elle a bien préparé son coup !

Jacques s'est levé, l'air de reprendre le dessus. Il arpente la pièce.

— Je te trouve alarmiste, dit-il. Ton côté avocate, j'imagine. Ça ressort toujours. Surtout dans ce décor ! Mais bon, on ne va pas m'enfermer parce que j'ai emprunté du fric à des conditions exorbitantes ! Un homme comme moi, enfin ! Reprends-toi, Catherine ! Tu me déçois, là. Je te croyais capable de garder au moins ton sang-froid !

Elle se prend la tête dans les mains, désespérée par la réaction et le comportement de son frère.

— C'est dangereux, d'être à ce point-là hors réalité.

Il veut la prendre dans ses bras.

— Tu as fumé ?

Elle rassemble son courage et répond :

— Ce n'est pas le fait d'avoir emprunté des fonds qui pose problème. C'est cette boîte : Fast Invest… C'est bien son nom ?

— Oui.

— Elle est tout sauf *clean*. Et les gens avec qui tu as négocié le sont encore moins. Société *off shore*, société écran, ça te parle ? Et oui, j'ai fumé. Ta femme aussi d'ailleurs…

— Vous êtes devenues folles, ou quoi ? Alors je m'absente une journée et c'est la débandade ! Et Eva ? Elle s'est mise au crack ?

Il rit de sa propre plaisanterie. Catherine se tait. La porte s'ouvre sur un agent :

— Il vous reste cinq minutes, maître Kahn.

— On a presque fini.

Jacques reprend :

— Arrête de paniquer. Demain matin, je vois la juge. À midi, je serai dehors. Organise-moi une conférence de presse dans l'après-midi. À seize heures, disons. Je vais leur montrer, moi, qu'on ne peut pas débarquer chez moi impunément, traumatiser ma femme et mes filles, tout ça pour des broutilles…

— Mais Jacques, tu ne comprends pas que…

L'agent reparaît : le temps est écoulé.

*

En arrivant dehors, Catherine prend une grande inspiration. Impossible de rentrer directement. Elle a besoin de réfléchir. Elle s'est entretenue avec le commissaire : Jacques n'a pratiquement aucune chance de rentrer chez lui demain. D'autre part, se disputer avec son frère lui est insupportable ; elle s'en veut presque de lui avoir parlé sur ce ton.

Assise dans un café, elle consulte la pendule au-dessus du comptoir : vingt heures vingt. Elle a besoin d'un remontant. Elle se commande une vodka glace. Par où commencer, pour expliquer à Estelle, et aux filles, combien la situation est grave ?

Son verre est avalé d'un trait. Elle compose le numéro d'Olivier Courpied. Ils ont fait la fac ensemble à Panthéon-Assas. Avant d'intégrer l'un et l'autre l'École de formation du barreau de Paris. Ils sont restés proches. Si Catherine est dans le droit des affaires, Olivier est spécialisé en droit pénal. Il est aussi très introduit dans le milieu politique. Il défend de nombreuses personnalités, ce qui lui vaut le respect et l'amitié de Jacques.

Il décroche à la deuxième sonnerie.

— Hello ma chérie ! Que me vaut le plaisir ?

— Une catastrophe, Olivier. Mon frère est en garde à vue.

— C'est grave ?

— Assez, j'en ai peur.

Elle expose les faits, annonce les chefs d'accusation et finit par la discussion qu'elle vient d'avoir avec Jacques. Olivier ne peut que la confirmer dans son évaluation.

— Il va avoir son mandat de dépôt, Catherine. C'est quasiment sûr. La juge ne lui fera pas de cadeau. Si elle avait voulu se montrer clémente, il serait sorti ce soir. Je la connais, Soulemoidon, c'est une coriace.

— Ça, j'avais compris. Qu'est-ce que je vais pouvoir raconter aux filles ? À Estelle ? Elle est tellement choquée qu'elle est passée par un bégaiement affreux ; maintenant, elle est muette, anéantie. Mon frère, je te jure, j'ai envie de le tuer. Si ce qu'on pense est confirmé, tu prends le dossier ?

— Bien sûr. Quelle question. Je mettrai mon associé sur le dossier. Maître Bettane, il est sensationnel. Tu veux que je vienne te voir maintenant ?

— C'est gentil mais ça va aller. Je vais prendre sur moi. Je dois me montrer forte pour tout le monde. Ça me rassure, de sentir que tu es là. Pour sa défense, tu préfères rester en retrait ?

— Oui, c'est mieux. Jacques est surexposé, je le suis aussi. Tout le monde connaît son goût pour la politique et les médias, on le voit partout. Ces derniers mois, moi aussi, on m'a beaucoup vu et entendu. Ça peut agacer cette peau de vache de juge. Et donc nous desservir.

— C'est toi qui décides.

— Pour la famille, ne donne pas de détails : attendons demain. Ce n'est pas la peine de faire paniquer tout le monde. Reste aussi discrète que possible. Axe tes réponses sur l'état de ton frère. Tu veux qu'on aille dîner un peu plus tard ? Je passe te chercher si tu veux…

— Pour mes nièces non plus, ce n'est pas simple. Alors je préfère être avec elles. Je te rappelle.

— On fera le maximum, ne t'inquiète pas.

— Je sais, merci. Je t'embrasse.

*

Au regard de Catherine, Eva comprend que les nouvelles sont mauvaises. Catherine leur explique tout sans mentir mais en s'efforçant de rester neutre, en livrant peu de détails sur l'aspect pénal de l'affaire. Elle conclut en disant qu'il faut attendre la fin de la garde à vue, et que Jacques ait été présenté à la juge…

Le téléphone d'Eva retentit. C'est Jeff. Il appelle de Boston où il a passé quelques jours pour une série de conférences sur la cardiologie infantile. Il est à l'aéroport.

— Je viens d'avoir vos messages, dit-il. Qu'est-ce que c'est que cette histoire ? Où es-tu ?

— Chez mon père. Jeff, c'est un cauchemar. Tu verrais Estelle : une carpe. Plus un son. Hier, elle s'est mise à bégayer. Depuis, plus rien.

— Une carpe ? Eva, je n'y comprends rien ! J'atterris à sept heures demain matin, je viendrai directement de l'aéroport.

— Je t'attends. On va dormir là ce soir. Toutes.

— Comment va ma mère ?

— Comme nous : elle fait face. Elle a pu aller le voir tout à l'heure. On ne saura rien avant demain, mais je ne me fais pas d'illusion. Il me pourrira la vie jusqu'au bout !

— Qu'est-ce qui se passe avec Estelle ?

— Un choc émotionnel, apparemment. C'est impressionnant.

— Il faut qu'elle passe un scan en urgence. Vérifier qu'elle n'a pas un caillot dans le cerveau, qui bloque la parole. Ça pourrait être dramatique…

— « Un caillot dans le cerveau » ? Il ne manquait plus que ça. Rassure-moi : ça peut être aussi un choc émotionnel ?

— Ça peut. Mais quand un des sens est touché violemment, comme ça a l'air d'être le cas, on cherche d'abord le côté médical. Un anévrisme, un AVC… Tu vas tenir le coup ?

— Je devrais. Mais quand j'y pense… Tu te rends compte ? S'il va en prison…

— Dans même pas dix heures, je suis là. Essaie de te reposer, même quelques heures. Ce genre de situation peut se retourner très vite. Essayons de ne pas être trop pessimistes.

— Si tu voyais l'ambiance, tu ne serais pas optimiste non plus. Bon vol en attendant.

7

Vendredi 29 mai

À l'approche de six heures, Eva se réveille la première. Toutes trois ont tenu à passer la nuit avec Estelle. Vanessa s'est endormie blottie contre sa belle-mère sur le canapé. Catherine et Eva se sont assoupies sur le coup de cinq heures.

Jeff doit arriver à huit heures, son avion ayant atterri une demi-heure plus tôt que prévu.

Réunies dans la cuisine, autour de la table, elles envisagent les situations possibles. Selon Catherine, il n'y a rien de nouveau à attendre avant le courant de l'après-midi. Il ne sert à rien de rester là, paralysées, à regarder passer les minutes.

Eva doit se rendre à la galerie pour quelques heures. Jeff a pris rendez-vous à midi pour le scanner d'Estelle. Catherine propose à Estelle de l'y emmener, puis d'aller déjeuner au *Bistrot.*

*

En début d'après-midi, Eva, Vanessa et Rudy terminent de déjeuner sur le pouce à la galerie. Eva prend sur elle pour masquer son angoisse, surtout vis-à-vis de Vanessa. Jeff vient d'avoir les résultats de l'examen d'Estelle : tout est normal sur le plan médical, il s'agit bien d'une réaction due au choc.

Ils essaient d'engager la conversation en parlant de tout et de rien. Mais leurs efforts ne parviennent pas à dissiper l'angoisse et aucun d'eux ne peut réagir avec naturel. Eva sent son portable vibrer.

— C'est Catherine.

Eva écoute, silencieuse et glaciale. Vanessa guette le moindre signe d'une bonne nouvelle sur le visage de sa sœur, en vain. La conversation dure deux minutes à peine. Eva raccroche et, de rage, abat son poing sur le bureau.

— Eva ! ne fais pas ça ! Je t'en prie, parle-moi.

Vanessa pleure. Rudy tâche de réconforter l'une et de calmer l'autre.

— Il faut que j'aille prendre l'air. J'ai besoin d'être seule un moment.

Machinalement, elle compose le numéro de Jeff ; il décroche dès la première sonnerie.

— Tu as eu ta mère ?

— Non, dis-moi.

— Jeff, mon père dort ce soir en prison.

— Mes consultations finissent dans une heure. Je te retrouve où ?

Eva change de ton :

— Quelle question… chez moi ! Tu crois que je vais aller m'installer chez lui ? Tu trouves que je n'en ai pas assez pris plein la gueule ? À toujours se croire au-dessus des lois, au-dessus de tout d'ailleurs, voilà ce qui arrive ! Si tu voyais l'état de Vanessa… Comment on va faire ? Les enfants, l'école, mais il ne…

— Eva, arrête, s'il te plaît ! Tu vas prendre ta sœur avec toi et on se retrouve chez ton père. Personne ne va s'installer chez personne mais fais ce que je te dis. Et ma mère ?

— Ta mère, je ne sais même pas comment elle fait pour être encore là, à le soutenir. Il n'en n'a rien à foutre, de nous. C'est lui, toujours lui, rien que lui. Sa gueule dans les journaux, ses émissions pourries, ses copains ministres plus hypocrites les uns que les autres, son hôtel, lui, lui, lui… Je ne m'occuperai de rien. Puisqu'il a su se mettre dans cette situation, qu'il se débrouille pour en sortir.

— D'accord, mais elle dit quoi ? Elle va chez Jacques ?

— Non. Il faut qu'elle soit présente à ses côtés. À la fin de la garde à vue, si j'ai bien compris, tu es présenté au juge pour être fixé sur ton sort. À ce moment-là, tu es assisté de ton avocat. Ta mère parlait vite au téléphone.

Jeff ne sait plus quoi dire.

— Quitte la galerie et passe me chercher au cabinet. Tu es en voiture ?

— Oui.

— Préviens-moi quand tu es en bas.

— J'arrive, mais en ce qui concerne l'égoïsme de mon père, il va falloir m'oublier. Ce soir, je rentre chez moi. Je vais devoir payer les pots cassés toute ma vie, c'est ça ?

Eva s'était calmée mais la colère revient par vagues.

— Oui, d'accord. À tout de suite.

*

Catherine s'inquiète pour le moral de Jacques. Comment va-t-il supporter le choc de la détention ? Mais lui continue de vouloir sauver les apparences, en dépit de l'épuisement qui marque son visage.

— C'est bien de te voir. Tu penses qu'on peut tenter un dialogue ou ce n'est même pas la peine ? Tu sais, le commissaire ne voulait pas me garder. Il a appelé la juge, il lui a dit qu'il ne voyait pas l'intérêt. Elle lui a répondu de se mêler de ses affaires, qu'elle n'avait pas besoin de son avis. Pourquoi s'entêter comme ça ? Ça se saurait, si j'étais malhonnête !

Il commence à perdre son sang-froid. Il n'a presque pas dormi durant les deux jours de garde à vue.

— Jacques, je t'en supplie, calme-toi. Ce n'est vraiment pas le lieu pour hausser le ton. On va essayer de s'expliquer. Tu te contentes de répondre aux questions, d'accord ? Je te rappelle qu'on n'a rien pour argumenter, pas un seul élément de preuve pour appuyer ce qu'on va lui dire…

Elle ne peut contrôler une montée de larmes.

— Catherine, je t'en prie… Ne te mets pas dans tous tes états. Elle est obligée de nous entendre, c'est la loi. Mais enfin, on ne jette pas les gens en prison comme ça !

Elle se reprend tant bien que mal.

— Surtout, Jacques, ne la ramène pas trop. On ne jette peut-être pas les gens en prison « comme ça », mais elle a le pouvoir de le faire, et crois-moi elle le sait.

— OK, je t'écoute. Mais je n'ai rien à faire ici : toi et moi, on le sait.

— Toi, moi, ce n'est pas le problème ! La seule qui décide, c'est elle. Quand je parlerai, ne me coupe pas. Pour une fois, apprends à la fermer.

Une femme ronde, de petite taille, âgée d'une trentaine d'années, ouvre la porte et les invite à entrer : c'est la greffière.

La juge Soulemoidon est derrière son bureau : physique quelconque, âge indéterminé, expression dépourvue d'empathie. Entre le bureau et la fenêtre, un ficus assoiffé menace de rendre l'âme.

Soulemoidon daigne à peine lever les yeux pour les saluer. Seules ses boucles d'oreilles sont en mouvement. Elle ne cesse de relever la mèche qui lui retombe sur les yeux – on dirait un tic. Elle n'est pratiquement pas maquillée, à part un reste de rouge qui accentue son teint blafard. Le ton est glacial :

— Bonsoir, maître. Bonsoir, monsieur Kahn. Prenez place.

— Bonsoir, madame la juge.

— Monsieur Kahn, je vous signifie votre mandat de dépôt, et donc votre placement en détention provisoire.

Catherine, indignée, prend la parole :

— Madame la juge ! Que faites-vous du débat contradictoire ? Vous n'avez même pas entendu mon client…

— Je peux vous écouter, maître. Je peux même entendre votre client. Mais je ne veux pas risquer le trouble à l'ordre public en laissant M. Kahn en liberté.

Catherine ne peut retenir un gloussement.

— Le trouble à l'ordre public, madame la juge ? Je vous rappelle que nous parlons d'un chef parmi les plus brillants de sa génération. Mon client est célèbre dans le monde entier. Sans compter les emplois…

La juge interrompt cette plaidoirie :

— J'ai compris, maître. Mais pour le bien de l'instruction, je souhaite que votre client ne puisse rencontrer les actionnaires de cette société écran, ou dissimuler certains documents.

Jacques tente une intervention :

— Madame la juge, comment aurais-je pu savoir qu'il s'agissait d'une société écran avec à la clé un financement occulte ? Tout ce que j'ai voulu faire, c'est ouvrir un établissement supplémentaire. Si j'avais des antécédents avec la justice…

La juge le coupe :

— Monsieur Kahn, votre banque vous a refusé ce prêt. C'est pourquoi vous avez trouvé un moyen détourné d'arriver à vos fins. J'ai besoin de comprendre les tenants et les aboutissants de ce montage. Qui me dit qu'il ne s'agit pas de fonds vous appartenant, que vous auriez besoin de blanchir ? Il faut réfléchir, monsieur Kahn, avant de signer des accords portant sur des enjeux financiers aussi élevés.

Suivent d'autres échanges, et des tentatives d'explication qui toutes échouent. Manifestement, la décision est sans appel. Soulemoidon s'en tient à une attitude catégorique. Pour conclure, elle interroge hypocritement l'avocate :

— La garde à vue s'est déroulée dans le respect des personnes, maître ?

Catherine et Jacques échangent un regard.

— Oui, madame la juge.

Il n'y a plus rien à faire.

Jacques Kahn, pour la première fois de sa vie, dormira en prison.

8

Samedi 30 mai

Maître Olivier Courpied est un avocat de grande taille, à la réputation charismatique, au sommet du crâne dégarni, à l'abdomen légèrement proéminent. Il porte de petites lunettes rondes en écaille. Son élocution est parfaite et sa voix porte. On imagine la puissance de ses plaidoiries, ce qui a toujours un effet rassurant sur ses interlocuteurs.

La réunion a lieu le samedi matin à son cabinet. Des portes s'ouvrent, puis se referment. Il y a moins d'activité qu'en semaine. Catherine, Eva et Jeff sont sur le qui-vive.

Olivier entrebâille la porte de son bureau :

— Catherine, pardon pour le retard. J'arrive… accordez-moi dix minutes.

— Pas de souci, répond Catherine.

Mais Eva ne tient pas en place sur sa chaise.

— Ben voyons, soupire-t-elle. Qu'il prenne son temps. On n'a que ça à faire.

— Je t'en prie, dit Catherine. Essaie de prendre sur toi. C'est grave. Il faut qu'on le sorte de là.

— Il faut que *tu* le sortes de là. Lui, il a pensé à nous avant de se lancer dans ses magouilles ? Tu es en train de m'expliquer gentiment que nous devons tous foutre nos vies en l'air pour lui ? Tu as raison, il vaut mieux que je me taise. Je devais être au haras aujourd'hui ! Quel gâchis !

Jeff la taquine :

— En plus, il fait beau. Le temps idéal pour monter à cheval. Les jours rallongent…

— Arrêtez ! intervient Catherine. Jeff, pas besoin de la remonter, elle est à bloc. Et j'ai besoin de vous. Toute seule, je n'y arriverai pas. Eva, dis-toi que c'est *moi* que tu soutiens : ce sera moins dur, peut-être…

Catherine n'a pas dormi. Son visage est marqué.

— Qui veut un café ? propose Jeff.

Il indique une machine à disposition dans l'entrée. Il prend Eva dans ses bras, la serre contre lui. Catherine les regarde, attendrie.

— Je reviens, dit Eva en se levant. Je vais me rafraîchir.

— Un allongé pour moi, dit Catherine.

Eva emprunte le couloir en direction des toilettes quand la porte d'un bureau se referme. Une traînée de parfum flotte dans l'air et cette senteur la bouleverse… Elle sent que son cœur s'emballe. Un léger tremblement s'empare de ses jambes. La fatigue, sans doute, le stress, le manque de sommeil ces deux derniers jours…

*

Olivier ouvre la porte de son bureau pour inviter Catherine et Jeff à entrer, alors qu'un de ses collègues termine une communication devant la fenêtre.

La pièce est vaste, en rotonde. Des scènes peintes à la main forment de délicats tableaux encadrés par les moulures. La deuxième partie du bureau est occupée par une table de réunion ovale où s'empilent des dossiers. Le sol est jonché de colonnes de livres de droit pénal. Aux murs, sont accrochées dans leurs cadres des photos dédicacées. On respire une âpre odeur de cigare froid.

Catherine est heureuse de présenter à Olivier son fils Jeff.

— Eva, ma nièce, la fille de Jacques, nous rejoint dans deux minutes.

— Enchanté, Jeff. On va se tutoyer car j'ai beaucoup entendu parler de toi : je connais ta mère depuis trente ans. J'aurais préféré qu'on se rencontre dans d'autres circonstances, mais je suis ravi quand même.

— Ravi aussi, Olivier. Tu vas le tirer de là, n'est-ce pas ?

— On va tout faire pour.

L'homme de dos, ayant terminé sa conversation, s'approche du petit groupe.

— Veuillez m'excuser. Sacha Bettane, l'associé d'Olivier. Enchanté. On attend une troisième personne, n'est-ce pas…

Il n'a pas le temps de terminer sa phrase : Eva est au seuil de la pièce. Elle dit bonjour machinalement, sans regarder personne. Olivier s'avance :

— Bonjour, Eva. Olivier Courpied. Heureux de faire votre connaissance. On a passé une soirée sympa chez votre père au *Bistrot,* il y a quelques mois. Un événement caritatif je crois…

— Bonjour, maître. Oui, la soirée organisée par ma sœur. Pour le cancer…

C'est alors que son regard rencontre celui de Sacha. Elle se pétrifie. Est-ce lui ? L'homme dont le baiser la hante depuis trois mois… La scène défile dans sa tête en accéléré. Les lèvres brûlantes, la fulgurante attirance, les jeux de mains, ce parfum…

Jeff est visité par une inquiétude : Eva est comme devant une apparition.

— Tu te sens bien ?

— Pardon, dit-elle. La fatigue, sûrement…

Sacha, s'avance vers elle ; il arbore un large sourire et la regarde droit dans les yeux.

— Voulez-vous un verre d'eau, Eva ?

— Je veux bien, merci.

Impossible de le regarder en face. Comment va-t-elle pouvoir se concentrer dans ces conditions ? Sacha, lui, est parfaitement détendu. Il ne lâche pas son franc sourire. Il est heureux de la revoir.

Catherine interroge Jeff d'un regard qui veut dire : « Qu'est-ce qu'elle a ? » Jeff lui fait comprendre qu'il ne sait pas.

Olivier a envoyé à Catherine une liste de documents à apporter. En premier lieu, les pièces d'identité qui serviront à obtenir rapidement les permis de visite. Ensuite, un maximum de pièces relatives au financement de l'hôtel, afin de l'aider à y voir plus clair.

— Tu as pu me trouver quelque chose ?

Catherine glisse un regard à Eva. Elle a peur de dévoiler la conversation qu'elle a eue avec Jacques l'avant-veille dans les locaux de la police judiciaire. Elle sait qu'Eva en veut énormément à Jacques. Sacha a capté cette hésitation :

— Y a-t-il quelque chose que vous n'osez pas dire ? Vous le savez aussi bien que moi, plus on aura d'éléments, plus vite on pourra demander une mise en liberté conditionnelle.

Eva sort de sa rêverie :

— Conditionnelle ? C'est-à-dire ?

— En gros : on le laisse sortir sous certaines conditions.

— Quel genre de conditions ?

— Une caution, un contrôle judiciaire, confiscation du passeport... Il y a beaucoup d'éventualités. Il est trop tôt pour évaluer ses chances de sortie. Je connais la juge Soulemoidon : ce n'est pas la plus commode. J'en discuterai avec Olivier dès qu'on aura lu l'intégralité du dossier. Mieux vaut ne pas demander tout de suite une mise en liberté : ça ne servirait pas votre père. Patience et stratégie : tels seront nos plus précieux atouts.

— Je vais me réveiller, dit-elle. C'est juste un mauvais rêve... On peut ouvrir la fenêtre, s'il vous plaît ? J'ai chaud.

Catherine se redresse sur son fauteuil pour rassembler son courage.

— Je sais qu'il n'est pas encore midi, reprend-elle. Mais il n'y aurait pas quelque chose à boire ?

Jeff regarde sa mère, étonné. Finalement, il dit :

— Au risque de faire passer ma famille pour un clan d'alcooliques, je veux bien un verre aussi.

Sacha sourit, Olivier aussi.

— Il suffit de demander. Je vais même vous accompagner. Olivier ne refuse jamais un verre.

— Eva ?

— Au point où l'on en est… Grâce à mon père, on va tous finir aux Alcooliques Anonymes ! Un double, s'il vous plaît.

Eva ne s'adresse qu'à Olivier car il suffit que son regard croise celui de Sacha pour qu'elle se mette à rougir, à transpirer et à se dandiner sur sa chaise ; et ces manifestations physiques lui font perdre ses moyens.

Olivier rallume son cigare de la veille, et jette à Catherine un regard complice, protecteur, qui veut dire : « Continue, on t'écoute. » Elle enchaîne :

— Quand j'ai vu Jacques jeudi soir, il ne m'a pas dit où se trouvait le dossier de l'hôtel. J'ai cherché dans toutes les cachettes possibles, mais sans résultat.

— C'est clair : la juge pense que Jacques est complice de cette société d'investissement. Elle doit s'imaginer qu'il est actionnaire de la boîte. Elle joue sur l'amalgame.

— Elle l'a dit hier soir. Elle le soupçonne de blanchiment. Mais je peux t'assurer qu'il ne s'est pas lancé dans un délit d'une telle envergure. Je connais mon frère, je sais où sont ses limites.

— Pourquoi la banque lui a-t-elle refusé cet emprunt ? Le groupe tourne plutôt bien, non ?

— Oui, ça tourne. Mais Jacques a fait d'importants investissements cette année. Il a beaucoup sollicité sa banque. Il jongle avec les traites, les impôts, l'école de cuisine dont il a voulu acheter les murs. Il a tenu à être lui-même l'éditeur de ses derniers livres de recettes. Il faut juste rentabiliser un minimum. Il n'a pas voulu attendre…

— De là à emprunter à une société occulte aux fonds opaques… Ça explique les charges qui pèsent sur lui – « complicité de blanchiment, association de malfaiteur, faux en écriture et escroquerie »…

Eva sursaute à ce chapelet d'accusations :

— Mais on n'arrête pas de nous bassiner avec la présomption d'innocence ! Des violeurs, des assassins sont lâchés dans la nature avec un simple bracelet électronique ! Jacques n'a fait qu'emprunter à des malfaiteurs ! Ça mérite de croupir en taule ? Combien de temps dure une préventive ?

Sacha prend la parole :

— Jusqu'à six mois, Eva.

Olivier note sur un bloc les pièces supplémentaires dont il a besoin.

— Catherine, il faut que tu me prépares les statuts des sociétés de son groupe. Au fait, qui est gérant de *L'Excellence* et du *Bistrot* ?

— C'est Jacques, le gérant. Je sais que je détiens des parts de tout, mais le gérant, c'est lui. En cas de problème, justement.

— Sacha ira le voir dès lundi pour commencer à débroussailler le terrain. J'espère qu'il lui dira où est le contrat. Sinon, il sera difficile de vous donner des échéances concrètes. Quand penses-tu pouvoir me donner les documents ?

— Tu es là jusqu'à quelle heure ?

Olivier et Sacha échangent un sourire complice : surchargés comme ils sont, une bonne partie du week-end se passera pour eux au cabinet…

— Au moins jusqu'à minuit. Demain à partir de dix heures.

— Tu auras les dossiers ce soir. J'ai tout au bureau. Le temps d'en faire des copies, je te les apporte.

— Le nombre de salariés, combien de prestataires sont employés par le groupe de Jacques…

— Au fait, dit Eva : il est où ? Dans quelle prison…

— Maison d'arrêt des Hauts-de-Seine. C'est à Nanterre.

— Pourquoi Nanterre ?

Elle tombe des nues.

— La Santé est en surnombre. Mais c'est assez direct par le tunnel de la Défense.

— Si c'est assez direct, soupire Eva, me voilà rassurée.

— Eva, dit Olivier, sachez que je vous comprends. Je vous assure que tout sera fait pour que cette affaire soit réglée le plus rapidement possible.

Eva secoue la tête.

— Non, je ne pense pas que vous me compreniez.

Catherine, d'un clin d'œil, invite Olivier à poursuivre.

— L'intermédiaire, dit-il. Qui est-ce ? Tu as une idée ? Qui a mis Jacques en relation avec cette société ? Au fait, le nom de la société…

— Fast Invest. Pour ce qui est de l'intermédiaire…

Catherine, gênée, cherche ses mots.

— Il m'a dit… Enfin, c'était jeudi soir, chez les flics… Il a reconnu, oui… Par faiblesse… Enfin, par vengeance, plutôt, après le refus de la banque…

— Catherine ! On n'y comprend rien, là. Tu veux qu'on se parle deux minutes en tête à tête ?

— Je veux bien, dit-elle en se levant.

Jeff se lève aussi, inquiet de voir sa mère bafouiller de la sorte.

L'instant d'après, Eva se retrouve seule avec Sacha. Aussitôt les symptômes reviennent…

— Écoutez, dit-elle, c'est très gênant de me retrouver là avec vous. Il faut oublier ce qu'il s'est passé au *Bistrot*. Je ne sais pas ce qui m'a pris, sûrement l'euphorie de la soirée, le monde, la chaleur… D'ailleurs j'avais oublié cet épisode…

— Oublié ? dit-il, comme amusé.

— Enfin… non, pas oublié… Mais là, maintenant, avec tout ça, je ne peux pas…

Il s'est approché d'elle sans qu'elle s'en rende compte, tant elle est portée par son débit de parole en continu, et par le bouleversement qui affecte chaque parcelle de son corps. Il lui pose la main sur l'épaule.

— Eva, il n'y a aucun problème. Vous m'avez l'air à bout… Si je puis me permettre, vous aurez besoin de toutes vos forces dans les semaines à venir. Alors oublions l'épisode du *Bistrot.* Je suis l'avocat de votre père : il est évident qu'on ne va pas tout mélanger.

Eva est décontenancée par le naturel de Sacha. Sa voix lui fait un effet d'écho. Elle regrette d'avoir eu cette réaction mais tout lui semble si confus ! Elle donnerait n'importe quoi pour pouvoir disparaître sous terre. Et le geste anodin de Sacha, cette main posée sur son épaule, a redéclenché sa tachycardie…

*

De retour dans le bureau, Catherine explique ce qu'elle sait de Myriam, sans révéler la liaison avec Jacques. Eva, qui a des soupçons, aimerait en savoir plus mais Catherine ne veut pas trahir son frère :

— Juste une vieille connaissance.

Eva s'en tient là : elle fera tout pour être impliquée le moins possible dans la folie de cette histoire. C'est alors qu'Olivier la met en garde :

— La presse va s'en donner à cœur joie…

Il ajoute :

— J'aurai sûrement besoin de pouvoir vous joindre…

Elle lui donne son numéro mais en précisant :

— J'insiste, maître : votre interlocuteur principal reste Catherine.

Elle ajoute qu'elle n'a rien à voir avec l'affaire, n'ayant jamais travaillé avec son père.

Il est rare de voir la fille d'un prévenu réagir ainsi et Sacha préfère mettre les choses au point, même s'il a perçu l'hypersensibilité d'Eva.

— Eva, dit-il doucement, pardonnez-moi mais on a besoin de tout le monde. La situation est sérieuse. OK, vous n'avez jamais travaillé aux côtés de votre père, mais ça n'a rien à voir… Navré d'être si direct…

Cette fois, Eva est excédée.

Olivier reprend la parole, s'adressant ensemble à Catherine, à Eva et à Jeff :

— J'ai noté sur cette feuille l'adresse de la maison d'arrêt. Vous pouvez lui écrire dès aujourd'hui. Mais sachez que l'administration ne fait pas de cadeau. Le courrier est ouvert avant d'être remis au prévenu. Donc : Maison d'arrêt des Hauts-de-Seine, 133 avenue de la Commune-de-Paris, etc. Je vous communiquerai le numéro d'écrou et le numéro de cellule dès qu'ils me seront parvenus.

Jeff est choqué par ces mots.

C'est Sacha qui prend le relais :

— Pour son linge de rechange, il faut un sac en plastique avec un papier scotché dessus. Pas la peine d'y inscrire le nom : le numéro d'écrou et le numéro de cellule suffisent. Comme j'y vais lundi matin, je pourrai lui faire passer des vêtements propres et des affaires de première nécessité…

Eva lui coupe la parole pour interroger Catherine :

— Il ne s'est pas changé depuis jeudi ?

— Il s'est changé, ma chérie. Je lui avais apporté des affaires. Il a ce qu'il faut pour plusieurs jours.

— Et pour sa toilette ?

— Les bouteilles en verre sont interdites, dit Sacha. Tout comme les lacets ou les draps. En fait, tout ce qui peut aider un prévenu à mettre fin à ses jours est proscrit.

— Si vous croyez qu'il va se suicider ! dit Eva. Vous pouvez être tranquille sur ce point. Il s'aime trop pour mettre fin à ses jours. Si je comprends bien, on ne fait pas la différence entre un cinglé qui viole des enfants et mon père qui est juste un peu trop obsédé par lui-même… C'est pour cette justice-là qu'on paie autant d'impôts ? Et pour manger ? Qu'est-ce qu'il aura à manger ?

Eva se laisse submerger par ses émotions ; elle a du mal à reprendre sa respiration entre ses phrases.

— J'allais y venir. Vous avez le droit de lui envoyer chaque semaine un mandat cash. Pour qu'il puisse cantiner…

— Cantiner ?

— Acheter des articles. Dans l'enceinte de la maison d'arrêt, évidemment. Nourriture, produits d'hygiène, papier à lettres… N'envoyez pas de grosse somme : il y a beaucoup de racket, en prison.

— Le racket… Papa ne va jamais tenir… Bon, finalement, il vaut peut-être mieux rester vigilant par rapport au suicide. Vraiment, il risque d'y rester six mois ?

Sacha intervient :

— Mademoiselle Kahn, vous posez beaucoup de questions, pour quelqu'un qui ne veut pas être mêlé à l'affaire…

Elle réplique en affrontant cette fois le regard de Sacha :

— Je tiens à pouvoir tout expliquer à ma sœur et à ma belle-mère.

— Comme je vous l'ai déjà dit, j'ai besoin de me plonger dans le dossier. Je verrai la juge aussi. Mais avant toute autre chose, je dois m'entretenir avec votre père.

— En fait, vous pataugez autant que nous, j'ai l'impression. Vous avez pourtant l'habitude de ce genre de dossier, non ?

Eva est débordée par l'émotion. Sacha comprend qu'elle est prise dans une relation paradoxale avec son père. D'un côté, elle semble lui en vouloir, au point de ne pas se sentir vraiment concernée par l'incarcération ; de l'autre, elle s'inquiète du confort et de la sécurité de Jacques. Sacha y voit une attitude puérile…

— Vous ne demanderiez pas à un médecin de faire un diagnostic sans avoir vu le patient, dit-il. C'est la même chose pour nous. Oui, on a l'habitude. Mais nous n'avons pas les réponses à toutes vos interrogations. Votre père a-t-il bien été dénoncé ? Si oui, qui a voulu l'atteindre ? Bref, j'ai besoin d'une semaine pour y voir plus clair et vous fournir un calendrier – éventuellement. Ça vous convient ?

— Ai-je le choix ? Si je comprends bien, il est impossible qu'on le laisse sortir dans les jours qui viennent ?

— Oui, Eva. C'est tout à fait impossible. Et je confirme : vous n'avez pas le choix.

D'autres questions se présentent aux lèvres d'Eva.

— Mais dans sa… Il est seul ? Il dort avec quelqu'un ?

— Je ne peux pas vous répondre. Je m'occupe de tout ça lundi matin. J'irai de bonne heure.

— C'est vous son avocat officiel ? Je veux dire, vous, Sacha ?

— Oui. Je vous laisse ma carte. Mon numéro de portable est dessus.

— Merci.

Olivier reprend la parole :

— Pour les lettres, évitez de tomber dans le mélodrame. Pas de phrases du genre : « La maison est triste sans toi, comment on va faire, rien n'a de sens quand tu n'es pas là… » Au contraire, il faut le faire rire, le distraire, lui raconter des choses qui puissent l'aider à oublier son sort. Le courrier est une source de réconfort pour les prévenus. La dépression est courante en prison. Et je m'inquiète pour Jacques car c'est le profil d'homme qui s'effondre le plus violemment.

Eva réagit à cette remarque :

— Dites-moi, maître, vous avez fait un Deug de psycho après le droit ?

Sacha ne peut s'empêcher de rire.

Catherine conclut, amusée :

— On a fini ? Olivier, je file au bureau récupérer les documents. Tu penses que ça peut prendre combien de temps, ces permis de visite ?

— Les demandes sont parties. Ça devrait aller vite. Apporte-moi aussi la pièce d'identité de ta nièce…

Il se tourne vers Eva :

— De votre sœur.

— Je doute que Vanessa puisse supporter ce genre de visites. Elle est fragile, et très proche de mon père.

— Je comprends. On va faire le nécessaire quand même. Si elle le souhaite, elle pourra y aller.

— Il y aura une vitre de séparation, comme dans les films ?

— Non, vous serez dans une petite pièce – environ quatre mètres carrés. Lui entre d'un côté et vous de l'autre. Les gardiens vont et viennent. Les prévenus sont fouillés avant et après les parloirs. Vous pourrez le voir trois fois par semaine : lundi, mercredi, vendredi, jours fériés inclus. Vous aurez trente minutes.

— On a le droit d'y aller à deux ?

— Jusqu'à trois personnes en même temps.

Sacha s'est exprimé d'un ton calme.

Catherine se lève et remet son gilet sur ses épaules.

— Sacha, merci. À très vite. Olivier, on se voit tout à l'heure.

Les saluts s'échangent dans l'entrée. Catherine embrasse Olivier chaleureusement et serre la main de Sacha. Jeff s'offre d'appeler Estelle et Vanessa et de leur expliquer la situation autour d'un déjeuner.

*

Olivier et Sacha ont donné rendez-vous à Vanessa au *Sergio*, un italien proche du cabinet, où ils ont leurs habitudes quand ils ne vont pas déjeuner chez Jacques. Mais aujourd'hui, le cœur n'y est pas et l'appétit est en berne. Jeff tente d'apporter à la rencontre une touche de bonne humeur :

— Georgio, tu nous apportes une bouteille de chianti ? Et des antipasti, s'il te plaît.

Eva voudrait s'évader en envoyant un SMS à Sophie. Mais avec quels mots lui annoncer la nouvelle ? L'idée la fait sourire et en même temps la met en rage. Elle décide finalement de faire dans le concis : « Appelle dès que tu peux. L'avocat de mon père, c'est l'Inconnu de la soirée de Vanessa ! »

Le SMS est à peine envoyé que le téléphone sonne. Eva se lève de table en s'excusant, et sort, l'appareil à l'oreille.

— C'est quoi, cette histoire ? dit Sophie. Mais d'abord : Jacques. Quelles nouvelles ? C'est grave ?

— Trop long à expliquer. On est chez *Sergio* pour parler à Estelle et Vanessa. Grave ? Oui ! Je ne réalise même pas. Il est en prison. Je n'arrive pas à dire si l'inquiétude et la tristesse passent avant l'envie de le tuer, mais je suis…

— On se voit ce soir ?

— Viens à la maison.

— Entendu. Je ferme à vingt heures. Dis-moi en deux mots : Sacha, c'est une plaisanterie ?

— J'ai failli avoir un arrêt cardiaque. Je me suis retrouvée nez à nez avec lui dans le cabinet d'avocats. Dès que je l'ai vu, tout a recommencé comme au *Bistrot*. J'ai rougi, j'ai eu chaud, tout pareil. Totalement incontrôlable ! Je te jure, ça commence à me faire peur. Pourquoi je réagis comme ça ?

— Ton corps l'a reconnu…

— Ne te moque pas, s'il te plaît.

— J'aimerais bien venir le voir avec toi un jour.

— Alors apporte-moi ce soir la photocopie de ton passeport.

— Embrasse tout le monde, je pense à vous.

Quand Eva vient se rasseoir, Catherine est en train de déployer des trésors d'habileté pour expliquer la situation à Vanessa et à Estelle. Tout en évitant d'être alarmante, elle dit la vérité. Vanessa ne peut retenir ses larmes. Catherine informe Estelle sur ce qu'elle doit préparer pour Jacques : les vêtements, les serviettes de toilette à déposer au cabinet pour que Sacha puisse les remettre à Jacques lundi matin. Estelle est choquée : fourrer tout ça dans un vulgaire sac en plastique ! Le mieux est d'utiliser un sac-poubelle, puisque le règlement impose que le paquet soit fermé correctement. Vanessa, entre deux sanglots, pose mille questions. Quand pourra-t-elle aller le voir ? Qui va s'occuper de ses affaires, des restaurants, de l'école de cuisine ?

*

En début de soirée, Catherine apporte les affaires de Jacques au cabinet ; elle a également récupéré les statuts des sociétés, et tout ce qu'elle a jugé utile pour assurer la défense. Olivier et Sacha ont obtenu les identifiants : numéros d'écrou et de cellule. Catherine préfère se montrer réaliste : il va falloir se battre mais inutile d'espérer un miracle.

À présent qu'elle est seule avec Olivier et Sacha, elle parle plus librement :

— La juge, je ne vous dis pas ! À peine si elle levait les yeux quand on lui parlait. Elle avait tout décidé avant de nous recevoir. Les dossiers étaient déjà refermés. Il n'y avait aucun débat à attendre.

— Il faudra faire avec, dit Sacha. Mais vous aviez l'air gênée, ce matin, à propos de certains détails. Vous pouvez nous en dire un peu plus, maintenant qu'on est entre nous ?

— Myriam Miraz a servi d'intermédiaire entre mon frère et cette boîte, Fast Invest…

— Sa réputation est catastrophique. Elle enchaîne les contrôles fiscaux. Le conseil de l'ordre veut lui mettre la main dessus…

— Jacques a eu une liaison avec elle, voilà une vingtaine d'années. Ça a duré dix ans.

— Je vois…

— À la même époque, il a été inquiété. Des soupçons de financement de parti politique. Ça s'est limité à vingt-quatre heures de garde à vue. Il était entouré à l'époque. Et l'on était en pleine période électorale. Alors ses amis l'ont sorti de là…

— Quel rôle jouait Myriam ?

— Elle était directrice de cabinet. Mon frère a plié l'histoire presque du jour au lendemain. Il a réussi à lui faire gober qu'il n'était bon ni pour elle ni pour lui de continuer à se voir. En fait, il s'est débarrassé d'elle. Et sans ménagement. Elle avait été déchue de ses fonctions : elle n'était plus intéressante pour lui. Pendant deux ans, elle a nourri l'espoir de le voir revenir, et qu'ils officialiseraient enfin leur histoire. Puis elle a tourné la page. Elle était obligée.

— Les filles de Jacques sont au courant ?

— Non. C'est pour ça : je n'en parle pas devant elles. Mon frère a changé mais il faut reconnaître que pendant des années, c'était un individu sans foi ni loi. Il rêvait d'entrer en politique. Il aurait fait n'importe quoi pour y arriver. C'est même ce qui a ruiné son mariage avec la mère des filles.

Elle est partie du jour au lendemain en abandonnant tout, même ses enfants. Elle a juste laissé une lettre d'adieu…

Elle reprend après un temps de réflexion :

— Je vous assure que Jacques est un homme courageux, bon et loyal. Il a fait des erreurs de parcours mais ce n'est pas un mauvais bougre.

— Pourtant, aller financer un tel projet avec une société écran…

— Notre banque lui avait demandé d'attendre un an avant de reprendre les investissements. Il n'a pas supporté…

— Mais pourquoi ?

— C'est Jacques. Il est comme ça. Il veut tout, tout de suite. Un ami liquidateur judiciaire lui a parlé de cette affaire et il a refusé de la laisser passer. D'après ce que j'ai compris, Myriam suit son actualité dans la presse : elle n'a pas eu de mal à reprendre contact avec lui. Un beau jour, elle est allée déjeuner au *Bistrot.* Si j'en crois ce qu'il m'a dit, c'était au moment où il a eu le refus de la banque. C'est elle qui l'a mis en relation avec cette société.

— On a lancé une recherche sur Fast Invest : aucune trace de cette société en Angleterre.

— Elle est domiciliée au Luxembourg.

— OK. On aura d'autres infos, mais ça risque de prendre du temps.

— Le connaissant, il ne lâchera rien avant d'avoir compris que vous seuls pouvez le sortir de là.

— Quoi qu'il en soit, il va devoir coopérer. Il nous faut une preuve attestant que Myriam Miraz a joué les *go between* dans la transaction.

— Je sais, Sacha.

— Combien de salariés dans le groupe ?

— Cent cinquante personnes travaillent pour nous. Sans compter les prestataires à qui l'on fait appel toutes les semaines. Au total, on arrive à près de cinq cents personnes.

— Et les modalités de remboursement, vous les connaissez, Catherine ?

— Tout ce que je sais, c'est qu'il n'a pas commencé à rembourser.

— Dommage. On aurait pu tracer les mouvements d'argent. Il est en règle avec le fisc ?

— Il s'arrange avec eux. Il échelonne.

— À vérifier demain matin. Je m'en occupe.

— Merci, Sacha. Je vais devoir vous laisser. Je vais voir ma belle-sœur. Le choc lui a fait perdre l'usage de la parole.

Les deux avocats font des mines étonnées.

— Ça paraît incroyable mais elle est devenue muette. Après une courte période de bégaiement…

— Si vous avez besoin d'un psychiatre, je peux vous donner un nom. Quelqu'un avec qui l'on travaille. Une lettre d'un membre du corps médical, ça peut se révéler utile dans la procédure.

— Je vous appelle lundi. On reste en contact, au cas où…

— Bien sûr, n'hésitez pas. Au fait, Catherine… Eva, votre nièce, elle ne serait pas un peu… perturbée ?

— Vous ne trouvez pas qu'il y a de quoi ?

— Elle va tenir le coup ?

— Elle a des relations compliquées avec son père. C'est une hypersensible, une écorchée vive. C'est d'autant plus dur pour elle.

— Et sa vie personnelle ?

— Divorcée. Deux enfants. Ça l'angoisse, ce qu'ils vont entendre sur leur grand-père…

Cette remarque touche Sacha.

— Je comprends, dit-il. Reposez-vous, Catherine.

— Merci, Sacha.

Ils se font la bise.

*

Catherine va passer la soirée avec Estelle et Vanessa. Celle-ci a décidé de rester chez Jacques : elle se sent incapable de rentrer seule chez elle. Eva, en revanche, a hâte de retrouver son foyer. Tout se mélange dans sa tête : ses souvenirs d'enfance, sa sœur, le départ tellement brutal et inattendu de sa mère, le décès de Jeanne…

Et maintenant : Jacques jeté en prison…

Petite, elle le regardait avec admiration entrer en cuisine. Un ténor arrivant sur scène ! Il rayonnait. Il chantait. Il parlait à ses casseroles et à ses plats ; il donnait à ses préparations des noms affectueux.

Eva fond en larmes. Son téléphone sonne. C'est Jeff.

— Tu tiens le coup ?

— Bonne question.

— Tu pleures.

— Ce n'est rien.

— Sophie est en train de fermer la boutique. Je passe la chercher.

— Qu'est-ce que je deviendrais sans vous deux ?

— On sera là dans une demi-heure…

— Comment on va gérer, Jeff ? On est tous largués !

— Ma mère, ça va aller. Je la connais, elle encaisse. Estelle, on lui trouvera un médecin : je suis en train de me renseigner. Et ta sœur, on va s'en occuper. Tu sais, il faudra voir venir au jour le jour. Bon, on en discute tout à l'heure…

— Et les enfants… Rien que d'y penser, j'ai l'estomac qui se noue.

— On en parle dès que j'arrive. Tu l'as dit à Franck ?

— Je n'ai appelé personne. Je n'y arrive pas. Même ma gardienne, je ne veux pas la croiser.

— Appelle-le, Eva. C'est avec lui que tu dois préparer ce qu'il faut dire aux enfants, et en quels termes.

— Je vais le faire tout de suite. À tout à l'heure.

Après un bain, elle se cale dans son canapé, une tasse de thé dans la main. Un coup d'œil à l'horloge de son portable : oui, c'est la bonne heure pour appeler Franck.

— Hello, maman ! Ça va ?

Il adore l'appeler « maman ». Quand ils étaient encore mariés, ça la mettait hors d'elle. Aujourd'hui, ça la fait sourire.

— Je vous dérange ?

— Jamais ! Qu'est-ce que c'est, cette petite voix ? Ça ne va pas ?

— Je peux te parler ? Ils ne sont pas collés au téléphone ?

— Ils sont dans mon lit. Ils regardent un film. On a dîné à la pizzeria. Là, ils dévorent un pot de glace...

— Joli programme ! Franck, il y a un problème avec mon père. Il est en prison.

Après un blanc de quelques secondes, Franck reprend :

— Qu'est-ce que c'est que cette histoire ? Ça ne va pas durer, c'est sûrement une connerie, une jalousie encore...

— Non Franck, ce n'est pas une connerie. C'est grave.

— Mais depuis quand ?

— Les flics l'ont embarqué jeudi matin. Aux aurores. Garde à vue, mandat de dépôt... Le grand jeu.

— Qu'est-ce qu'on lui reproche ?

— Un financement occulte. On est sous le choc. Franck, je m'inquiète pour les enfants. Ça va faire les gros titres. Tout le monde va savoir. Il faut que je leur parle.

— Tu veux que je te passe Hannah ? Tu lui expliques ?

— Tu es malade ou quoi ?

— Je déconne. Pardon. Tu leur parles quand tu veux. Demain, par exemple. Eva, tu as l'air abattue. Ton père est un conquérant, c'est mon modèle. Il est fort, les gens l'adorent, il ne restera pas en prison. Ils essaient juste de lui faire peur.

— J'aimerais vivre dans le même monde que toi. Si tu avais entendu les avocats cet après-midi, tu comprendrais mon affolement.

— Les avocats adorent remuer la merde, c'est leur gagne-pain. Et ils sont payés à l'heure. Ils ont une minuterie à la place du cerveau.

— Je t'appelle demain matin. Je parlerai d'abord à Hannah. Benji est petit : on peut déguiser un peu la réalité.

— On fait comme tu veux : je te suis.

— Dormez bien.

— Je suis là, si tu as besoin.

Eva réfléchit à la réaction de son ex-mari quand on sonne à l'interphone. Elle ne peut s'empêcher de sourire en voyant au visiophone les grimaces de Sophie et de Jeff. À peine sont-ils arrivés qu'Eva se sent mieux. Jeff sort trois couverts et dresse la table. Il débouche une bouteille.

— Tu l'as eu ?

— Franck ?

— Oui.

— Parlons d'autre chose, c'est mieux.

— Tu t'es fâchée avec lui ?

— On n'a pas la même perception de la réalité, c'est tout. Pour lui, mon père, c'est Superman. Je parlerai à Hannah demain. Benji, c'est moins compliqué.

Pour détendre l'atmosphère, Sophie demande à Eva comment s'est passée la réunion chez l'avocat. Elles ne peuvent dissimuler un sourire.

— C'est vrai, dit Jeff. Tu étais bizarre...

— *So*, dis-lui. Moi, je n'en ai pas la force. Rien que d'y repenser, j'ai chaud.

Eva se sert d'un magazine comme d'un éventail. C'est vrai : ses pommettes recommencent à rougir.

Sophie raconte à Jeff ce qui s'est passé à la soirée de Vanessa. Cette parenthèse a pour effet de détendre l'atmosphère, et le dîner se déroule dans une ambiance plus légère. Mais l'anxiété ne tarde pas à reprendre le dessus, et Eva entreprend d'énumérer tout ce qu'elle a à faire le lendemain.

— Je vais appeler Rudy, dit-elle. On va devoir se faire un planning plus établi. Dès lundi matin, je prends rendez-vous avec la directrice de l'école, et les maîtresses des enfants.

— Je suis sûre que tu vas assurer comme un chef – c'est le cas de le dire.

Jeff ne peut s'empêcher de remettre le sujet sur le tapis :

— Ça ne risque pas d'être délicat, cette situation, avec l'avocat ? Imagine la tête de ton père !

— Il n'y a rien entre lui et moi ! J'ai eu un moment d'égarement, ça s'arrête là.

— Quel programme, demain ?

— Je verrai avec Franck à quel moment je peux prendre Hannah. Tant que je ne lui aurai pas parlé, je ne serai pas tranquille. C'est fou, comme sensation. Je veux dire : avoir un membre de la famille en prison. Ça ressemble à ce qu'on éprouve quand on a quelqu'un à l'hôpital. C'est une inquiétude, un poids qui ne te lâche plus.

— Ça va aller ? Tu vas pouvoir dormir seule ?

— J'ai du travail. Des dossiers pour la galerie.

— Si tu as une angoisse, tu appelles et j'arrive illico.

— Je sais, merci. Allez, sauvez-vous. Ça va très bien. Je suis fatiguée, c'est tout.

Eva les raccompagne. Elle les embrasse et les remercie.

De retour dans le salon, elle pose sur un plateau les verres et les bricoles restées sur la table. Elle transporte le plateau dans la cuisine. Derrière elle, un bip annonce l'arrivée d'un SMS. Elle sourit. Est-ce Jeff ou Sophie ? Elle lit le SMS : « Bonsoir, Eva. Désolé pour l'heure tardive. Si vous ne dormez pas, merci de m'appeler. Je suis encore au cabinet. J'ai une info à vous communiquer. C'est même urgent. Merci. Sacha Bettane (avocat de votre père). »

Elle relit le message plusieurs fois. Elle va ouvrir la fenêtre en grand, et respire profondément. Puis elle compose le numéro de Sacha. Elle a le front perlé de sueur. À la troisième sonnerie, Sacha décroche.

— Bonsoir, Eva.

— Bonsoir, Sacha. Qu'y a-t-il d'urgent ? Vous m'inquiétez.

— Ma question va vous paraître bizarre.

— Au point où l'on en est…

— Avez-vous signé des documents avec votre père, ces dernières semaines ?

— Oui, il y a environ trois mois. Il m'a dit que c'était pour une assurance vie…

— Une assurance vie ? Vous êtes sûre ?

— Il m'a fait parapher et signer au moins trente pages…

— Eva, ces documents ne ressemblent pas à un contrat d'assurance vie. Enfin, si c'était le cas, il y avait autre chose…

— Qu'est-ce que j'ai signé, Sacha ?

— Vous êtes gérante du groupe de votre père. La bonne nouvelle c'est que…

— Attendez… Vous pourriez répéter ?

— Ces documents font de vous la gérante du groupe Jacques Kahn. Ces documents que vous avez signés à votre insu, manifestement…

— Ce n'est pas interdit ?

— Vous n'avez pas signé sous la contrainte, mais en effet, ce n'est pas honnête… Vraiment, vous n'avez rien lu ?

— C'est ma faute, c'est ça ?

— Ne vous fâchez pas. Je n'ai rien dit de tel. Ni même pensé. Je vous demande juste s'il est vrai que vous avez signé sans lire.

— Je n'ai rien lu du tout. Pas une ligne. Ce serait trop long à expliquer… Bon, pour faire court, moins je reste seule avec mon père, mieux je me porte. C'est compliqué…

— Qu'est-ce qui est compliqué ?

— Vous êtes psy ? Comme votre associé ?

— Eva, si vous ne me parlez pas, on ne va pas s'en sortir.

— Gérante… Qu'est-ce que ça implique ?

— Vous êtes responsable de ce qui se passe dans la société.

— Responsable…

— Officiellement. Eva, c'est un sérieux problème. On peut se voir demain ?

— Demain, je dois parler à ma fille. Lui expliquer la situation, avant qu'elle ne retourne lundi à l'école.

— À quelle heure pourriez-vous être disponible ?

Elle sent que Sacha n'est pas loin de perdre patience.

— Permettez-moi d'être clair, Eva. Si l'on découvre des problèmes dans le groupe, vous pourriez avoir de gros ennuis.

— À mon tour d'être claire, Sacha. Les agissements de mon père, je m'en fous ! Apparemment, il n'a pensé à personne dans ses moments de délire, donc je ne me plierai pas en quatre pour lui. Et puis, n'exagérons rien, les prisons françaises, ce n'est pas *Midnight Express*. Alors votre rôle, c'est de le sortir de là. Ne me demandez pas l'impossible. Bonsoir.

Au cabinet, Sacha considère son téléphone devenu muet. Combien de temps qu'on ne lui avait pas parlé sur ce ton ? Raccroché au nez ? Il rédige un e-mail à l'attention de Catherine. Il a l'impression que dans cette famille, tout le monde se ment et rien n'est clair. Et il n'a plus qu'une seule envie, confier ce dossier à un confrère. Le message est prêt :

« Bonsoir, Catherine. Je viens de m'entretenir avec votre nièce, Eva. J'ai jugé bon de la prévenir. Il semblerait que votre frère lui ait fait signer, à son insu, des documents faisant d'elle la gérante du groupe, en prétextant une assurance vie. Or j'ai eu la surprise de constater qu'elle n'est au courant de rien ! Savez-vous quelque chose à ce sujet ? Pardonnez-moi, mais découvrir qu'elle ne sait rien est déjà assez perturbant ; il faut en plus qu'elle refuse d'assumer les conséquences de ses actes. Le problème, c'est qu'elle est susceptible d'être convoquée pour être entendue en tant que gérante. Elle risque d'avoir du mal à faire comprendre à une juge d'instruction qu'elle a signé ces papiers sans les lire. On ne la croira pas, tout simplement. Je vous propose une réunion demain dimanche, à onze heures, au cabinet. Dans le souci de régler au mieux la situation de votre frère, je compte sur votre collaboration. Je vous laisse le soin de prévenir Eva : elle se montre décidément réticente et peu coopérative. Je sais combien l'issue de cette affaire est importante pour Olivier ; sachez que sans votre collaboration, nous irons d'échec en échec.

Je vous souhaite une bonne nuit. À demain.

Bien à vous.

Sacha. »

9

Dimanche 31 mai

Au lever du jour, Eva est réveillée en sursaut par le son de la télé restée allumée dans le salon. Trop nerveuse pour se rendormir, elle se passe de l'eau sur le visage, puis enfile une paire de baskets. La boulangerie en bas ouvre à six heures trente. Le dimanche matin, on y vend la presse du week-end. Par habitude, Eva prend *Le Journal du Dimanche*, *Le Monde* et *Le Figaro* sans même lire les gros titres. Elle achète du pain pour le petit-déjeuner des enfants. Remontée chez elle, elle allume la télé de la cuisine. Il n'a pas fallu plus de quarante-huit heures à la presse pour s'emparer du sujet. Dépitée, elle découvre les unes des journaux : « Jacques Kahn visé par des soupçons de financement occulte, et placé en détention », « Quand la mayonnaise ne prend plus », « La star des chefs français accusée de blanchiment ». L'apothéose, c'est le *JDD* : « Les yeux plus gros que le ventre : Jacques Kahn risque l'indigestion. »

Ces annonces la dépriment, mais c'est la colère qui domine en elle. Elle préfère ranger les journaux.

Du salon, lui parvient le générique du journal de neuf heures. *BFM* annonce clairement l'incarcération de Jacques. Eva essaie d'évaluer l'ampleur des dégâts quand Vanessa l'appelle.

— Je ne te demande pas si tu as bien dormi.

— Je suis debout depuis six heures du mat.

— Comment on va faire ?

— Je n'ai pas de réponse magique.

— Eva ?

— Oui ?

— Je ne vais pas pouvoir rentrer chez moi… Je ne me sens pas de rester seule.

— Viens t'installer à la maison. Ou reste chez papa et Estelle. C'est comme tu préfères.

— Estelle se sentira rassurée d'avoir quelqu'un auprès d'elle, non ?

— Comment va-t-elle ? Elle reparle ?

— Non. Pas un son ne sort de sa bouche. Elle ne comprend rien à ce qui arrive. Comme nous autres, d'ailleurs.

— Jeff va nous donner le nom d'un médecin. Un phoniatre : spécialiste de la parole. Les personnes qui ont eu un accident, la trachée broyée… Bref : il existe une médecine pour réapprendre à parler. Une rééducation, quoi… Excuse-moi, Catherine m'appelle sur l'autre ligne. À tout à l'heure.

Catherine lui téléphone pour essayer de la raisonner.

— Je comprends que tu te sois emportée, dit-elle, mais il va falloir prendre sur toi. Tu as raccroché au nez de Sacha ?

— Il ne comprend pas que j'aie signé les papiers sans les lire. Je me suis sentie agressée par sa réaction…

— Oui, cette histoire de gérance… Je suis tombée des nues. Je ne l'aurais jamais laissé faire une chose pareille.

— Je cours des risques ? Je ne sais plus que penser. Je crois que je perds les pédales. Je me retrouve mêlée à mon insu à une affaire pourrie…

— On ne va pas se mentir, être gérante, ça peut entraîner des conséquences… Bon, on a rendez-vous à onze heures au cabinet.

— D'abord, j'appelle Franck. Il faut que je parle à Hannah aujourd'hui.

— Parle-lui cet après-midi. Elle a dix ans et demi, elle ne lit pas les journaux… Tu passes me chercher ?

— Tu es déjà au bureau ?

— Depuis six heures.
— À toute.

*

À son arrivée à la maison d'arrêt, Jacques a été reçu par le directeur, comme l'exige la procédure. Il a demandé à être seul dans sa cellule. Il ne pouvait envisager de partager avec un inconnu un espace de sept mètres carrés et des toilettes sans cloison. Sa première journée de détention a été longue et la nuit encore plus : il n'a pas fermé l'œil. Le vacarme nocturne est incessant. Les détenus poussent des hurlements et tapent sur les barreaux des cellules. C'est leur façon d'exprimer leur angoisse. La prison retentit aussi d'insultes et de menaces. Jacques a cru devenir fou. La peur s'est emparée de lui. Qui le sortira de cet enfer ? Des épisodes de sa vie défilent devant ses yeux. Son adolescence avec sa sœur. L'enfance des filles. Son premier restaurant. Ce fameux dimanche matin où Catherine lui a annoncé au téléphone que son mari avait quitté la maison sans état d'âme, la laissant seule avec Jeff. Leur violente dispute au *Bistrot*... Il a envie de se cogner la tête contre les murs...

Le bruit de la clé tournant dans la serrure le ramène à la situation présente.

— Bonjour. Monsieur Kahn, c'est ça ?

— Jacques Kahn, oui.

— Je suis Bruno, le gardien chef de votre aile. Vous voulez sortir en promenade ?

— Non, merci.

— Je sais que c'est dur. Vous venez d'arriver. Mais il faut sortir. Vous allez craquer, sinon.

— Quand pourrai-je prendre une douche ?

— J'allais vous en parler. Le règlement, c'est trois douches par semaine.

Jacques se décompose.

— Avec cette chaleur !

— Je viendrai vous chercher tous les matins à sept heures trente. Vous pourrez vous laver tranquillement tout seul. Il y en a un autre comme vous. Il s'appelle Gérard. Un banquier je crois. Lui aussi, tous les matins je le récupère en cellule. Pour mes jours de congé, Éric prendra le relais, il est très sympa.

— Merci, Bruno. Vraiment, merci.

Jacques se sent un peu rassuré par cette marque d'attention.

— Il n'y a pas beaucoup de monde ce matin en promenade. C'est le premier tour, comme les parloirs. Faites un effort, venez, je vous présenterai Gérard. Ici, il faut avoir quelqu'un avec qui communiquer. C'est important si vous voulez tenir.

— Je n'ai pas tellement envie de discuter. J'ai surtout besoin de réfléchir.

Bruno esquisse un sourire.

— Réfléchir, vous aurez tout le temps qu'il faut pour ça. Il n'y a rien d'autre à faire. Vous verrez, le courrier vous apportera une bouffée d'air. Ça devrait commencer à arriver d'ici trois ou quatre jours.

— Je ne comprends rien à ce qui m'est tombé dessus.

— Vous dites tous la même chose. Personne ne s'imagine débarquer ici, vous savez. Alors, vous venez ?

— D'accord, dit Jacques, résigné.

Il enfile ses chaussures, puis rejoint les autres prévenus dans le couloir. Quelques-uns viennent le saluer, d'autres le sifflent méchamment. Des moqueries l'enfoncent davantage dans la dépression. Pour la première fois de sa vie, il baisse la tête. Il comprend qu'il n'est plus rien – rien qu'un numéro parmi d'autres. Ici, la notoriété dont il s'est toujours servi est un handicap.

Gérard, le banquier, s'approche de lui. Il est là pour une affaire de détournement. Comme le courant passe entre eux, ils font connaissance pendant l'heure de promenade.

Remonté en cellule, Jacques craque. Il fond en larmes. Il tape de toutes ses forces dans ce qui lui sert de matelas. Il vomit de colère. Exténué, il s'endort à même le sol contre la cuvette des WC.

*

Les fenêtres de sa voiture grandes ouvertes, Eva roule lentement en direction de Saint-Germain-des-Prés. Catherine l'attend en bas de l'immeuble, ses lunettes de soleil dans les cheveux, en guise de bandeau. Peu après, elles sont en terrasse au bistrot d'en face et le garçon apporte les cafés – noir pour Catherine, au lait pour Eva.

— Il y a quelque chose dont j'aurais dû te parler, dit Eva.

— Si c'est au sujet de la gérance…

— Non, rien à voir. Sois gentille de me laisser parler…

— Tu as des ennuis ?

Catherine, la mine inquiète, écoute Eva lui raconter sa première rencontre avec Sacha, lors de la soirée de charité au *Bistrot*. Ce récit semble la rassurer, et même l'amuser. Elle sait combien Eva est généralement discrète sur sa vie privée, et qu'elle ne s'est jamais affichée avec un homme depuis son divorce.

— Je règle et on monte, dit Catherine en attrapant son sac. Ton amoureux doit s'impatienter…

Sur cette remarque, elle éclate de rire. Et ce mouvement de bonne humeur se communique aussitôt à Eva.

— Je ne sais pas ce qui m'a pris, dit-elle. Mon cerveau était comme déprogrammé. Maintenant, tout se mélange : ce qui s'est passé, l'arrestation de papa. Le pire scénario, quoi…

— Tiens, ce sont les coordonnées pour écrire à ton père.

Elle lui tend une feuille portant les indications utiles :

Maison d'arrêt des Hauts-de-Seine
M. Jacques Kahn
Numéro d'écrou : 6514G
Bâtiment A, cellule 146
133, avenue de la Commune-de-Paris
92000 Nanterre

— Et toi ? reprend Eva. Tu es en colère ? Je veux dire, tu lui en veux ?

— Bien sûr, que je lui en veux. Il m'a menti, chose qu'il n'avait jamais fait. Et puis, en arrivant ce matin, j'ai compris que son bureau allait rester vide pendant des semaines, voire plus… Je suis inconsolable. Tu m'aurais vue… J'ai ouvert la fenêtre en grand, comme il fait en arrivant. J'ai passé la main sur la surface du bureau pour enlever la poussière : il est tellement maniaque. J'ai failli lui faire un café ! Ces bureaux, sans ton père, c'est comme s'ils avaient perdu leur âme. Je lui ai écrit cette nuit. J'ai posté la lettre ce matin. J'étais remontée à bloc mais quand je me suis retrouvée devant la feuille, tout ce que j'ai pu lui dire, c'est qu'on était fortes, comme lui, et qu'on allait le tirer de là le plus vite possible. Je n'ai rien ajouté d'autre.

— Moi aussi, tout se mélange dans ma tête. Personne ne sait à quel point.

— Maintenant, ma chérie, moi, je sais.

— Je lui écrirai tout à l'heure. Les cartes postales, c'est autorisé ?

— Bien sûr. Mais pourquoi une carte postale ? Tu pars en voyage ?

— Je pensais à des cartes postales culinaires… J'ai peur d'avoir le syndrome de la page blanche. Tu sais, avec papa, ce n'est pas simple… Mais on ne va pas refaire l'histoire. On y va ?

— Les cartes postales : bonne idée. Tout ce qui pourra le distraire est à prendre. Un jour, tu m'expliqueras ce qu'il y a de si compliqué avec lui. Si tu en as envie bien sûr.

Quand elles entrent dans l'immeuble, Eva redoute ce rendez-vous. Elle regrette de s'être montrée impulsive hier soir au téléphone. Mais Sacha, en leur ouvrant, affiche un sourire franc qui la rassure. Il propose immédiatement à Eva d'échanger quelques minutes en tête à tête. Laissant Catherine dans la salle d'attente, ils se rendent dans un bureau dont Sacha ferme la porte.

— Il paraît que je vous dois des excuses, dit Eva. Eh bien ! je suis désolée. Voilà, c'est dit.

Elle a lâché ces mots fièrement, d'un air contrarié. Ce contexte si particulier l'oblige à affronter ses propres faiblesses. D'un côté : son père. De l'autre : Sacha qui ne la laisse pas indifférente. Instinctivement, elle s'est mise en mode autodéfense, ce qui la rend froide et distante.

— Eva, répond Sacha, la situation est grave. Si vous vous obstinez à vouloir vous replier sur vous-même, ou à fuir, vous irez au-devant des ennuis. J'accepte vos excuses qui ont l'air… tellement sincères.

Sacha est agacé. Censé se focaliser sur la situation de Jacques, il n'a pas le temps de gérer des comportements immatures.

*

Alors qu'ils sont réunis tous les quatre dans le bureau, Eva se surprend à fermer les yeux pour respirer le parfum de Sacha. Mais elle les rouvre aussitôt et voit qu'il l'observe, tout en s'efforçant de rester discret. En fait, aucun détail n'échappe à Sacha : les yeux d'Eva, ses mains, son geste quand elle renvoie ses cheveux en arrière, sa façon de croiser les jambes, le rythme de sa respiration… C'est en s'adressant à elle qu'il attaque ses explications :

— Tous les courriers, bancaires ou autres, que vous recevrez, vous devrez me les envoyer le jour même, ou les déposer au cabinet le plus rapidement possible. La juge va probablement vous convoquer. Elle va vous demander des explications sur cette histoire de gérance…

— Je réponds quoi ? Que j'ai signé des papiers sans les lire ? À mon âge ! Elle va me prendre pour une débile…

— Vous essaierez de vous montrer convaincante, dit Sacha.

— Vous serez mon avocat à moi aussi ? reprend Eva. On a le droit, par rapport à mon père ?

— Je peux vous défendre aussi. Pour ça, vous devez me désigner.

— Le pire qu'il puisse arriver, ce serait quoi ?

— La juge peut décider de garder votre passeport, et de vous soumettre à un contrôle judiciaire. Elle peut aussi avoir envie de s'acharner sur vous. Dans ce cas, c'est la mise en examen…

— Je vais réfléchir. Je vous dirai ma décision. Le contrôle judiciaire, ça consiste en quoi ?

— Ça veut dire que vous devez vous présenter toutes les semaines au commissariat. Ils vous font signer un formulaire. C'est la preuve que vous ne vous êtes pas sauvée.

— Pourquoi je me sauverais ?

— Il arrive que des mis en examen aillent à l'étranger mettre des documents à l'abri.

— Mais je pourrai encore me déplacer, non ?

— Avec autorisation de la juge. Mais nous en sommes aux suppositions, là. Tout va dépendre de ce que votre père nous dira. Plus il se montrera coopératif, moins la juge sera amenée à faire pression sur vous. Vous comprenez ?

— On est dans la quatrième dimension, ou quoi ? Mon père était informé de tout ça quand il m'a fait signer ses documents ?

— Comment savoir ? Mon boulot, à l'heure qu'il est, c'est de le faire sortir. Il n'a sûrement pas imaginé que son affaire prendrait une telle ampleur. Eva, je ne suis pas là pour avoir un avis sur les agissements de votre père.

— J'ai bien compris : rien n'est votre problème. Je pose des questions, c'est tout. À part son image et ses photos dans les médias, ces derniers temps, il n'avait pas grand-chose en tête. Vous comprendrez demain, quand vous le verrez. Il va vous prendre pour son attaché de presse. Il vous demandera tout de suite si vous lui avez apporté les articles sur lui…

Un rire général apporte un peu de détente. Catherine approuve ce que vient de dire sa nièce. Eva profite du changement d'ambiance pour se dégourdir les jambes. Sa hanche émet un craquement, ce qui étonne tout le monde. Ses douleurs se sont intensifiées depuis l'arrestation de Jacques. Pour faire diversion, elle se propose d'aller faire des cafés. Catherine attend qu'elle quitte le bureau, puis explique brièvement la cause des craquements. Sacha est touché.

Eva les rejoint dans le bureau avec un plateau et des cafés. Mais en déposant le plateau sur la table, sa hanche se bloque, son corps la trahit, elle trébuche et tombe aux pieds de Catherine. Les tasses se brisent par terre, éclaboussant les murs, les dossiers et les souliers. Catherine se précipite pour aider Eva à se relever. Eva est saisie de honte. Sacha se radoucit, peiné de la voir dans une telle situation. Les deux femmes vont se rafraîchir aux toilettes. Eva est diminuée par les séquelles de son accident et bien qu'elle ne se plaigne jamais, elle en souffre. Ayant recouvré ses esprits, elle prend le bras de Catherine et toutes deux regagnent le bureau.

Sacha se montre aussi naturel que possible :

— Eva, vous ne sucrez pas ?

— Non, merci.

— Qui est actionnaire de votre galerie ?

— Je suis actionnaire majoritaire. Mon cousin Jeff détient dix pour cent. Pour les permis de visites, vous pensez que ça va être long ?

— En principe, une dizaine de jours. Ça peut aller jusqu'à quinze. Il y a plusieurs tours de visite, je vous conseille vivement le premier. Vous pourrez réserver d'une visite à l'autre. Vous déposerez une pièce d'identité, en échange on vous remettra votre permis de visite. Bien sûr, les enfants…

— Mes enfants n'y mettront pas les pieds. Mon père se contentera des photos, si j'ai la bonté de lui en envoyer.

— C'était juste pour vous prévenir, au cas où…

— Merci mais c'est non.

À treize heures trente, la réunion a pris fin et tout le monde se sépare. Catherine dit qu'elle va retrouver Estelle et Vanessa. Eva appelle Franck pour l'informer de son arrivée.

*

Hannah raffolant des sandwichs club, c'est sans hésitation qu'Eva l'emmène dans leur restaurant préféré. Une fois attablée, Hannah sourit et observe d'un œil aimant sa mère qui passe la commande.

— Vous avez passé un bon week-end, chérie ?

— On a bien rigolé. Mais papa ronfle trop. Alors il est allé dormir dans ma chambre.

Eva rit de bon cœur en imaginant la scène.

— Tu sais, maman, on a essayé d'appeler papi, hier soir. On avait vu un article sur lui. Benji lui a même dessiné des moustaches ! Et des lunettes aussi !

— Un article ? Quel article ?

— Dans un magazine que tu aimes bien… *Elle*, je crois. Papi expliquait plein de recettes et les trucs pour ne pas les rater. Qu'est-ce qu'il y a, maman ? Tu as l'air toute bizarre…

— Tu sais, chérie, je dois te dire quelque chose au sujet de papi. Et ce n'est pas une bonne nouvelle.

— Il est malade ?

— Non, chérie, il n'est pas malade.

En fillette sensible et intelligente, Hannah sait capter les émotions. Elle a perçu une brisure dans la voix de sa mère.

Eva lui prend la main et lui explique tout, en essayant d'adoucir les faits, autant que possible.

Les yeux de l'enfant s'emplissent de larmes. Sa lèvre inférieure s'est mise à trembler. Une profonde tristesse lui passe dans les yeux ; Eva en a le cœur brisé.

— Je croyais que c'étaient les voleurs et les assassins qu'on mettait en prison. Alors pourquoi papi ?

— Les gens sont jaloux de ton grand-père, ma chérie. Certaines personnes ont dit de très vilaines choses sur lui. Alors maintenant, il y a une enquête. C'est compliqué, mais je te jure qu'on fait tout pour qu'il rentre vite à la maison.

— On prend un dessert ? Papi prendrait un *carrot cake* avec plein de crème !

— Et il dirait que la sienne est meilleure, parce que plus légère !

— Il nous raconterait son année à Londres…

— Même si on connaît l'histoire par cœur !

Eva a réussi, tant bien que mal, à rendre le sourire à sa fille. Mais son portable vibre : un SMS. « Rebonjour, Eva. Comment s'est passé le déjeuner avec votre fille ? Je suis certain que vous trouvez les mots justes. Courage. Bonne fin de journée. Sacha Bettane. »

Le message rassure Eva.

— C'est qui, maman ? Pourquoi tu souris ?

— Je souris ? Ah bon…

— Oui, tu souris !

— C'est Rudy, chérie. Pour la galerie.

10

Lundi 1er juin

Le lendemain matin, Sacha a quitté son appartement de bonne heure pour aller rencontrer Jacques à la maison d'arrêt. En sortant de sa voiture, des journalistes l'interpellent et le bombardent de questions. Il esquive, tout en souriant intérieurement et en repensant à Eva ; il se dit que Jacques sera sûrement heureux d'apprendre que sa « popularité » est intacte…

Les parloirs pour les avocats sont différents de ceux des familles. Le temps imparti n'est pas limité. Un prévenu a le droit de prendre avec son conseil tout le temps nécessaire.

Jaques arrive, escorté par deux gardiens.

— Bonjour, monsieur Kahn, je suis Sacha Bettane, l'associé d'Olivier Courpied. Je suis ravi de vous rencontrer. J'aurais préféré bien sûr faire votre connaissance dans d'autres circonstances.

— Maître, bonjour. Enchanté.

Jacques est d'emblée sceptique sur les capacités de Sacha. N'est-il pas trop jeune ? À ses yeux, il n'est qu'un numéro deux. Il se sent lésé de ne pas avoir Olivier en personne pour s'occuper de sa défense. En réalité, il ne sait rien des compétences de l'un ou de l'autre ; il se fie à l'image médiatique et à la notoriété d'Olivier.

— Est-ce que vous allez bien ?

— Je ne sais que répondre, maître.

— Vous pouvez m'appeler Sacha.

— OK, Sacha. Évitons les « monsieur ». Appelez-moi Jacques. Olivier ne sera jamais présent ?

— Non, Jacques. On en a longuement discuté. La surexposition d'Olivier vous desservirait. Mais vous pouvez être rassuré, il reste dans l'ombre et met en place votre stratégie de défense.

— Quand vais-je sortir d'ici ?

— Je ne peux pas vous répondre pour l'instant. Avant toute chose, on doit avancer sur votre dossier. J'ai besoin de comprendre quelques détails…

— Je n'ai rien à faire en prison, Sacha. J'étais à la recherche d'un financement à tout prix. Je voulais aller au bout de mon projet. Est-ce qu'on enferme quelqu'un comme moi pour ça ?

— Comment avez-vous connu Fast Invest ?

— Par l'intermédiaire d'une avocate.

— Myriam Miraz ?

— Ma sœur vous a raconté.

Jacques est contrarié et ne s'en cache pas.

— Jacques, il me faut le plus d'informations possible. La juge est persuadée que vous vous êtes adressé en connaissance de cause à une société luxembourgeoise illégale. Elle fait un amalgame terrible. Elle s'imagine que vous avez blanchi une partie des fonds, aidé par cette société. Il faut lui prouver que vous vouliez seulement mener à bien votre projet d'hôtel à Marseille.

— Je n'ai jamais rien blanchi ! Je suis honnête ! Tout l'argent que j'ai gagné, c'est à la sueur de mon front, ou plutôt de mes mains ! Ils ont touché à mon chantier ?

— Le chantier est arrêté. Le financement étant occulte, la juge a ordonné son interruption immédiate.

— J'ai besoin de gagner du temps.

— Je ne vous suis pas.

— J'ai une image à gérer, Sacha. Je suis un homme public, je ne peux pas étaler comme ça ma vie et mon passé. Vous savez qu'il y a encore quelques mois, je préparais un dîner pour soixante personnes à l'Élysée ?

— Jacques, je le sais. Hélas ! Ce n'est plus d'actualité. Je vais vous dire quelque chose qui ne va certainement pas vous faire plaisir. S'il y avait quelqu'un à Paris qui puisse vous aider, vous seriez déjà dehors.

Sacha repense aux mots d'Eva disant que son père estimait avoir un public, telle une rock star. Il reprend :

— Permettez-moi d'être encore plus direct. Vous avez été dénoncé. Je pense que vous sous-estimez Mme Miraz. C'est une avocate véreuse, elle est très virulente. Même le conseil de l'ordre des avocats a du mal à lui mettre la main dessus et à la coincer. Et ça fait des années que ça dure.

— Vous êtes jeune, Sacha. Je prends l'entière responsabilité de mes choix. C'est moi qui suis enfermé dans ce trou et j'ai encore mon libre arbitre : c'est à moi de choisir ce que je dis et ce que je ne dis pas.

— Il y a des journalistes dehors. Sur le parking.

Ces mots ont un effet magique : le sourire revient sur le visage de Jacques. Instinctivement, il se recoiffe avec ses doigts.

Sacha tombe des nues : Eva, décidément, n'avait pas tort…

— Quels journalistes ? dit Jacques d'un air gourmand. Quels journaux ?

Sacha en reste un instant sans voix. Puis il reprend :

— Que comptez-vous dire pour votre défense ?

— J'expliquerai que l'on m'a mis en relation avec Fast Invest, qu'on s'est mis d'accord sur des conditions d'emprunt et de remboursement.

— Jacques, il nous faut ce dossier… Enfin, ce contrat…

— Le contrat est en lieu sûr. Je vous dirai où. Mais pas tout de suite. Je sais ce que je fais. Myriam n'a aucun intérêt à m'enfoncer. Une affaire de cette ampleur peut la faire tomber aussi.

Sacha ne sait plus que dire ; Jacques, manifestement, n'est pas prêt à se remettre en question. Autant abréger l'entrevue.

*

Même rongé par les remords, même mis devant le fait accompli, Jacques continue de se croire au-dessus des événements. À midi, quand vient l'heure de la promenade, il est presque heureux de retrouver Gérard.

— Ça va ?

— J'ai vu mon avocat. Quelle prise de tête !

— Écoute-le. C'est le conseil que je te donne. Le système, ils le connaissent par cœur. Quand on arrive ici, on se croit les plus forts. Mais je t'assure, ce qu'il faut, c'est sortir au plus vite.

— Je ne baisserai pas mon froc comme ça. Pas question d'avouer ce que je n'ai pas fait. Si je raconte tout en détail, je massacre ma famille…

— Ta famille ? Elle l'est déjà, massacrée. Enfin, marquée.

— Ma fille aînée doit venir. Cette semaine. Ou l'autre…

— Moi, mes enfants m'ont tourné le dos. Et c'est dur.

— Tu es là depuis combien de temps ?

— Deux mois et plus. D'après mon avocat, dans un mois je suis dehors.

— Et après ? Tu vas t'en sortir ?

— J'ai un frère : on est proches. Fais attention, la famille, c'est le plus important.

— OK, mais je dois penser aussi à mon image. Je ne veux pas être traîné dans la boue. Mes filles ont une vie confortable, elles sont entourées, elles peuvent supporter la situation. Après tout, c'est moi qui suis enfermé, non ?

*

À son arrivée au cabinet, Sacha va directement trouver Olivier, sans même passer par son bureau. Découragé, il jette son porte-document et sa veste sur un fauteuil.

— Tu en fais une tête.

— C'est le dossier Kahn. Je ne sais pas si je vais tenir le coup. Je sais combien c'est important pour toi, par rapport à Catherine, mais c'est pire que je ne pensais. On devrait leur conseiller quelqu'un…

— Explique-toi.

— C'est le monde à l'envers, Olivier. On a l'impression que c'est lui qui est là pour poser des questions. Il prend le dessus, il décide de ce qu'il va nous dire ou pas. Il se moque de nous, ou quoi ? Je ne te parle pas de sa fille. C'est bien, de jouer les femmes matures et indépendantes, mais il faut aussi assumer de signer des documents sans en lire une seule ligne ! Elle mélange tout, je ne suis pas psy !

— Impossible de le lâcher pour le moment. J'ai promis à Catherine qu'on le sortirait de là.

— Sauf qu'il ne doute de rien. Jamais vu ça…

— Je vais parler à Catherine. Rassemble tout ce qu'on a et commence à travailler sur sa défense. Les rapports qu'il entretient avec ses employés, le fait qu'il n'ait jamais eu de condamnation…

— Ça ne tiendra pas la route, Olivier. Je ne vais pas faire une fiche technique sur Jacques Kahn. On n'est pas à l'office du tourisme culinaire ! On n'en est plus au stade de rassembler des informations. On est censés le défendre. Il nous faut des preuves, si l'on veut être au minimum crédibles. On avance dans le vide, on suppose des choses, on espère qu'il va consentir à nous parler… Bref : le monde à l'envers.

— Notre rôle, c'est de défendre notre client…

— Pour ça, il faudrait qu'il comprenne qu'il est en prison.

— Laissons-lui un peu de temps. Crois-moi, Sacha, Jacques est un brave type. En dépit des apparences, ça n'a pas toujours été facile pour lui. Il pense pouvoir gagner du temps, laissons-le se planter. Personne ne sait où se cache ce sacré protocole signé avec Fast Invest. On ne sait rien non plus de sa relation avec Miraz. Même Catherine est larguée. Pas question de la laisser tomber.

— Comme tu voudras. Je lui laisse quinze jours. S'il s'entête, on met un confrère sur le coup.

*

Sacha rédige des notes en avalant un sandwich quand arrive un message d'Eva : « Pardon de vous déranger, maître. Avez-vous vu mon père ce matin ? » Il reste de longues minutes à considérer l'écran de son portable. Elle l'appelle « maître » ! Il décide de rester à la surface des choses :

— Bonjour, Eva. Oui, j'étais avec lui ce matin. Il tient le coup, il semble garder le moral pour l'instant, ce qui est bon signe.

— Je dois vous voir. Je n'arrête pas de recevoir des recommandés de la banque. En tant que gérante, ils me demandent des tas de choses, des documents, des signatures…

— Quelles sont vos disponibilités, Eva ?

— Vous pourriez passer à la maison ? Vers dix-neuf heures ? C'est plus simple pour moi, rapport aux enfants.

— Envoyez-moi l'adresse.

Vers dix-neuf heures, l'interphone sonne chez Eva ; Hannah et Benjamin se précipitent pour aller ouvrir. Sacha a droit au plus adorable des comités d'accueil.

— Bonsoir ! Toi, tu es Hannah. Et toi, bien sûr, c'est Benjamin. Votre maman n'a pas menti : vous êtes mignons !

Les enfants lui rendent son bonsoir.

— Ne sachant quels sont vos bonbons préférés, j'en ai pris de plusieurs sortes.

Il ouvre un sac en plastique empli en effet d'une variété de bonbons. Eva, qui observe la scène, sourit avec retenue.

— Bonsoir, maître. Il ne fallait pas, merci pour eux. C'est très gentil.

— Je sors à l'instant du cabinet. C'est tout ce que j'ai trouvé.

Il est charmé par l'atmosphère lumineuse qui règne dans l'appartement. La vue est agréable. Il apprécie la terrasse.

— Avec votre permission, Hannah assistera au début de notre rendez-vous.

D'un clin d'œil, elle lui fait comprendre que la fillette a besoin d'être rassurée.

— Dis-moi, Hannah, est-ce que tu as des questions ?

— Plein ! Il va rentrer quand, papi ? Pourquoi on l'a mis dans la prison des hommes d'affaires ? Qui lui veut du mal comme ça ?

— Quand ton papi rentrera à la maison, je ne le sais pas exactement. Mais je te jure qu'on fait tout ce qu'on peut pour que ça arrive le plus vite possible.

Benjamin intervient dans la conversation :

— Il fait les meilleurs desserts du monde, mon papi. Tu sais, il a des problèmes dans son travail, mais bientôt il va venir, tu pourras le voir !

Eva écoute depuis la cuisine. Elle écrase une larme. Revenue dans le salon, elle assiste à la fin de la conversation entre Hannah et Sacha.

— Tu gardes bien mon numéro de téléphone, comme je t'ai dit, OK ? Si tu as des questions ou des inquiétudes, tu ne dis rien à personne et tu m'appelles. C'est mon portable, il n'y a que moi qui décroche.

— D'accord. Je l'enregistre tout de suite. Tu t'appelles Sacha comment ?

— Bettane. Tu peux mettre Sacha tout court…

— Mes chéris, il est presque vingt et une heures. Accessoirement, il y a école demain. Dites bonsoir à Sacha.

— Maman, on peut dormir avec toi ?

— Bien sûr.

Sacha est attendri, et séduit par tant de complicité. Eva l'a quelque peu agacé ces derniers jours, mais c'est de l'admiration qu'il ressent maintenant pour elle. Sans parler de sa beauté qui est loin de le laisser indifférent.

Pendant qu'elle couche ses enfants, il promène un regard sur les photos disposées un peu partout dans le salon, ou accrochées aux murs. Il s'intéresse aussi aux œuvres contemporaines choisies avec goût… Il finit par baisser les yeux vers la table basse où s'empilent les fameux documents bancaires. Quand Eva revient, il lui demande :

— Vous avez reçu tout ça aujourd'hui ?

— Je croule. Je ne sais même pas par où commencer.

— On va tout mettre dans un sac que j'emporterai au cabinet. Notre fiscaliste traitera cette paperasse dès demain.

Ces derniers jours, Eva le trouvait dur, mais comment nier qu'elle éprouve pour lui une attirance physique ?

Ils partagent un café, puis Sacha se lève, prêt à prendre congé. Elle lui rend sa veste, ouvre la porte, sort sur le palier pour presser le bouton de la lumière. Quand elle se retourne, ils se retrouvent nez à nez. Elle sent sa respiration chaude, régulière.

Sans un mot, Sacha entre dans l'ascenseur dont les portes se referment.

11

Lundi 8 juin

À la galerie, le lundi est ordinairement une journée calme. Eva en profite pour faire du rangement avec Rudy, ou pour aller chercher les enfants à l'école. Aujourd'hui, elle a la hanche qui grince au rythme de ses gestes, et son dos manque de mobilité. Rudy se fait du souci pour elle :

— Tu m'inquiètes.

— Je dors par tranches de deux heures et avec les enfants, je suis obligée de prendre sur moi sans arrêt. Il y a Estelle, il y a Vanessa… Je commence à fatiguer. Tu as lu la presse ?

— Pourquoi ils se priveraient de faire du buzz ?

— D'accord, mais il y a une limite, non ? Regarde-moi ce gros titre…

Elle lui présente la une d'un journal barrée de la phrase : « Jacques Kahn gavé comme une oie. »

— Et dessous, tu n'as pas lu ?

Dessous, il est écrit : « Jacques Kahn complètement détoqué. »

— C'est lourd, et tellement violent.

Ses mains sont crispées, ses mâchoires serrées. Sophie pousse la porte de la galerie. Voyant la tête d'Eva, elle devine qu'elle a bien fait de venir. D'ailleurs Eva est contente de la voir.

— On sort déjeuner ? J'ai besoin de prendre l'air…

— Bien sûr.

Ils trouvent une table en terrasse. Eva tourne le dos à la rue pour ne pas voir les unes du kiosque à journaux. Tous trois choisissent le même menu : assiette de fromages et salade verte, avec un verre de vin rouge.

— La galerie, ça va ?

— Ça va même très bien.

Rudy confirme d'un clin d'œil malicieux.

— Et ton père ? Tu as envie d'aller le voir ?

— Ça me fait de la peine de le savoir là-bas. Je ne sais pas si je réalise. J'essaie de visualiser mais je ne vais jamais au bout, ça me fait peur. D'un autre côté, je lui en veux tellement, depuis tant d'années…

— Je peux dire ce que j'en pense ?

— Évidemment.

— Je pense que c'est le moment, Eva. Toute cette histoire n'arrive pas par hasard.

— C'est ce que je me dis aussi.

— Et pour parler de sujets plus légers… Comment ça se passe avec l'avocat ?

Eva marque un temps d'arrêt ; elle a du mal à trouver les mots. Sophie ajoute :

— C'est quand même surprenant, cette escapade dans le petit salon du *Bistrot*…

Eva se sent devenir confuse, et rougir.

— De toute façon, il a sa vie. Sur le palier, chez moi, j'ai senti son souffle sur ma joue mais il faut se calmer… En même temps, c'est comme un aimant… Tu comprends ?

— Non. Je n'y comprends rien. Rudy, tu as suivi quelque chose ?

Pour toute réponse, Rudy éclate de rire.

— Bon, reprend Eva, vous voulez que je vous parle franchement ?

— Vas-y.

— On s'est vus trois fois en huit jours et je suis déboussolée, dans tous mes états.

— Déboussolée ? Dans quel sens ?

— Dans tous les sens !

Rudy ne peut s'empêcher de rebondir sur ce jeu de mots qu'Eva lui sert sur un plateau :

— Déjà ? Dans tous les sens ? Ouaou ! J'adore quand tu es directe comme ça, c'est ton côté femme libérée !

Eva rit aussi.

— Je n'arrête pas de penser à lui, dit-elle. C'est obsessionnel. Et paradoxal ! Je le trouve sec, dur avec moi, limite antipathique. D'un autre côté, il m'attire. Il m'énerve autant qu'il me plaît ! J'ai l'impression d'être une gamine.

— Jette-toi à l'eau ! dit Sophie. Fais un pas vers lui, tu verras bien sa réaction…

— Je ne peux pas ! Je suis terrorisée. C'est même pire que ça : il me paralyse…

— Mais qu'est-ce qui te fait si peur ?

— Tout ! La situation est pourrie. Sacha va connaître toute ma vie familiale. C'est ce que je redoute le plus. Même Franck n'est pas au courant de tout. Quand il comprendra qu'on est une famille de tarés, il prendra ses jambes à son cou…

— Eva, des familles compliquées, il n'y a que ça ! Tu ne peux pas dissimuler ton histoire jusqu'à la fin de tes jours. Si un homme t'aime, cesse de penser qu'il veut forcément te faire du mal.

— C'est moi qui ai un problème. J'ai gardé tout ça trop longtemps.

— Excuse-moi, mais coincée n'est pas le qualificatif que j'emploierais pour te décrire.

— Tant qu'il s'agit d'aventures sans importance, j'arrive à gérer. Mais cette fois, c'est différent.

— Ce n'est pas la fin du monde non plus. Ça s'appelle juste un coup de foudre.

— Si c'est le cas, je ne sais pas faire… Attendez, excusez-moi…

Son téléphone sonne.

— Allô ? Bonjour, maître…

— Vous avez une bonne voix, dit Sacha au bout du fil. Ça me fait plaisir. Et une fois n'est pas coutume : j'ai une bonne nouvelle.

Le temps s'arrête pour Eva. Jacques est-il sorti ?

— Eva ? Vous êtes toujours là ?

— Oui… Pardon… Alors ? Cette bonne nouvelle ?

— J'ai votre permis de visite. Ça a été plus rapide que prévu. Ceux de votre sœur et de votre belle-mère ne devraient plus tarder… Vous êtes toujours là ?

— Je ne sais pas si c'est vraiment une bonne nouvelle, dit-elle.

Elle jette le téléphone sur la table et s'éloigne sans rien ajouter.

Rudy se lève pour la rattraper. Sophie prend le téléphone.

— Allô ?

— Je pensais qu'on avait été coupé…

— C'est Sophie, l'amie d'Eva. Bonjour, maître…

— Un problème ?

— Je ne sais pas ce que vous lui avez dit, mais elle a jeté son téléphone avant de s'en aller précipitamment. C'est grave ?

— Je lui ai juste dit que nous avions reçu son permis de visite.

— Ah, je comprends mieux.

— J'ai peur de ne pas vous suivre…

— Je pense qu'elle panique à l'idée d'aller voir son père là-bas.

— Ce qui peut se comprendre. Je lui ai bloqué une visite, aujourd'hui, à dix-huit heures. On est au cinquième tour. Je lui avais conseillé de toujours aller au premier tour, car il est mieux fréquenté, mais compte tenu de l'heure à laquelle j'ai eu la nouvelle, je me suis dit qu'elle voudrait y aller quand même. Le prochain jour de visite, c'est mercredi.

— Vous avez bien fait. Je vais lui parler.

— Je ne voudrais pas m'immiscer, mais il est préférable que quelqu'un l'accompagne. Les premières visites au parloir sont éprouvantes.

— Son cousin l'accompagnera. Je le préviens tout de suite.

— Il faut être sur place quarante-cinq minutes avant : les formalités. Surtout, qu'elle prenne une pièce d'identité. Sinon, elle ne pourra pas entrer.

— Comptez sur moi, je vous tiens au courant.

— Au revoir, Sophie.

— Au revoir, maître.

Sophie devra attendre vingt minutes avant de voir Eva et Rudy revenir et reprendre leurs places.

— Je sais, dit Eva, si on a demandé un permis, c'est pour y aller ! Mais les lettres, déjà, j'ai du mal. Alors me retrouver en tête à tête avec lui… Je ne sais pas comment je vais faire. C'est un cauchemar.

— Jeff arrive…

— Et Sacha ? Tu lui as parlé ? Comment tu trouves sa voix ?

— Apaisante. Tu as recouvré tes esprits, on dirait. Si tu veux, je viens à la maison d'arrêt avec vous.

— On verra avec Jeff. De toute façon, je vais bien devoir m'y habituer.

Eva pianote un texto à Sacha en s'y prenant à plusieurs fois car elle ne sait ce qu'elle doit lui dire… Finalement, elle va droit au but : « Je suis désolée Sacha. (Sincèrement, cette fois.) Réaction stupide de ma part. J'irai bien sûr au parloir tout à l'heure. J'ai juste très peur. Merci d'avoir bloqué une place pour aujourd'hui. À plus tard. Eva. »

La réponse arrive quasi en simultané : « Vous n'avez pas à vous excuser. C'est une situation déstabilisante. Courage, Eva. »

*

Eva, tandis qu'elle attend Jeff dans la cour de la galerie, a l'impression de marcher sur un fil, de chercher son équilibre dans un océan d'émotions. Elle est envahie de sentiments contradictoires. Ce secret qu'elle porte en elle depuis l'enfance, pourra-t-elle le garder longtemps encore ? Cette incarcération n'est-elle pas un signe ? Le signe que l'heure est venue d'apurer les comptes...

Jeanne le lui répétait sans cesse : « Rien n'arrive pour rien, il n'y a pas de hasard, chaque épreuve est là pour nous faire comprendre certaines choses et nous aider à franchir un nouveau cap. »

*

La voiture de Jeff s'enfonce dans le tunnel de la Défense. À la sortie Nanterre Vieux, Jeff quitte le boulevard circulaire. Eva sent la tension monter en elle. Son cœur s'affole. Elle ouvre grand la fenêtre...

— Tu te rends compte que même ça : ouvrir une fenêtre pour respirer, il ne peut pas le faire ? Dans quel état je vais le trouver ? J'ai peur, Jeff. Je m'épuise toute seule, je passe d'une émotion à l'autre...

— Rien de plus normal.

— On est tous otages de cette situation et le pire, c'est qu'il le sait.

— Ce n'est pas le sujet, Eva. On n'a pas le choix. Comment va Estelle ?

— Moyen. La parole ne lui est pas revenue. Je l'appelle tous les jours – je veux dire : je lui envoie des SMS...

— Tu fais bien. Et Vanessa ?

— Secouée, évidemment. Mais elle a l'air de tenir le coup. J'ai beaucoup de peine pour elle. La journée, elle bosse et le soir, elle est chez Estelle. La semaine dernière, elles ont débarqué à la maison. Après le dîner. On a bu un café : un bon moment. C'est con, la vie. Il faut arriver à des situations extrêmes pour se rendre compte de la valeur des gens, des liens qui nous unissent à eux. Je crois que j'ai été dure avec tout le monde, ces dernières années.

— Tu as fait comme tu as pu. Tu devais te protéger. Tu as reçu des lettres ?

— Une seule. Très longue. Bouleversante. Je vais mettre un grand coup de pied dans tout ça. Tout ce qui m'étouffe depuis tant d'années ! La décision est prise.

— J'approuve.

— Plus on se rapproche, plus j'ai mal au ventre. On n'aurait pas une cigarette ?

— Tu fumes ? Depuis quand ?

— Quand je suis très mal, oui, je fume.

— Regarde dans la boîte à gants. Ma mère a dû en laisser un paquet, l'autre soir. Avec Estelle, elles fument comme des pompiers !

Jeff prend la main moite et glacée d'Eva ; il ne la lâchera plus jusqu'à l'arrivée sur le parking de la maison d'arrêt.

— Je vais lui dire ce que je pense. Il comprendra... Tu crois qu'il va comprendre ?

— C'est même sûr.

— Tu as raison. Il va même s'excuser.

— Ça, c'est moins sûr...

— Et pourquoi ?

— Écoute, dix jours qu'il est derrière les barreaux. Là-dessus, tu débarques et tu lui déballes tout... Alors n'anticipe pas trop...

— Ça n'a rien à voir mais on ne sait toujours pas ce que cette réplique de R2-D2 faisait dans le placard de mon père au *Bistrot*...

Jeff ne répond rien. Eva a l'air pensive. Il est dix-sept heures quand ils s'engagent avenue de la Commune-de-Paris.

Le bâtiment est entouré de barbelés coiffant des grillages de dix mètres. Les visiteurs peuvent garer leur voiture sur le parking immense. À une vingtaine de mètres de l'entrée principale, se trouve une maisonnette où les familles échangent leur pièce d'identité contre le permis de visite : un carton vert où l'administration a agrafé en haut à droite une photo d'identité.

Eva franchit timidement le seuil de ce local. Elle s'arrête devant l'agent qui distribue les permis. Des femmes bénévoles proposent aux arrivants du thé ou du café soluble servi dans des gobelets en plastique, ainsi que des biscuits. Leur rôle est de réconforter les familles.

Jeff et Eva s'assoient sur un banc. Ils sont incapables de prononcer le moindre mot. Jeff imagine son oncle enfermé derrière ce décor épouvantable, et cette pensée le choque.

À dix-sept heures quinze, un gardien appelle :

— Les familles pour le cinquième tour.

Eva se lève et lance à Jeff un regard qu'il n'oubliera plus. Il lui prend la main et la serre gentiment entre ses doigts.

Une vingtaine de personnes sont présentes pour le parloir. Le drapeau français est fixé au-dessus de la porte principale. Eva doit passer un portique de sécurité, comme dans les aéroports. Elle laisse dans un casier son téléphone et son sac à main. Les visiteurs doivent ensuite patienter dans une pièce fermée à double tour. Pendant ce temps, les prévenus sont fouillés. Il en ira de même après la demi-heure de visite. L'administration tient à s'assurer que les familles ne donneront rien d'illégal aux prévenus. D'où le temps passé sur place pour seulement trente minutes d'entrevue. À Eva, l'attente semble interminable. Elle ne se sent pas bien, elle a peur, elle observe tout. L'odeur des lieux lui donne la nausée : mélange de renfermé, de moisi et de remontée d'égout. L'humidité lui déclenche une douleur aiguë dans la hanche. Cet endroit n'a pas dû être nettoyé depuis au moins dix ans. On ose à peine s'asseoir. De toute façon, il n'y a que quatre bancs pour plus de vingt personnes. On laisse la priorité aux personnes âgées et aux femmes enceintes. Certains visiteurs n'hésitent pas à s'asseoir par terre. Eva, elle, préfère rester debout. Des portes claquent. On entend des chocs assourdissants et des bruits de clés. Dans cette salle d'attente, personne ne parle et l'atmosphère est pesante. Ce qui unit toutes ces personnes, c'est la résignation. Il n'y a plus ni conditions sociales ni nationalités. Tout le monde est logé à la même enseigne.

La porte s'ouvre brutalement. Le regard horrifié d'Eva plonge dans un couloir long de trente mètres où s'alignent les parloirs, des pièces de trois mètres carrés équipées de chaque côté d'une vitre qui permet aux gardiens de surveiller les visites. Tout contact physique est proscrit. Eva est au parloir numéro six. Elle marche lentement, le cœur serré, sans oser regarder autour d'elle. Une détresse immense s'empare d'elle. Elle voudrait s'enfuir loin, très loin, et oublier ce cauchemar. Un gardien l'interpelle.

— Bonjour, vous êtes la fille de Jacques Kahn ?

Eva sursaute et répond, presque sur la défensive :

— Oui, pourquoi ?

— J'en étais sûr. Je vous ai reconnue. Je voulais me présenter. Je m'appelle Bruno, je suis le gardien chef de l'aile où votre père est détenu.

— Comment va-t-il ?

— Il est chouette, votre père. Je l'aime bien.

— Merci, Bruno… Mais si vous permettez, je vais y aller.

— Je vous verrai en sortant.

Eva passe devant le numéro quatre, puis devant le numéro cinq. Du coin de l'œil, elle observe les familles tout à leurs retrouvailles. À hauteur du numéro six, Jacques apparaît. Ils sont arrivés en même temps.

Chaque côté du parloir est verrouillé. Le père et la fille se retrouvent enfermés. Seul mobilier : une table et deux chaises en bois pareilles à des chaises d'écoliers. Eva n'a jamais vu Jacques dans un tel état. Il est hâve, blême, mal rasé, amaigri – il a dû perdre au moins quatre kilos. Pour la première fois depuis plus de vingt ans, elle se jette dans ses bras et éclate en sanglots. Ses pleurs sont tellement bruyants que les gardiens accourent. Bruno adresse à son collègue un clin d'œil qui veut dire : « Laisse. » Jacques essuie les larmes de sa fille. Il s'était juré de tenir le coup, mais il n'avait pas prévu cette réaction. Du coup, il craque à son tour.

Une fois qu'ils sont assis et face à face, Eva reprend ses esprits.

— Je peux te demander si ça va ?

— Vu la situation, on va dire que ça va. Je m'habitue comme je peux.

— Tu es seul dans ta cel…

Jacques l'interrompt pour ne pas lui laisser le temps de prononcer entièrement le mot maudit :

— J'ai demandé à être seul. J'ai la télé. Et vos lettres. Les dessins des petits, tes cartes postales : j'ai tout scotché au mur.

— Papa, qu'est-ce qu'on fait ici ? Explique-moi. Tu te rends compte à quel point on est largués ?

— Si tu savais comme j'ai le temps de me rendre compte !

— Pourquoi tu ne parles pas, alors ? L'avocat ne te plaît pas ? Et Catherine ? Tu ne lui fais plus confiance ?

Jacques reste silencieux. Entendant les questions de sa fille, il commence à prendre conscience des conséquences de ses actes sur toute la famille, et cette prise de conscience le brise.

— Cette histoire de gérante, tu peux m'expliquer ? Tu m'as fait signer des papiers sans me dire de quoi il s'agissait. Comment tu as pu faire ça ?

— Dans les documents que tu as signés, il y a aussi une assurance vie dont tu es l'unique bénéficiaire en cas de pépin. Vérifie, tout est à la banque.

— Parlons-en, de la banque. Tu sais combien de recommandés je reçois par jour ? Je me retrouve caution, responsable. Il paraît qu'ils ont même le droit de débarquer à la galerie et de geler mon compte en prévision. Comment je vais faire, si mon affaire est menacée ? À quel moment tu as pensé à nous ?

— Je ne pense qu'à vous, figure-toi. Je vais parler à Catherine. Je ne croyais pas que cette situation durerait. En sortant d'ici, dis-lui de venir me voir demain, s'il te plaît.

— Bon : et l'avocat ? Il ne convient pas ?

— Ce n'est pas la question, Catherine est ma sœur et je sais qu'elle chapeaute tout. Je suis désolé, Eva, désolé pour tout ça. Jamais je n'aurais pensé…

— Jamais tu n'aurais pensé quoi, papa ? Que finalement tu n'étais pas plus fort que tout le monde ? Tu es « désolé » ?

— Oui…

— Qui est Myriam ?

Jacques reçoit la question comme un coup de poing. Puis, se reprenant :

— Une avocate d'affaires. Une vieille connaissance. Qui t'a parlé d'elle ?

— Une vieille connaissance ? Mais encore ?

Jacques s'enferme dans le silence.

— Tu recommences, dit-elle…

— Eva ! S'il te plaît ! Il nous reste quinze minutes, ne les gâchons pas. J'ai dit que je parlerai à Catherine. Qu'est-ce que tu essaies de faire ? Tu veux me culpabiliser davantage ? C'est toi qui es enfermée dans huit mètres carrés ? Je ne vous ai pas mis à la rue non plus ! Heureusement que j'ai eu l'idée de génie de te mettre gérante !

— Une « idée de génie » ?

— Ça va nous permettre de ne pas tout perdre ! Les courriers de la banque, tu les donnes à l'avocat : qu'il s'en occupe. Vous devriez me dire merci !

— Pardon ?

— Je sais ce que je fais.

— Avec des conséquences très lourdes pour nous tous.

— Donne-moi plutôt des nouvelles d'Estelle. Sa voix est revenue ?

— Pas du tout. Je vais l'emmener voir un phoniatre, j'attends le rendez-vous d'un jour à l'autre.

— Merci, ma fille.

— Je le fais pour elle, pas pour toi. Elle fait peine à voir. Tes mensonges l'ont détruite. Tu prétendais que votre pacte à tous les deux était au-dessus d'un mariage ! Que vous partagiez tout. Tu imagines le choc qu'elle a reçu ? Au point d'en perdre la parole ! Elle a le cerveau bloqué ! Elle aurait pu faire un AVC, voire pire…

— Arrête, maintenant ! Elle n'a pas eu d'AVC. Elle reparlera bientôt. Et Vanessa ?

— Vanessa ? Elle ne peut pas finir une phrase sans pleurer. Elle est éteinte. En plus de ce que tu m'infliges, il faut que je devienne médecin ? Que je soigne tout le monde des traumatismes engendrés par tes conneries ?

— Les petits, comment vont-ils ?

— Hannah est inconsolable, elle fait des cauchemars. Cette gamine est en admiration devant toi. Quand on lui demande ce qu'elle veut faire plus tard, elle répond toujours la même chose : « Je veux travailler avec mon papi. » Quant à Benji, il n'a pas l'air de bien comprendre. Je suis navrée, mais j'ai du mal à te plaindre. Tu sais que la juge va peut-être me convoquer ? Qu'est-ce que je vais devenir si la réputation de la galerie est en péril ? Si l'on bloque mon compte, je n'aurai pas de quoi tenir plus d'un mois…

— Ce n'est pas sûr que la juge veuille t'entendre. Pour le moment, ce n'est qu'une supposition. Si tu dois être entendue, tu seras défendue comme il se doit. Et la galerie, elle s'en moque. Sache que tu n'es gérante que du groupe Jacques Kahn, pas de la société qui détient l'hôtel.

— Apparemment, rien ne te sert de leçon…

— Qui t'a parlé de Myriam ?

— Je vous ai entendus, le soir où vous vous êtes hurlés dessus au *Bistrot*. Puis Vanessa s'est souvenue qu'une certaine Myriam était passée au restaurant pour demander après toi.

Les portes s'ouvrent automatiquement : fin du parloir. Bruno, d'un signe, signale à Jacques qu'il lui reste deux minutes. Jacques accélère le débit de ses paroles :

— Je vous expliquerai tout en temps voulu. Coopère avec les avocats au maximum. En ce qui concerne la gérance, je ne suis pas fou. Prends soin de toi. À mercredi. Je t'aime, ma fille. Quoi que tu puisses imaginer, je t'aime. Embrasse tout le monde, dis-leur que je tiens le coup. Dis à Jeff que ses histoires m'ont fait pleurer de rire.

— Tu m'as fait beaucoup de mal. À nous tous d'ailleurs. Prends soin de toi en attendant. Jeff est dehors, il m'attend.

Eva a juste le temps d'embrasser son père. Lui aussi dégage cette odeur d'humidité et de renfermé. Elle en a un haut-le-cœur.

De retour dans la salle, elle se laisse tomber assise par terre sans se soucier de la saleté du sol. Elle a apporté du linge propre et des livres de cuisine pour distraire Jacques. Les flacons et autres bouteilles en verre étant interdits, elle a pris soin, avec Estelle, de vaporiser sur les vêtements le parfum préféré de Jacques.

L'attente, cette fois, semble moins longue. Mais Eva s'absorbe dans ses pensées. Elle sursaute au claquement du verrou. En sortant, elle récupère le sac de linge sale hebdomadaire. Tel est le rituel : des sacs-poubelles jonchant le sol, avec une feuille scotchée où s'inscrivent les numéros d'écrou et de cellule – seule identité du détenu.

En se baissant pour prendre celui de Jacques, elle a soudain pour son père un sentiment de pitié – chose qui ne lui était encore jamais arrivé.

Mais Bruno s'adresse à elle :

— Mademoiselle Kahn, vous avez deux minutes ?

— Dites.

— Vous m'avez l'air secouée : c'est normal. Mais il ne restera pas dix ans en prison, vous savez.

— Espérons.

— L'autre jour, je le voyais tourner en rond. Je lui ai proposé d'aider des détenus à écrire leur courrier. Ça fait passer le temps. Et Dieu sait que les heures sont longues en détention. Vous savez ce qu'il m'a répondu ? « Je ne suis pas secrétaire ! »

— Il a des gens à qui parler ?

— Il échange avec un banquier qui est là depuis deux mois. Il avait l'air heureux de vous voir.

— Merci, Bruno.

— Il a la télé. Il regarde tous les matchs. Les hommes comme votre père, ou comme ce banquier dont je vous parlais, on en voit peu ici. Alors, mademoiselle, sachez que je garde un œil attentif…

— Appelez-moi Eva.

— Vous avez la classe, Eva. Comme lui. Et la même allure. Ça m'a fait plaisir de discuter. Vous savez quel est son moment préféré ? C'est la distribution du courrier. N'hésitez pas, dites-le à ses proches. Écrivez-lui sans retenue.

— Merci beaucoup, Bruno.

*

Jacques sort bouleversé de ce premier parloir. Que sa fille le voie ici, dans cet état, restera comme un des pires moments de sa vie. Il s'assied par terre, les genoux relevés, la tête dans ses bras. Hanté par ses souvenirs, il repense à l'enfance d'Eva. Une gamine amoureuse de son père ! Ce surnom qu'on lui donnait : « la fils à papa » attendrissait tout le monde. Ils faisaient tout ensemble, la cuisine, les courses, les devoirs. Même avant que Nathalie les quitte, Jacques était un père très présent. Si l'une des filles faisait un cauchemar, c'est toujours lui qui se levait. Il terminait sa nuit dans le petit lit, avec les pieds qui dépassaient de cinquante centimètres. Il se revoit en train d'apprendre à Eva comment casser un œuf, à battre les blancs en neige. À huit ans, elle savait nettoyer un poisson, faire une mayonnaise, découper un poulet rôti ; ils étaient complices. Être éloigné d'elle lui est insupportable. Quand elle a eu son accident d'équitation, l'inquiétude et la peur l'ont rongé : il redoutait qu'elle ne retrouve jamais l'usage de ses jambes. Pendant les quatre mois d'hospitalisation, il a dormi à l'hôpital. Il passait la nuit auprès d'elle, dans le fauteuil de la chambre. À cette époque, elle le rejetait déjà. Le soir, quand ses restaurants étaient pleins à craquer, il débarquait dans le service à deux heures. Au début, les infirmières lui faisaient les gros yeux, menaçaient de prévenir la direction ; mais devant un tel acharnement, un tel dévouement, elles ont fini par s'incliner. Il attendait qu'Eva s'endorme pour lui caresser les cheveux, lui embrasser le front, lui remonter sa couverture. Dès qu'elle gémissait dans son sommeil, il sonnait les infirmières.

Jacques est d'autant plus meurtri de cette situation qu'il en ignore toujours les véritables causes.

*

Eva s'engouffre dans la voiture et se blottit dans les bras de Jeff. Pas un mot ne sort de sa bouche. Ils restent ainsi silencieux de longues minutes. Ce qu'elle vient de vivre ne peut se dire avec des mots.

12

Mardi 9 juin

Au retour de l'école, Eva s'oblige à respirer à fond. Elle a promis à Sacha de lui donner des nouvelles après le parloir de la veille : elle décide de l'appeler maintenant au cabinet.

— Vous avez pu lui parler du financement ?

— Oui, je lui ai demandé qui était Myriam.

— Pardon ?

Sacha est surpris qu'Eva ait déjà entendu parler de Myriam.

— Sacha, je suis désolée, mais je dois vous dire quelque chose. Un soir, il y a presque quatre mois, nous avons tous dîné au *Bistrot*...

Elle raconte la dispute entre Jacques et Catherine, ainsi que l'épisode de Myriam à la recherche de Jacques. Sacha connaît par Catherine l'existence de Myriam, mais il ignorait que Myriam était à la recherche de Jacques depuis plusieurs mois déjà...

— Eva, pourquoi m'en parler seulement aujourd'hui ? Chaque détail est important ! Vous m'apprenez que Myriam cherchait à reprendre contact avec votre père dès février, c'est loin d'être une info anodine !

— Je ne sais pas pourquoi je ne vous en ai pas parlé, Sacha. Mon père a décidé de se taire. J'ai besoin de garder certaines distances. Je vous assure, je ne sais plus où j'en suis...

Il l'interrompt :

— Certaines distances ? On entame la troisième semaine d'incarcération et j'ai un peu l'impression d'avoir atterri dans une famille de psychopathes. Tous ces non-dits, ces faux mystères, ces secrets, ces insinuations… Vous pensez que je n'ai pas mieux à faire que de prendre en compte vos susceptibilités, vos blessures ? Je ne suis pas Garcimore ! Ni Freud !

— Sacha, je vous en prie, ne vous emportez pas. Je fais de mon mieux. Croyez-moi, je suis celle à qui l'on a le plus menti.

— On a tous nos problèmes Eva. Mais une famille comme la vôtre, c'est inédit !

— Croyez-moi, vous n'avez encore rien vu.

— Mais arrêtez avec vos sous-entendus, bon sang !

— Je ne suis pas responsable de ses conneries !

Eva s'emporte à son tour, ce qui met Sacha hors de lui :

— Ce n'est pas ce que j'ai dit ! Mais sachez qu'il y a une responsabilité à faire de la rétention d'informations. C'est de la bêtise. Vous y laissez une part de votre charisme.

— Me voilà informée, merci de votre franchise.

— Je sais que vous vivez des moments difficiles, croyez-moi.

— Épargnez-moi votre compassion, vous ne savez rien du tout. Et puis, soyez gentil de rester à votre place. Allez plutôt voir mon père avec Catherine, il est prêt à tout vous dire. C'est ce qu'il a laissé entendre hier, au parloir. Pour le reste, je me passe de vos jugements. Vous êtes avocat, pas le Dieu suprême.

— Je ne suis pas le Dieu suprême mais j'ai le pouvoir de faire sortir Jacques de prison. Si ce n'était pas par fidélité envers Olivier, et envers les liens qu'il a avec votre tante, je laisserais tomber.

— Ça, vous l'avez déjà dit au moins deux fois. Je suis peut-être idiote mais pas encore sourde. Et ce ne sont pas les avocats qui manquent !

*

En rentrant dans son immeuble, Eva tombe sur le facteur qui a un recommandé pour elle. Quand elle ouvre la lettre, elle ne peut retenir un cri. La juge la convoque ! Mardi 16 juin, quinze heures…

Eva n'a pas le choix ; elle doit mettre sa fierté de côté et rappeler Sacha.

— Je ne vous appelle pas pour m'excuser, dit-elle. J'ai reçu une convocation de la juge.

Sacha ne répond pas tout de suite.

— Maître, vous n'avez pas entendu ? Vous avez un problème d'audition ?

— Jolie note d'humour, réplique Sacha.

— Alors c'est supposé se passer comment ?

— Vous choisissez un avocat, vous le désignez et vous préparez l'entretien avec lui.

— Je vous désigne.

— Quand pouvez-vous venir au cabinet ?

— En fin de journée, ça irait ?

— Parfait. À tout à l'heure.

Sacha n'a pas dit à Eva le fond de sa pensée mais il est inquiet car il sait depuis le début que cette juge ne lâchera rien ; la convocation ne fait que confirmer une volonté d'acharnement.

*

À la galerie, Eva est assise à son bureau quand le téléphone sonne. Elle est soulagée en voyant s'afficher le numéro de Jeff.

— Je dérange ? Tu as réussi à dormir ?

— Moyen. Et toi ?

— Tu as de quoi noter ? Le rendez-vous chez le phoniatre pour Estelle : aujourd'hui, dix-huit heures trente. Rue de la Néva. C'est dans le VIIIe, vers la place des Ternes. Tu peux l'accompagner ?

— Je vais me débrouiller. Merci. Tu connais ce médecin ?

— C'est le meilleur dans sa spécialité.

— Je t'appellerai en sortant.

— Je suis au bloc tout l'après-midi. En cas de besoin, appelle la clinique…

— Jeff.

— Oui ?

— La juge me convoque mardi prochain.

— Tu as eu Sacha ?

— Je le vois ce soir au cabinet.

— Je peux venir, si tu veux.

— Pas la peine. Ça ira. Je te tiens au courant.

— Il va te falloir plein de courage…

Elle a à peine raccroché que Rudy lui fait remarquer que cinq hommes sont à l'entrée la galerie.

— C'est bizarre, non ? dit-il.

— Surtout qu'ils n'ont pas l'air commodes…

Un des hommes pousse la porte.

— Mademoiselle Eva Kahn ? Brigade financière. Veuillez ne plus toucher à rien. Nous avons une ordonnance de perquisition signée de la juge Florence Soulemoidon.

— Une ordonnance à quel sujet ?

— En tant que gérante du groupe Jack Kahn, vous êtes susceptible de détenir des informations, ou d'avoir autorisé des mouvements financiers entre votre galerie et le groupe de votre père. Pouvez-vous nous indiquer où se trouvent les ordinateurs de la galerie, s'il vous plaît ? On doit aussi avoir accès aux archives de comptabilité des deux dernières années.

Eva est anéantie, et en même temps résignée.

— Les ordinateurs de la galerie, vous les voyez là, sur le bureau. Rudy, tu veux bien montrer à ces messieurs l'armoire des archives ?

Rudy, choqué, s'exécute.

— Mademoiselle Kahn, reprend le policier, nous allons devoir fermer la galerie pour un temps indéterminé.

Elle est effarée.

— À quel titre ?

— C'est la loi.

— Je peux appeler un avocat ?

— Bien sûr. Mais vous ne pourrez être assistée durant la perquisition. Vous n'êtes pas en garde à vue.

— Je suis ravie de l'apprendre !

Eva ferme sa galerie en plein désarroi. Le rendez-vous avec le comité d'admission de la Fiac est fixé au lendemain matin ici même ! Les policiers n'auront jamais fini. Eva n'ose même pas penser aux conséquences...

Une fois de plus, mettant son amour-propre de côté, elle appelle le cabinet d'avocats.

— Sacha, la brigade financière est à la galerie. J'ai dû fermer pour une durée indéterminée. Ils vont mettre ma vie à sac... Ça fait trop, je ne tiendrai pas le choc...

— Vous avez bien fait de m'appeler. Ne vous inquiétez pas : c'est de l'intimidation. Tout est *clean* à la galerie ?

— Évidemment. Cette galerie, c'est la seule chose bien que j'aie faite.

— Donnez-leur tous les documents qu'ils réclament. La galerie risque de rester fermée trois à quatre jours.

— Quatre jours ? Mais c'est impossible...

— Ce sera peut-être moins. Mais je n'y crois pas trop. Il faut vous organiser...

— Vous avez une manière d'annoncer les choses, vous ! Heureusement que vous n'êtes pas médecin !

— Mon rôle n'est pas de vous donner de faux espoirs. La situation est sérieuse, c'est ce que je m'époumone à vous dire depuis le début...

— Je vous assure que je commence à m'en rendre compte.

— Quoi qu'il en soit, on se verra tout à l'heure. Dix-neuf heures trente ?

— D'accord.

— Je vous laisse, j'ai une audience au Palais dans deux heures. Bon courage.

Sacha a raccroché sans lui laisser le temps de répondre.

Pour elle, c'est comme si le ciel venait de lui tomber sur la tête.

Elle se sent seule comme jamais.

Et Rudy qui a l'air paniqué ! La banque, dit-il, a appelé. Les comptes sont gelés. Un client s'étonne de voir que son virement lui a été retourné avec pour motif : « Procédure de justice en cours. »

Les hommes de la brigade financière ne sont pas aimables. Sans ménagement, ils vident l'intégralité des placards contenant la comptabilité. Atterrée par ce remue-ménage, Eva préfère sortir prendre l'air.

— N'étant pas en garde à vue, dit-elle, j'ai le droit de sortir, non ?

— Votre assistant reste avec nous ?

— C'est mon collaborateur, pas mon assistant. Rudy, tu veux bien rester ?

— Bien sûr, Eva.

— Si l'on me cherche, j'ai mon téléphone.

Dehors, Eva appelle Catherine.

— Ma chérie, je ne sais que dire. C'est la procédure : aucun doute. Certes, appliquée à l'extrême. Mais ça reste légal. De toute façon, ils ne trouveront rien à se mettre sous la dent, si ? Aucun échange avec le groupe de Jacques ?

— Absolument aucun.

Eva s'énerve :

— Ils vont tout me foutre en l'air ! Tu réalises la réputation de la galerie ? Un château de cartes qui s'effondre...

— Sacha est informé ?

— Ne m'en parle pas ! Il est odieux.

Catherine se tait, pour ne pas mettre de l'huile sur le feu.

Eva observe les inspecteurs au travail. On dirait des robots, des machines. Ils notent, ils impriment, ils trient, ils classent, ils font des photocopies ; tout cela sans échanger un mot...

Elle prend une communication. C'est Philippe Gerberon, le banquier de Jacques. Il la prie de passer à l'agence : il aimerait lui faire lire le contrat d'assurance vie qu'elle a signé. Bonne idée : regarder les flics éplucher sa vie professionnelle, c'est insupportable.

*

Gerberon la reçoit dans son bureau et lui offre un café. Assise en face de lui, elle entame la lecture. Arrivée au paragraphe qui l'intéresse, elle souligne certains passages. Comme le lui a dit Jacques, elle est bien la bénéficiaire principale, en cas d'accident portant atteinte à la vie de son père, de cinq millions d'euros « à répartir comme indiqué ci-après : Vanessa Kahn recevra la somme d'un million cinq cent mille euros. Léo Kahn recevra dès sa majorité la somme d'un million cinq cent mille euros. Eva Kahn, une fois sa part d'un million cinq cent mille euros virée sur son compte personnel, gardera le restant de la somme pour s'occuper des affaires du groupe ».

— Vous êtes toute pâle, Eva, dit le banquier.

— Je dois y aller, répond-elle. Je peux garder cet exemplaire ?

— Bien sûr, il est pour vous.

— Merci, Philippe.

— Je vous en prie. Mes amitiés à votre père.

Elle sort de cette lecture déboussolée.

Léo Kahn…

Qui est Léo Kahn ?

*

À la galerie, la perquisition est toujours en cours et Rudy la prévient : ils sont loin d'avoir terminé.

— Il faut prendre les devants Eva, et annuler le petit-déjeuner avec la Fiac…

— Je sais que tu as raison mais qu'est-ce qu'on va leur dire ?

— Inventer une excuse risquerait de te retomber dessus… Pourquoi ne pas leur dire la vérité ?

— Tu plaisantes ?

— J'y ai réfléchi toute la matinée…

— Je vais dehors les appeler.

Elle ajoute :

— Comment tout peut-il basculer aussi vite ?

Dans la cour, elle prend une longue et profonde inspiration, avant d'appeler la responsable du comité. Rudy, qui l'observe de l'intérieur, en a les larmes aux yeux. Il la voit marcher de long en large, parler en faisant des gestes. La scène dure une quinzaine de minutes. En raccrochant, Eva jette le téléphone et s'assied par terre. Rudy la rejoint.

— C'est mort, dit-elle. Ils reconsidèrent la candidature. Ils ne veulent aucune histoire dans la presse. Rien qui puisse éclabousser la réputation mondiale de cette foire, comme ils disent. Je suis en train de tout perdre, Rudy. Des années de travail et d'efforts s'effondrent en quelques jours…

Elle est au désespoir, poussée à la résignation.

*

Dans la salle d'attente du phoniatre, Estelle et Eva feuillettent des magazines en faisant mine de ne pas voir les articles dans lesquels est cité le nom de Jacques Kahn.

La porte du cabinet s'ouvre sur un docteur d'une soixantaine d'années, maigre, dégarni et peu aimable. Après avoir noté sur une fiche des informations sur sa patiente, il s'adresse à Eva pour obtenir plus ample explication.

— Comment est arrivé ce choc ?

Eva raconte brièvement la chose, et remet au docteur le scanner, ainsi que les conclusions de l'examen médical.

— Elle n'a jamais eu de réaction similaire auparavant ?

— Jamais.

— Elle est passée par l'étape du bégaiement ?

— Oui. C'était même impressionnant.

— Pas d'autre paralysie ?

— Non.

— Pas de perte de mémoire ? Ni de geste courant plus difficile à faire ?

— Franchement, docteur, tout est normal chez Estelle. Sauf la parole.

Il réfléchit pendant d'interminables minutes. Il donne de petits coups de stylo sur le bureau, ce qui ne fait que rendre l'attente plus énervante encore.

Puis il se lève, fait le tour de son bureau, et prend place en face d'Estelle. Il la fait tousser et souffler. Il essaie de la faire éternuer en lui chatouillant les narines. La patiente n'émet aucun son.

Le docteur rumine ses pensées. Il recommence à tapoter sur la table. Toujours avec le stylo, il se gratte le crâne. Eva est sur le point d'exploser.

— Écoutez, finit-il par dire, c'est la première fois que je rencontre un tel cas. On peut, à la suite d'un choc, perdre une fonction telle que le goût, l'ouïe, la parole. Mais le phénomène n'excède jamais quelques jours.

— Et donc ? demande Eva.

— Et donc une rééducation pourrait être envisagée, mais il faudrait qu'il y ait existence d'un son… Là, sur du souffle, c'est totalement inutile.

— Je dois rentrer avec ma belle-mère et attendre ? C'est ce que vous êtes en train de me dire ?

— Je vais vous donner une feuille avec des exercices de souffle et de respiration. Ça devrait l'aider…

— Mais elle va recouvrer l'usage de la parole ?

— Je l'espère.

— Ça va prendre combien de temps ?

— Je l'ignore, madame.

Ce serait drôle si ce n'était pas tragique…

Une situation désespérante, un médecin atypique… Elles se lèvent ensemble, dépitées. Au moment de régler la consultation, Eva singe le médecin en tapotant le bureau avec le stylo, et en adoptant le même ton soporifique que lui.

— Voici la feuille, dit-il. C'est cent vingt euros.

— Docteur, dit-elle, je vais faire comme vous. Je vais dire : « Je ne sais pas. » Je ne sais pas si je vais vous régler ces cent vingt euros. Ce sera pour plus tard. Quand ? Je ne sais pas. Vous n'aurez qu'à envoyer la facture par la poste.

Le phoniatre reste sans voix.

*

Ce *Léo Kahn* lui donne des palpitations. La nouvelle l'a mise dans tous ses états. Apprendre, à presque quarante ans, qu'on a un petit frère ! D'après la date de naissance, Léo a douze ans. Eva aura besoin de beaucoup de force émotionnelle pour affronter demain son père au parloir.

À dix-neuf heures trente, elle se gare devant l'immeuble du cabinet. C'est Sacha qui vient ouvrir.

— Je ne vous demande pas si ça va.

— En effet, pas la peine. Question suivante, s'il vous plaît.

— Vous voulez un verre ?

— Si vous m'accompagnez, pourquoi pas ?

Il s'est radouci, semble-t-il. Mais Eva reste sur ses gardes.

— La descente de la brigade financière est en lien direct avec votre convocation de la semaine prochaine chez la juge.

— Je m'en doute. Les dommages sont collatéraux. Je ne sais pas si…

Elle se tait subitement, prise de sanglots. Et Sacha est bouleversé.

Il lui tend une boîte de mouchoirs. Il lui sert un deuxième verre. Quelques instants plus tard, elle reprend ses esprits.

— Je suis désolée. Je craque, c'est tout… Aujourd'hui, ma vie et mes projets se sont effondrés. Ça tourne au cauchemar. Vous voulez savoir la dernière nouvelle ?

— Dites-moi…

— Apparemment, j'aurais un frère de douze ans.

Sacha est frappé de surprise.

— J'ai lu le contrat d'assurance vie, reprend Eva. Il compte parmi les bénéficiaires.

— Je ne suis pas au courant de cette histoire mais l'urgence, c'est d'être prête pour vous présenter devant la juge. Maintenant, écoutez-moi avec la plus grande attention…

Elle l'interrompt :

— Que faut-il répondre quand elle me demandera pourquoi j'ai signé ces documents ?

— Attendez, on va tout mettre à plat, point par point. Il est facile de vérifier et de prouver que vous n'avez strictement aucun lien avec les affaires de votre père. Vous êtes gérante, mais cela équivaut à un prête-nom. Je devrais pouvoir expliquer cela.

— Et elle pourrait ne pas vous croire. Ou se montrer insatisfaite de nos réponses. Qu'est-ce qui se passe, alors ? Qu'est-ce qui se passe, dans le pire des cas ? Elle peut me garder ? C'est ça, la question…

— Vous garder… Vous faire incarcérer, vous voulez dire ?

— Oui.

— Il n'y a aucun risque. Vous mettre en examen, oui, certainement. Elle peut aussi, comme je vous l'ai dit, confisquer votre passeport ou vous placer sous contrôle judiciaire.

— Quelle pression ! Pour une affaire dans laquelle je n'ai rien à voir !

— Aux yeux de la justice, il y a ces papiers signés par vous. Officiellement, vous êtes impliquée… Pardonnez ma franchise, une fois de plus, mais vous n'êtes plus du tout en position de jouer les femmes fortes ou les enfants gâtés. On ne discute pas avec une juge d'instruction. Encore moins quand on connaît la situation de votre père.

— À propos, quand allez-vous le voir ?

— Demain matin. Avec votre tante.

La réunion avec Sacha prend fin à vingt et une heures trente ; Eva rentre directement chez elle.

Ces derniers temps, son téléphone reste allumé jour et nuit car Estelle ou Vanessa pourraient avoir besoin de l'appeler à n'importe quelle heure. Justement, le portable la fait sursauter alors qu'elle s'assoupit sur le canapé. Il est une heure. « Numéro masqué », affiche l'écran.

Elle décroche aussitôt ; on lui raccroche au nez.

Trois minutes plus tard, nouvelle sonnerie. Cette fois, elle a une femme au bout du fil.

— Eva Kahn ?

— Qui est à l'appareil ?

— Myriam Miraz. Je souhaite vous rencontrer. Ce que j'ai à vous dire pourrait vous intéresser.

— Vous ne pourriez pas essayer d'être un peu plus claire ?

— Difficile au téléphone…

— Eh ! bien, c'est dommage. Je vous souhaite une bonne nuit…

— Attendez, ne raccrochez pas. C'est au sujet de votre père. Je ne vous retiendrai pas longtemps…

— Vous appelez souvent comme ça les gens que vous ne connaissez pas ? À une heure du matin, en plus…

— Je suis en plein décalage horaire. Et encore au travail à mon bureau. Je ne pensais pas qu'il était si tard, désolée…

— Bon, où voulez-vous qu'on se rencontre ?

— Avenue Hoche. Il y a un café : le *Do ré mi*…

— Je connais.

— Demain, neuf heures trente.

Myriam Miraz a raccroché.

Comment dormir après un tel appel ?

Elle songe à Sacha. Elle lui a promis de le tenir au courant de tout… Mais non, elle ne lui dira pas que Myriam Miraz a appelé. En revanche, elle préviendra Jeff et Sophie dix minutes avant l'heure du rendez-vous. Il est prévu qu'Estelle vienne garder les enfants à partir de onze heures, pour qu'Eva puisse aller au parloir. Eva lui demande par SMS si elle peut venir plutôt dès huit heures trente. La réponse d'Estelle arrive à deux heures quarante : c'est d'accord. Nouveau SMS d'Eva à Estelle : « Si tu nous considères comme tes filles, sache que la réciproque est vraie : tu es une mère pour moi. Bonne nuit, enfin ce qu'il en reste… »

13

Mercredi 10 juin

Estelle est arrivée en frappant délicatement à la porte pour ne pas réveiller Hannah et Benjamin. Elle a laissé à l'entrée le sac contenant les affaires de Jacques : ainsi Eva ne l'oublierait pas en partant. Puis Estelle et Eva ont pris le café sur la terrasse. À neuf heures, Eva se met en route car elle tient à arriver avant Myriam. En chemin, elle appelle Rudy. Les hommes de la brigade financière sont de retour, ils continuent leurs recherches.

Eva se sent prête à affronter n'importe qui.

Dix minutes plus tard, une femme descend d'une berline noire aux vitres teintées. C'est Myriam. En tout cas, cette femme correspond à la description faite par Vanessa : petite taille, talons si hauts qu'ils l'empêchent de marcher, aucune distinction.

Elle vient directement s'asseoir face à Eva qui ne se donne pas la peine de se lever pour la saluer.

— Bonjour Eva, je suis Myriam Miraz.

— Bonjour.

— Vous vous doutez de la raison pour laquelle je vous ai appelée, n'est-ce pas ?

— Pas du tout. Je ne sais pas qui vous êtes.

— Eva, pas de faux-semblants, s'il vous plaît.

— Pardon ? Je ne comprends pas. Je vais vous dire ce que je sais. Je sais que vous connaissez mon père depuis plus de trente ans et que vous avez cherché à le revoir il y a à peu près quatre mois. C'est tout.

— Vraiment, votre père ne vous a pas parlé de moi ?

— Absolument pas.

Myriam explique :

— Je suis avocate. J'ai fait aussi un passage dans la politique en tant que chef de cabinet. Hélas, ce début de carrière a été interrompu brutalement. Ça restera une des périodes les plus embarrassantes de ma vie. J'ai mis des années à m'en relever. On m'a jetée dehors comme une malpropre. Enfin, ne nous attardons pas sur le passé… J'ai fait du chemin depuis, heureusement pour moi…

Eva ne voit pas où veut en venir cette femme dont le regard et l'intonation l'inquiètent.

— Pourquoi me racontez-vous tout ça ?

— Parce que j'aime votre père. C'est un homme tellement brillant, tellement talentueux… Un parcours incroyable, une carrière exemplaire…

Eva l'interrompt :

— Écoutez, je ne crois pas que vous m'ayez appelée à une heure du matin pour me dire ça…

Myriam la coupe à son tour :

— Eva ! il a tellement compté pour moi… Je n'ai jamais aimé aucun homme comme lui. On a vécu une histoire d'amour extraordinaire. Dix ans ! Ça compte, dix ans dans une vie, n'est-ce pas ? On se complétait tellement bien… Jamais nous n'aurions dû nous quitter…

— Vous pourriez en venir au fait ? demande Eva.

Mais Myriam, non sans machiavélisme, semble décidée à lâcher les informations au compte-gouttes :

— Vous savez, nous n'avons jamais coupé le contact. Je le sentais mal, ces trois derniers mois. Il était soucieux, nerveux… Ce n'était plus le Jacques que j'avais connu, que vous connaissez…

— Je vous en prie, allez droit au but.

— C'était un peu le rêve de votre grand-mère, non ?

— De quoi parlez-vous ?

— Cet hôtel ! c'est bien elle, votre grand-mère, qui en rêvait ?

Eva n'est pas loin de perdre son calme. Myriam reprend :

— Il m'a proposé de me montrer le site de l'établissement. Une splendeur, Eva ! J'en ai eu le souffle coupé. Ça vous a fait le même effet, n'est-ce pas ? Vous savez quelle est la devise de Jacques ?

— Je ne connais pas la devise de Jacques et pour être honnête, je m'en fiche…

— *Tout vient à point à qui sait attendre*… J'y pense tous les jours depuis trente ans. Comme le temps passe vite ! Il avait raison : la patience est un atout précieux. Tout finit par arriver.

Eva a l'impression de recevoir des coups de poignard ; elle comprend maintenant ce que son père a aimé chez cette femme : ce côté « rien ne m'arrête ».

— Cet endroit lui correspond tellement ! Il fallait qu'il l'obtienne. C'était obligé…

— Bon, vous avez terminé ?

— Vous êtes pressée ? Suis-je bête, vous devez avoir des montagnes de choses à régler. Une incarcération bouleverse la vie de toute une famille…

— Pourquoi m'avez-vous fait venir ?

— La raison principale de ce rendez-vous, Eva, c'est mon désir de vous connaître. Vous comptez tellement pour lui. Il a une façon unique de parler de vous. Bien sûr, il adore Vanessa, mais ce n'est pas la même chose, vous comprenez ? Je pense que vous savez très bien de quoi je veux parler.

Eva en a assez entendu ; elle se lève et s'en va sans ajouter un mot.

Myriam la regarde s'éloigner. Elle jubile. Elle finit de déguster son café.

*

Eva redescend l'avenue Hoche en songeant à cette allusion à Vanessa. Et elle commence à trouver l'acharnement contre Jacques disproportionné. En voiture, elle se rend à la Fnac de l'avenue des Ternes. Elle veut lui acheter des livres avant d'aller à la maison d'arrêt. La caissière lui demande :

— Des emballages cadeaux, madame ?

Eva s'assombrit. Jacques n'a même plus le droit d'ouvrir un paquet-cadeau !

— Pas la peine. Ça ira comme ça.

Le soleil cogne dur. Dans la voiture, l'air conditionné est à fond. Eva pleure et ses larmes l'empêchent de voir la route. Mais l'itinéraire pour la maison d'arrêt est gravé dans sa mémoire. Elle arrive à bon port avec vingt minutes d'avance.

En plus du sac de vêtements, elle en tient un autre, plus petit. En arrivant près des bénévoles, elle demande si elle peut avoir un café.

— Bien sûr. Sucré ?

La femme lui tend un gobelet avec un sourire tellement sincère qu'il en devient contagieux.

— Non, merci. Vous êtes adorable. Ce n'est pas facile de venir ici. Vous redonnez un visage humain à ces visites. Je me suis permis de faire quelques courses… Tenez, c'est pour vous.

Il y a des biscuits, des bonbons, des chocolats pour les enfants. Ainsi que du thé et du café soluble.

L'émotion se lit sur le visage des femmes. Personne, en dix ans de bénévolat, n'a jamais eu la délicatesse de faire pour elles un tel geste.

Eva, emportant son café, va attendre sur un banc l'appel du gardien.

— Premier tour !

Les battements de son cœur lui cognent dans les tempes.

En entrant dans le bâtiment principal, elle comprend qu'elle est sans nouvelle de Catherine et de Sacha. Ils ont pourtant dû voir Jacques au parloir ce matin… Mais les bruits et les odeurs la ramènent à la réalité du moment. Par où commencer ? Ses mains tremblent, elle a peur de défaillir…

Au parloir numéro quatre, Jacques est déjà là. Il embrasse sa fille avec une tendresse infinie. Il s'inquiète :

— Tu as mauvaise mine, ma chérie. Tu n'es pas malade, au moins ?

— Je ne suis pas bien, papa. En fait, ça ne va pas du tout…

— Qu'est-ce que tu as ? Parle-moi… C'est quoi ? Les enfants ? Estelle ? Ta sœur ? Si tu savais comme c'est dur, d'être coupé de vous tous. Pas de téléphone ! À part le courrier, je suis seul…

— Papa ! ce n'est pas le sujet. Même si je sais que c'est l'horreur pour toi. D'ailleurs, j'ai mis des livres dans ton sac de linge, tu verras…

— Mon amour, il n'y a que toi pour avoir ces attentions ! Comme le parfum sur mes vêtements ! Mais tu claques des dents…

Jacques embrasse les tempes d'Eva : c'est ainsi qu'il faisait pour vérifier que ses filles n'avaient pas de la fièvre quand elles étaient petites.

— Je n'ai pas de fièvre, papa. Il est temps pour moi de te parler.

— Tu as des ennuis ?

— Pas des ennuis. Juste des poids qui m'étouffent depuis… depuis trente ans, papa ! En fait, depuis le départ de maman…

Jacques est stupéfait.

— Vas-y, dit-il. Je t'écoute.

Eva entame un monologue :

— Quand maman est partie, j'avais dix ans. Un soir, quelques semaines après son départ, Vanessa a eu beaucoup de fièvre. Mamie t'a appelé au restaurant car elle était inquiète. Tu es venu en vitesse et le médecin est venu aussi.

Après son départ, tu as craqué. Je t'ai entendu parler avec mamie. Tu pleurais. J'ai tout compris, cette nuit-là, quand tu as lu la lettre que maman t'avait laissée. Je ne dormais pas, comme bien souvent. Tes infidélités répétées, ton obsession de réussir, et puis la goutte d'eau qui a tout fait déborder. Tu as eu une liaison avec Brigitte, l'amie d'enfance de maman : ça l'a brisée. Elle a décidé de se venger en ayant une aventure avec Michel, ton ancien collaborateur. Manque de chance, elle est tombée enceinte de lui. Cette lettre, en quelque sorte, c'était son « cadeau de départ ». Elle avait même eu la délicatesse de glisser dans l'enveloppe le test de paternité, pour que tu sois sûr. J'ai su à ce moment-là que Vanessa est seulement ma demi-sœur, et qu'en plus elle n'est pas ta fille. Je n'ai fait que la surprotéger pour ne pas qu'on soit deux à être abîmées, pour qu'elle ne sente jamais aucune distance, une différence… J'ai toujours lourdement insisté auprès d'elle sur vos points communs, vos ressemblances physiques qui en fait n'existent pas. Je me suis construite sur tellement de mensonges, papa ! Pourquoi tout ça ? Pourquoi ne m'avoir jamais assez fait confiance pour me dire la vérité ? Tu ne t'es jamais demandé ce que j'avais ? Pourquoi je restais si distante avec toi ? Si peu impliquée dans ta vie ? Toutes ces années, je ne savais même plus à qui en vouloir le plus. À maman ? De nous avoir laissées comme ça, sans une caresse, sans un mot, ni le moindre remords ? Jamais je ne m'endormais le soir sans penser à elle. Je rêvais qu'elle venait me chercher à l'école avec un pain au chocolat. Ou bien elle assistait à mes spectacles de fin d'année. J'en arrivais même à sentir son parfum. Ou peut-être aurais-je dû t'en vouloir davantage à toi ? Je n'en ai même jamais parlé à mamie. J'ai menti, fait semblant… Ma sœur, si tu la voyais depuis que tu es ici : elle n'est plus que l'ombre d'elle-même. Ça me fait mal, papa. J'ai tellement mal de tout ça.

Eva s'effondre et pleure tout ce qu'elle a retenu depuis tant d'années. Jacques est désemparé. Lui aussi est en larmes ; et sa figure est sans expression. Eva a les muscles tétanisés, elle est raide, elle a du mal à réguler sa respiration. Elle s'accroche au bras de son père et se rassied en gardant sa main sur le bras de Jacques.

— Papa, pourquoi ?

Le regard dans le vide, Eva n'attend même pas de réponse.

Jacques prend la tête de sa fille entre ses mains et écarte les cheveux qui lui tombent sur les yeux. Elle a le visage trempé. Elle est dans une transe émotionnelle incontrôlable. Il reste encore du temps : la seconde moitié du parloir. Jacques sait qu'il doit trouver un moyen de l'apaiser. Impossible de la laisser repartir dans cet état…

— Je ne pouvais pas me douter, dit-il… Qu'est-ce que je pouvais dire…

Elle lui coupe la parole, comme si elle n'entendait pas :

— À l'âge où tes petites filles, devenues grandes, commençaient à se demander pourquoi leur maman les avait abandonnées, là, c'était peut-être le moment de nous parler. Au moins, à moi ! Dans sa lettre, elle énumérait tes conquêtes, c'était abominable ! Tu sautais sur tout ce qui bougeait ! Tes employées, les femmes de tes copains, même la boulangère… Tu réalises le choc et l'humiliation, pour une femme ? Jusqu'à son amie d'enfance ! Elle a même eu un doute avec une enseignante de l'école ! Heureusement qu'on n'était pas en âge que tu tournes autour de nos copines ! Tu es… Enfin, tu étais sans foi ni loi !

— Merci pour la nuance *étais*…

— C'est terrible, mais comme il doit nous rester à peine quinze minutes, je vais continuer. Trente ans que je garde tout ça. En fait, tu as fait porter le chapeau à maman toutes ces années en la faisant passer pour le bourreau. Toi, tu étais la pauvre victime. C'est dégueulasse. Tu n'as jamais sous-entendu qu'elle avait peut-être des raisons… même si elles sont impardonnables !

Jacques change de ton :

— C'est elle qui vous a abandonnées, non ? Comment a-t-elle fait pour vivre, respirer, dormir, manger sans vous serrer dans ses bras ? Qui vous a soignées quand vous étiez malade ? Combien d'ostéopathes a-t-il fallu consulter après ton accident ? Qui est-ce qui t'a veillée des nuits entières ? Vos cours de danse classique… Qui a articulé sa vie sur votre rythme ? Tu m'as déjà vu faire la moindre différence avec ta sœur ?

— Si je comprends bien, tu ne diras jamais que tu es désolé pour le mal que toi aussi tu nous as fait.

Jacques baisse les yeux ; les larmes laissent des traces sur son pantalon.

Eva poursuit :

— Myriam m'a appelée hier. Enfin, cette nuit.

— Pardon ?

— Tu as bien entendu. Je suis ravie de savoir que vous avez vécu « une histoire extraordinaire » et qu'elle trouve ton hôtel à couper le souffle. On dirait une poubelle, cette femme. Elle est répugnante. Elle fait sale… Ses mains, ses ongles : elle est vulgaire… Avec sa frange qui lui tombe à moitié dans les yeux. Elle sait tout, n'est-ce pas ?

Jacques reste silencieux.

— C'est trop facile de ne pas répondre.

Eva s'énerve, hausse le ton :

— Je te parle ! Réponds-moi !

— Oui, elle est au courant de tout.

— Comment tu as pu faire ça ? Une femme pour qui tu n'avais aucune estime ! Que tu as jetée comme un vieux papier une fois que tu n'avais plus besoin d'elle. Tu lui as confié des secrets de famille aussi lourds ? En plus d'être inconscient, tu es un monstre ! Et tu as accepté qu'elle arrange ton financement ? C'est à croire que tu n'as aucune fierté ! Le jour où Estelle va savoir tout ça, elle va te quitter ! J'ai eu raison de me méfier de toi durant toutes ces années. Après, tu viens nous parler de ton pacte de confiance ?

— C'est elle qui est revenue me chercher.

— Tes réponses font pitié.

— Eva, ne sois pas si dure… J'ai fait comme j'ai pu.

— À qui penses-tu pouvoir faire accepter autant d'horreurs ? Tu veux que je te parle de ma convocation chez ta juge la semaine prochaine ? Et la descente de la brigade financière ! Ils me ferment la galerie jusqu'à la fin de leur enquête. Mes comptes sont gelés, la Fiac tombe à l'eau ! On est tous comme des automates, on vit comme des reclus, on s'occupe d'Estelle. Vanessa ne peut même plus rester seule ! Mais tout ça, tu t'en moques ! Il n'y a que toi qui comptes ! Quand je pense que tu t'es permis de hurler sur ma tante le soir du dîner au *Bistrot* ! Tu n'as peut-être jamais trompé Estelle, mais chasse le naturel, il revient au galop. Tu n'es qu'un menteur, un manipulateur. J'en ai le cœur brisé à vie.

— Eva, on parlera de tout, je te le jure. Je te ferai même lire la lettre de maman. Mais pour l'amour du ciel, calme-toi. Il reste cinq minutes. Qui est venu avec toi ?

— Personne. Je savais qu'aujourd'hui, je devais venir seule. J'avais rendez-vous avec moi-même…

Elle ajoute après un temps :

— Et j'ai gardé le meilleur pour la fin…

— Quoi ?

— Léo Kahn. Qu'est-ce que tu as à dire sur Léo Kahn ? que c'est ton frère ? ton cousin ? ton neveu ? C'est pour que je connaisse son existence que tu m'as envoyée à la banque lire le contrat d'assurance vie ?

Jacques laisse passer quelques secondes, puis répond d'un ton neutre :

— C'est ton frère.

Elle a besoin d'un temps avant de pouvoir reprendre la parole :

— Tu lui apportes quoi, à cet enfant ? Quel âge a-t-il ? Douze ans, c'est ça ? Combien de Noëls, d'anniversaires ? Combien de mensonges pour lui aussi ? Et sa mère, qui est-ce ?

Jacques accuse le coup difficilement. Il a la sensation d'être sur un ring de boxe. Il répond d'un ton monocorde :

— J'ai connu sa mère il y a une quinzaine d'années. Elle habite près de Marseille. J'ai fait beaucoup d'allers-retours quand j'ai repris le restaurant au-dessus de Monaco. Je visitais pas mal de confrères alors. C'est une femme simple, elle ne me demandait rien. Elle est œnologue. On savait qu'on ne resterait pas ensemble mais on était bien. Quand elle est tombée enceinte, elle a décidé de garder l'enfant. Elle a continué de vivre de façon indépendante. Je me suis attaché au petit – je n'avais pas de fils. C'est mon portrait craché. Estelle et Catherine sont au courant. Pour ta gouverne, non, je n'ai jamais trompé Estelle. Elle connaît toute ma vie. Même mon histoire avec Myriam dans les moindres détails...

Jacques se reprend :

— Enfin, elle sait tout ce qui appartient au passé. Elle n'est pas au courant que je l'ai revue pour mon financement, mais je t'assure qu'il ne s'est rien passé...

— Tu es pathétique, c'est presque pire que je ne le pensais.

Les portes s'ouvrent sur Bruno, le gardien. Il adresse à Eva et Jacques le même geste que l'autre jour : encore quelques instants.

— J'ai tout raconté à Catherine et à l'avocat. Il n'y a plus de non-dit, sur rien.

Eva accuse coup sur coup. Le temps de réaliser ce qu'entraîne la dernière phrase de Jacques, elle lui demande sur un ton direct :

— Sacha est au courant pour Vanessa ?

Jacques est presque fier de lui :

— C'était le moment pour moi aussi de baisser la garde. C'est ce que tu voulais, non ? Tu m'as bien dit de parler à ta tante et à l'avocat ? Je dois sortir d'ici. Sacha te donnera l'adresse si tu veux aller voir ton frère... Je ne sais pas quoi rajouter. Me retrouver entre mes quatre murs après ça... Je pense que tu tiens ta vengeance. C'est inhumain de ne pouvoir rien faire pour se défendre. Je te demande pardon, Eva.

Le regard qu'elle aperçoit à l'instant où les portes se referment la hantera pendant plusieurs jours ; elle le reverra chaque fois qu'elle fermera les yeux.

Dehors, Bruno l'interpelle :

— Bonjour, Eva.
— Bruno, bonjour.
— Vous avez le temps pour un café ?

La première réaction d'Eva est de refuser : le parloir l'a trop éprouvée. Puis, dans un second temps, elle accepte la proposition. Ils se dirigent vers les bénévoles, et ressortent avec des cafés et des madeleines. Bruno allume une cigarette et en offre une à Eva qui accepte.

— Ce matin, votre père a eu la visite de ses avocats. Quand ils sont partis, il avait l'air rincé. Un peu comme vous maintenant.

— Ils sont restés longtemps ?
— Ça a bien duré deux à trois heures.
— Il fallait au moins ça.
— Pardon ?
— Non, rien.
— J'ai conseillé à votre père de partager une cellule avec Gérard.

— Et ?
— C'est non. Il ne veut rien savoir. En plus, Gérard pète sans arrêt. Il a des soucis gastriques. Si ça se trouve, en plus, il ronfle… Bon, je comprends.

Eva ne peut s'empêcher de rire à l'écoute de ces informations.

— Je vais devoir y aller, dit-elle. Merci pour le café et la cigarette.

— À vendredi alors ?
— À vendredi. À moins que ma sœur et ma belle-mère puissent venir. On attend leur permis de visite.

— Ne vous en faites pas trop. Pensez à ce que je vous ai dit : il ne restera pas dix ans ici.

*

Eva est remontée dans sa voiture. En trente minutes, elle vient de faire éclater trente ans de silence et de faux-semblants.

Les pleurs de Jacques, son air désemparé durant tout le parloir, l'enfermement, l'assurance vie, le nom de Léo Kahn inscrit sur le contrat, la visite de Myriam, les cris entre Catherine et Jacques au *Bistrot*, toutes ces images se bousculent dans sa tête…

*

Ayant regagné sa cellule, Jacques prend une feuille et un stylo :

« Eva ma chérie,

Je ne sais que te dire, ni par où commencer. En une heure j'ai l'impression de comprendre une vie remplie d'interrogations. Je ne sais pas comment tu as fait pour tenir et garder tout cela si longtemps. Tu es une force de la nature. À l'âge de dix ans, quelle maturité t'a-t-il fallu pour surprotéger une enfant de six ans ta cadette, tout en sachant qu'elle n'était pas ta vraie sœur. Votre mère étant partie, tu l'as encadrée, protégée, et tout ce qui va avec sans jamais aucun agacement, ni la moindre faille d'amour. Je ne trouverai pas les mots justes pour te dire ma fierté d'avoir une fille comme toi. Tu as un cœur immense. Je ne me sens pas à la hauteur aujourd'hui. Il est vrai que j'ai foiré une bonne partie de notre vie. Sache que j'ai aussi fait ce que j'ai pu, comme j'ai pu. Vous êtes restées, toi et ta sœur, mon unique priorité. Tout comme toi, je me suis juré que jamais elle ne se sentirait rejetée du fait qu'elle n'est pas ma fille biologique.

« J'espère que l'on reparlera de tout ça calmement lorsque je serai dehors. Même ma cellule, tu l'as remplie de joie. Vos photos d'identité avec toi et les enfants, mes livres, mes cartes postales… Tu es devenue le portrait de ta grand-mère.

« Je t'aime si fort ma fille chérie.

« Papa. »

Jacques ressasse chaque parole d'Eva. Toutes ces années, il s'est placé en victime de sa séparation d'avec Nathalie. Les filles ont grandi avec l'image du père surpuissant, assurant sur tous les fronts, et de la mère qui a tout abandonné sans se retourner.

Jacques ne sort pas en promenade ce jour-là, il dormira tout l'après-midi.

*

Estelle est aux anges avec les enfants, c'est à se demander qui des trois s'amusent le plus. Ils lui ont donné un surnom : « Nany ». Comme un équivalent de « mamie ». Eva a mauvaise mine quand elle rentre chez elle, ce qui n'échappe pas à Estelle qui a une expression horrifiée.

— Une allergie au pollen, dit Eva pour tenter de la rassurer. J'ai l'air d'un lapin russe, c'est ça ?

— Maman, c'est quoi un lapin russe ?

— Un lapin blanc avec les yeux rouges, à peu près comme moi maintenant.

Elle ajoute discrètement à l'intention d'Estelle :

— Ne t'inquiète pas : il tient le coup.

Sur son bloc, Estelle écrit : « Catherine m'a appelée ce matin. On devrait avoir les permis de visite cette semaine. »

Eva est rassurée de l'apprendre. Après tout ce qu'elle a dit à Jacques aujourd'hui, elle éprouve le besoin de prendre un peu de recul. Pourra-t-elle retourner à la prison vendredi ? Reprendre avec Jacques une discussion normale ?

— Tu trouves le temps long sans papa, non ?

Estelle répond par écrit : « Très long. »

Elle prend dans ses bras Eva qui en a grand besoin. Comme une mère le ferait, elle lui caresse les cheveux et lui passe la main dans le dos. Elles restent un long moment serrées l'une contre l'autre. N'ayant pas la force d'ajouter d'autres explications, Eva glisse à l'oreille d'Estelle :

— Je sais tout, Estelle : Léo, Vanessa, Myriam…

Estelle ne s'attendait pas du tout à cette révélation ; elle note sur son bloc : « Je serai toujours là, Eva. On en parle quand tu veux. »

Eva dessine un cœur sur la page d'à côté.

On sonne à l'interphone.

— Un paquet à remettre en mains propres à Mlle Eva Kahn.

— C'est moi. Troisième étage.

— C'est qui, maman ?

— Peut-être le père Noël en avance ?

Hannah et Benjamin rient aux éclats. Eva signe le reçu du livreur. Lui donne un pourboire. Le colis, de la taille d'un paquet de cigarettes, est accompagné d'une enveloppe contenant un billet : « Eva, on fait une partie quand vous voulez… C'est un clin d'œil par rapport aux révélations du jour. Je pense beaucoup à vous depuis que j'ai quitté votre père. Je pars pour Marseille demain, histoire de voir tout cela de plus près, et surtout de récupérer le contrat de financement. Jacques m'a dit où je pourrais le trouver. J'ai pris la liberté de vous réserver une place dans le TGV, ainsi qu'une chambre d'hôtel. Départ à dix heures gare de Lyon. Donnez-moi de vos nouvelles.

Sacha »

Eva déchire le papier qui emballe le paquet. Elle éclate de rire en découvrant le jeu des sept familles que Sacha lui envoie. Sans réfléchir, elle prend son portable et tape un message : « La dérision est le meilleur remède pour faire passer ce genre de journée où tout vous échappe. Quand vous voudrez pour la partie de cartes, mais méfiez-vous, je vais gagner ! J'ai trois familles en une maintenant ! Je passe vous chercher à neuf heures quinze au cabinet. On ira ensemble à la gare de Lyon. Je ne sais pas comment, mais je tiens bon. Eva. »

Hannah déboule dans la cuisine.

— Maman ! Maman ! Viens voir ! Nany m'a trop bien appris ! Regarde, j'ai réussi à faire un visage en poterie !

Eva est fière de ce que sa fille arrive à faire de ses mains.

— Et moi, maman, tu as vu ? J'ai fait une maison !

— C'est magnifique ! J'ai mes artistes pour la galerie : la relève est assurée… Mes amours, je dois aller à Marseille demain et vendredi pour aider papi. Je suis désolée, mais c'est vraiment important.

— C'est pas grave, maman ! Papa n'est pas là je crois.

Estelle écrit sur le bloc : « Tout le monde à la maison ! »

— Allez, maman ! Dis oui, dis oui !

— Bien sûr !

Les enfants jubilent. Hannah propose à Benjamin d'aller dans leur chambre préparer leurs affaires !

— Je ne pars que demain ! On peut faire ça ce soir !

— Non, non ! Comme ça, c'est fait !

— Je vais sur la terrasse appeler Catherine.

Estelle fait un signe de tête pour dire OK.

— Estelle, juste une chose. Je voudrais parler moi-même à Vanessa. Seule à seule. Je compte le faire à mon retour de Marseille. Je lui parlerai de Léo et de l'histoire de Myriam. En ce qui concerne le fait que papa n'est pas son père biologique, elle ne devra jamais le savoir. Lui dire toute la vérité n'avancerait à rien. Michel, son vrai père, a disparu après le départ de maman. C'est un secret qui aurait dû rester enfoui à jamais. Je souhaiterais que l'on n'en reparle plus.

Estelle approuve. Pour changer d'ambiance, elle se précipite dans la chambre de Benjamin où Hannah l'aide à préparer son sac. Eva entend les rires des enfants depuis le salon. Elle fouille le sac d'Estelle, avec sa permission, en sort une cigarette qu'elle va fumer dehors. Chaque fois qu'elle prend son téléphone pour appeler Catherine, l'angoisse reprend le dessus. Elle respire profondément…

— Eva, je ne sais pas par…

Eva lui coupe la parole :

— Rappelle-toi la conversation qu'on a eue toutes les deux avant d'aller au cabinet d'Olivier et Sacha. Tu remets le moment ? On était au café, en bas du cabinet… C'était le jour où j'ai parlé à Hannah…

— Je me souviens très bien.

— Tu comprends pourquoi je me tiens à distance de papa. J'ai fait comme j'ai pu…

— Je sais bien, ma chérie. Je comprends, si tu savais comme je comprends. Comment tu as pu supporter tant d'années un tel fardeau ?

— Je ne me suis pas posé de questions, c'était comme ça. Tu as eu Sacha ?

— Oui. Jacques nous a dit où était le contrat. Il nous a tout raconté dans les moindres détails. On va pouvoir avancer sur sa défense maintenant.

— S'il te plaît, retourne voir papa demain. Assure-toi qu'il tient le coup. Le parloir de midi a été très violent. Je m'inquiète pour lui.

— Compte sur moi.

Pendant cette communication, Vanessa a envoyé un texto sur le portable d'Eva : « Estelle vient de m'envoyer un message pour me dire qu'on garde les enfants deux jours. C'est vrai ? Alors je dors avec eux et je ne travaille pas demain ! Pas certain que je les emmène à l'école ! »

Eva répond dans la foulée : « J'aimerais qu'on dîne en tête à tête samedi soir, tu es libre ? » Réponse de Vanessa : « Je bloque ma soirée ! »

Épuisée, Eva s'allonge sur une des chaises longues de la terrasse. Elle s'y endort aussitôt.

*

Quand elle se réveille, il est plus de vingt heures et elle est complètement groggy. N'ayant aucune envie de manger seule, elle propose à Sophie, Vanessa, Jeff et Catherine de venir dîner à la bonne franquette sur la terrasse. Tous acceptent, sauf Catherine qui a « un rendez-vous chez un expert-comptable ». Eva sourit : elle ne croit pas à ce mensonge…

Sophie et Jeff arrivent ensemble de bonne heure. Étant les deux personnes les plus proches d'Eva, ils connaissent la vérité sur Vanessa depuis des années. En revanche, pour Léo, ni l'un ni l'autre n'est au courant. Estelle est en cuisine. Elle s'est proposé de cuisiner un poulet rôti au ketchup, un des plats préférés des enfants. Eva leur raconte librement l'entrevue avec Myriam le matin même, ainsi que le parloir difficile. Leur conversation s'interrompt lorsque Vanessa sonne à la porte. Elle arrive sur la terrasse, portant un enfant dans chaque bras.

*

Catherine est repassée chez elle pour se changer et prendre une douche. Elle se regarde dans le miroir avant de claquer la porte. Au moment où elle franchit le porche de l'immeuble, une voiture grise s'arrête. La portière côté passager s'ouvre. Catherine prend place à l'avant et embrasse amoureusement Olivier Courpied.

Troisième partie

14

Jeudi 11 juin

Au portail de l'école, Eva embrasse tendrement Hannah et Benjamin.

Sacha franchit la porte de l'immeuble du cabinet. Eva descend de voiture. Le temps d'un échange de regards, ils prennent place dans la voiture qui repart en direction de la gare de Lyon.

— Pour votre hanche, dit Sacha, j'ai un acupuncteur chinois qui fait des miracles. Vous voulez son numéro ?

— Vous l'avez testé ?

— Oui, mademoiselle Kahn, je l'ai testé.

— Vous avez un problème d'articulation ?

— Accident de parapente, il y a dix ans.

— Il vous a vraiment soulagé ?

— Il m'a sauvé.

— Je veux bien que vous me donniez son numéro. Je l'appellerai à mon retour.

Chacun jette subrepticement un regard vers l'autre.

Il y a beaucoup de monde à la gare de Lyon. Leur TGV, attendu quai 3, n'est pas encore entré en gare.

— Vous avez faim ? dit Sacha.

— Faim de quoi ?

Elle rougit violemment après avoir lâché cette phrase jaillie de l'inconscient. Pour la faire oublier, Eva n'a qu'une solution ; éclater de rire. Sacha rit aussi.

— Je me proposais d'acheter un petit-déjeuner…

— Avec plaisir, confiez-moi votre valise, si vous voulez.

Quand Sacha revient dix minutes plus tard avec deux sachets de viennoiseries, le train se range le long du quai 3.

À bord, tandis qu'ils partagent les croissants, Sacha s'excuse :

— Vous devez m'avoir trouvé un peu dur ces dernières semaines. Mais j'estime avoir des circonstances atténuantes : votre famille n'est pas des plus simples à comprendre.

Eva répond en s'ouvrant de son angoisse :

— J'appréhende la rencontre avec mon frère. Tout ça est tellement… comment dire ? Brutal, inattendu… Sans parler de la configuration actuelle : papa enfermé, le parloir… La juge la semaine prochaine, la brigade financière. Ces dernières semaines étaient surréalistes.

Sacha approuve d'un hochement de tête. Elle poursuit :

— C'est vrai, vous m'avez malmenée. Mais avec le recul, je n'ai pas été des plus faciles non plus.

Plantant son regard dans le sien, Sacha lui dit :

— Je suis content que vous soyez avec moi. Je me demandais si je vous proposais d'emmener votre sœur aussi, ou votre tante, mais avec le parloir de demain, ça risquait de faire juste.

— C'est parfait comme ça.

— Vous savez, c'est la première fois que je vous entends dire « papa ». Pardon si je me permets de vous donner un avis non sollicité, mais je trouve le mot très joli dans votre bouche…

Eva rougit une fois encore.

— Vous avez loué une voiture ? dit-elle.

— Bien sûr. Vous la prendrez pour vous rendre chez Hélène, la maman de Léo. Il vaut peut-être mieux y aller seule. Pendant ce temps, je tâcherai de glaner des informations sur le chantier.

— Je dois travailler un peu sur mon vernissage au Plaza Athénée. Vous me donnerez votre avis sur deux ou trois détails ?

— Si je peux, avec plaisir.

— Mince !

— Quoi ?

— J'avais du courrier à poster pour mon père…

— Vous le posterez à Marseille. Vous me montrez ce projet ?

Eva lui présente des documents et il les commente en admirant secrètement le parcours de cette jeune femme. Puis il sort son ordinateur de son sac, et étudie des dossiers. Eva, pendant ce temps, s'endort, la tête contre la vitre.

*

Une chaleur harassante les accueille à Marseille. Ayant récupéré la voiture de location, ils se dirigent vers l'hôtel.

— Si l'on trouve quelque chose pour le dossier de votre père, dit Sacha, on aura besoin de toute la journée de demain. On peut reprendre un TGV demain soir.

— C'est parfait.

— Ça va aller ? dit-il, prévenant.

Eva a changé d'expression : l'angoisse se lit sur son visage.

— Pour être honnête, j'appréhende le moment fatidique.

Elle sent ses dents et sa mâchoire se raidir. Ses mains tremblent. L'effet redouble lorsque Sacha lui touche la main.

— Vous tremblez… On change de plan. Je ne peux pas vous laisser conduire dans cet état.

— Je vais me reprendre, ne vous inquiétez pas pour moi…

Mais Sacha tient bon :

— Arrivés à l'hôtel, on réservera une voiture avec chauffeur. Il vous conduira et vous ramènera ce soir.

Eva n'a pas l'habitude que l'on prenne les choses en main pour elle ; pourtant elle se laisse faire.

*

La réceptionniste les accompagne à leurs chambres respectives qui sont situées côte à côte.

— Rendez-vous au bar dans vingt minutes ? dit Sacha.

Seule dans sa chambre, Eva range ses affaires et va se rafraîchir dans la salle de bains. Puis, voulant s'assurer que tout va bien à Paris, elle appelle Estelle et Vanessa. Vingt-cinq minutes plus tard, elle descend lentement au bar, non sans apprécier chaque élément du paysage offert par l'hôtel.

Sacha est déjà sur la terrasse surplombant la mer ; il a commandé des coupes de champagne.

— Je me suis dit que ça vous aiderait à vous détendre.

— Merci. Je me sens mieux. Le simple fait de vous avoir dit que j'étais anxieuse a suffi à m'apaiser. En fait, je garde toujours tout pour moi, alors ça reste en vase clos et...

Il l'interrompt :

— Vous êtes sublime, Eva.

C'est son tour de s'ouvrir de ses pensées. Eva ne peut cacher un sourire presque taquin.

— À votre santé Eva, reprend Sacha en levant sa coupe. Je vous souhaite...

— Que me souhaitez-vous ?

— Le plus important pour vous.

Ils restent silencieux un moment et partagent quelques minutes de paix interrompues par le concierge : la voiture avec chauffeur est arrivée.

Ils échangent un sourire ; et Sacha regarde Eva s'éloigner.

Le chauffeur ouvre à Eva la portière arrière en disant :

— Mademoiselle Kahn, je suis Henri. Vous avez des bouteilles d'eau à l'arrière, juste à côté de vous.

— Enchantée, Henri. Vous pouvez m'appeler Eva. Je vous remercie.

Eva s'installe confortablement et dirige sur elle l'air conditionné. Le trajet ne cesse de l'émerveiller toujours davantage. Elle comprend que Jacques soit tombé amoureux de la région. À cet instant précis, elle aurait aimé qu'il soit là, avec elle.

— Excusez-moi, Henri. C'est encore loin ?

— Nous y serons dans vingt minutes, Eva.

*

Sacha découvre en bord de mer le chantier que Jacques a démarré, et commence à prendre des photos du site qui ressemble à une presqu'île. Tout est en l'état. Sacha promène un regard sur les alentours : un alignement de petites maisons faisant penser à des cabanes de pêcheurs. Il frappe à la porte d'une de ces cabanes. Pas de réponse. Il essaie les suivantes. À la quatrième, une vieille dame lui ouvre sa porte.

— Pardon de vous déranger, madame…

— Vous êtes de la police ?

— Je suis avocat. Je cherche des informations sur ce chantier.

— Ils ont démarré il y a quelques mois et ça s'est arrêté net, du jour au lendemain, il y a trois semaines.

— Y avez-vous vu quelqu'un depuis ?

— Personne.

— Et avant l'interruption ?

— Un vrai défilé ! Même le maire est venu. Il y avait le cuisinier connu, celui qu'on voit à la télé, vous savez le très bel homme…

— Jacques Kahn. Je suis son avocat.

— Entrez, je vous fais un café.

L'intérieur de la maisonnette est modeste. La vieille dame invite Sacha à s'asseoir et lui sert un café.

— Il est très bon, dit-il en déposant la petite tasse dans sa soucoupe. Merci beaucoup.

— Le cuisinier est venu plusieurs fois, reprend-elle. Avec sa femme aussi. Une belle femme. Elle était censée superviser le chantier.

— Vous êtes bien renseignée.

— Il n'y a que moi, ici ! Alors je m'intéresse à ce qui se passe !

— M. Kahn est-il venu avec d'autres personnes ?

— Avec des hommes. Ils devaient être cinq ou six. Ah… Attendez… Le jour où il est venu avec ces hommes, une autre dame était là. Pas la belle femme habituelle. Une autre, bien plus sophistiquée…

— Une dame de petite taille ?

— Oui. Pourquoi ils ont tout stoppé du jour au lendemain ?

— Il y a eu des soupçons de blanchiment…

— C'est toujours comme ça, ici. On a la mafia, les voyous, la drogue…

— Je vais devoir y aller, madame. Je vous remercie beaucoup pour votre aide, et pour le café.

Sacha remonte dans la voiture et roule en direction de l'hôtel tout en parlant au téléphone avec Olivier.

— Du nouveau ?

— Pas grand-chose. Je reviens du chantier. Parlé avec une voisine. Rien appris qu'on ne sache déjà…

— Attendons qu'Eva te rapporte le dossier. Tu me l'épluches ligne par ligne : ne laisse rien passer. On n'a pas le choix, il faut trouver une faille dans ce foutu contrat.

— Compte sur moi. Et au cabinet ?

— On a reçu les permis de visite pour Vanessa et Estelle. Je viens d'en informer Catherine. Ce qu'il nous faut, c'est la preuve que Myriam est à l'initiative de ce pacte.

— On se rappelle.

*

Comme promis à Eva, Catherine se gare sur le parking de la maison d'arrêt. Il est quinze heures. Elle pénètre la première dans la pièce que l'administration réserve aux avocats. Un bruit de pas s'entend derrière la porte ; elle se lève pour serrer son frère dans ses bras.

— Comment vas-tu ?

— Eva t'a raconté le parloir ?

— Oui. On s'est parlé hier soir.

— Comment va-t-elle ? Si tu savais comme c'est difficile d'être là, comme ça, en sachant ce qui se passe dehors. Tout ça par ma faute…

— Jacques, te lamenter ne servira à rien ! Ah ! vous êtes bien les mêmes, tous les deux !

— Pourquoi tu dis ça ?

— Elle m'a demandé de venir. Elle veut s'assurer que tu vas bien. Elle est apaisée de t'avoir tout dit. Tu sais maintenant pourquoi elle est comme ça avec toi. Combien de mauvaises raisons avons-nous inventées pour expliquer son attitude distante ?

— Je n'arrive pas à comprendre qu'elle savait tout depuis… depuis trente ans, tu te rends compte ? Qui peut garder un tel secret tant d'années ?

— Ta fille peut.

— Catherine, quand vais-je sortir ?

— Il nous faut une preuve que Myriam a bien joué les intermédiaires…

— Et ma parole ? Elle ne suffit pas, ma parole ?

— Elle ne suffit plus. Olivier et Sacha bossent comme des fous et Eva est partie avec Sacha à Marseille.

— Déjà ?

— Jacques, réveille-toi ! Le dossier est chez Hélène, il nous le faut absolument.

— Elle est à Marseille pour rencontrer Léo ?

— À ton avis ?

Catherine, ayant pris des notes dans un carnet, repart sur le coup de dix-huit heures, bouleversée de devoir laisser son frère seul dans cette prison sans autre compagnie que lui-même.

*

Hélène habite une maison charmante dans une résidence privée. Eva approche de la sonnette un doigt tremblant. Le portail s'ouvre automatiquement. Eva s'engage dans l'allée. La porte d'entrée s'ouvre sur un petit bonhomme coiffé d'une casquette à l'envers. Un enfant beau comme un dieu, et ressemblant à Jacques de façon frappante : même sourire à vous couper le souffle, même aisance…

— Salut, dit Eva.

— Salut.

— Tu es Léo…

— Et toi, tu es ma…

Il est ému. Jacques lui a parlé de ses sœurs et le rêve de l'enfant a toujours été de les connaître. Et voilà : c'est maintenant que ça arrive.

— …Ta sœur, oui. Je suis Eva.

Elle essuie ses larmes et embrasse son jeune frère. Puis elle se détend tandis qu'Hélène apparaît dans le vestibule. C'est une jolie femme d'une cinquantaine d'années ; elle est menue, naturelle, dotée d'une voix très douce.

— Eva ?

— Bonjour, Hélène.

— Entrez. Voulez-vous du café ? du thé ?

— L'un ou l'autre m'ira très bien.

En dépit de cet accueil chaleureux, Eva se sent gênée. C'est Léo qui se charge de briser la glace :

— Tu veux voir ma chambre ?

Prenant la main d'Eva, il l'entraîne à l'étage. Dans la chambre de l'enfant, trône la réplique de R2-D2 qui l'a tant intriguée au *Bistrot* lors du dîner familial. Elle tient son explication : c'est rassurant.

— Elle est super belle, ta chambre. Alors tu es un fan de la *Guerre des étoiles*…

— J'adore ! Papa m'a acheté les DVD ! Tu as vu mon R2-D2 ? Il n'est pas trop bien fait ? À côté, j'ai une salle de jeux pour quand mes copains sont là.

— C'est génial.

— Regarde, là, au-dessus de mon bureau.

Le mur est tapissé de photos de Jacques. Il y a aussi des portraits de Vanessa, d'Eva et de Jeanne.

— Tu travailles bien à l'école ?

— J'ai de bonnes notes.

— Top.

— C'est bizarre de te voir ici. Je ne sais pas trop quoi dire mais je suis content.

— Moi non plus, je ne sais pas trop quoi dire. Je suis super contente d'être là. Raconte-moi, qu'est-ce que tu aimes ?

— Le tennis. J'ai commencé à six ans. C'est ma passion. Je joue de la guitare aussi, depuis que j'ai cinq ans. On se fait des bœufs avec mes copains.

— Moi, j'adore chanter. Je casse la tête de mes enfants…

— Tu as deux enfants, c'est ça ?

— Hannah et Benjamin.

— Tu as aussi une galerie qui cartonne à Paris…

— Tu aimes l'art ?

— Je n'y connais pas grand-chose. Papa m'a montré des photos de ce qu'on voit dans ta galerie. C'est vachement chouette.

— Je te présenterai des artistes, si tu veux. Tu sais, je fais des ateliers pour enfants et pour ados à la galerie. Tu aimerais venir ?

— Le graff, c'est génial.

— Alors marché conclu. On va laisser passer ces semaines, un peu… comment dire, compliquées. Après, on organise tout ça.

— Super.

— On va voir ta maman ?

Hélène les attend dans le salon où elle a servi le thé.

— Léo, dit-elle, ça ne t'ennuie pas de…

— De vous laisser ? Non. Je vais chez Emeric, OK ?

— Oui, mon chéri.

Léo embrasse sa mère tendrement.

— À tout à l'heure, Eva !

Eva le regarde sortir, attendrie.

— Quelle ressemblance avec papa, dit-elle.

— Son portrait craché. Dès la naissance.

— Il est génial. Cette situation me touche.

— On est tous un peu déboussolés, c'est normal.

Elle ajoute :

— Je me doute que ce n'est pas facile pour vous. Je suis sincèrement désolée que vous appreniez l'existence de mon fils dans de telles circonstances.

— Oui, ça fait beaucoup. Mais vous n'y êtes pour rien. Et je suis très contente d'avoir un petit frère.

— Comment va Jacques ?

— Il tient le coup.

— Vous l'avez vu ?

— Deux fois. Vous lui écrivez ?

— Avec Léo, on essaie de lui envoyer une lettre tous les jours. Je vous ai préparé le dossier. Je savais que vous alliez venir. Vous ou votre tante. Jacques m'avait prévenue, en me remettant ce dossier, que si les choses tournaient mal, on viendrait le récupérer.

Hélène sort un paquet de cigarettes mentholées.

— Ça ne vous gêne pas ?

— Je vais même vous en piquer une.

— Votre sœur est à Paris ?

— Oui, j'ai préféré venir seule, pour la première fois. Vanessa est fragile, je lui parlerai dès demain.

Hélène regarde Eva affectueusement.

— Vous êtes telle que Jacques vous a décrite.

Le courant passe entre les deux femmes. Après une heure et demie de conversation, Eva se lève.

— Hélène, j'ai été ravie, vraiment.

— Je peux vous embrasser ?

— Bien sûr ! On s'embrasse.

C'est une embrassade chaleureuse, pendant laquelle Léo reparaît.

— Tu pars déjà ?

Voyant la tristesse sur le visage de son petit frère, elle lui prend la main en disant :

— Il ne faut pas avoir de chagrin car on va se revoir très vite. Je suis vraiment contente de t'avoir comme petit frère. Je vais te donner mon numéro de portable, tu m'appelles quand tu veux. On a un milliard de choses à rattraper, et je peux te jurer qu'on ne passera pas à côté.

— Moi aussi, je suis content d'avoir des sœurs.

Eva serre Léo dans ses bras.

— Tu es encore plus beau que papa, mais ça, on ne va pas lui dire !

— Il serait trop jaloux.

— Exactement.

Léo, qui n'a plus le regard triste, fait de grands signes à la voiture qui s'éloigne.

Très vite, Eva a Vanessa au téléphone. Vanessa est en larmes et survoltée.

— Calme-toi, dit Eva, je ne comprends rien à ce que tu dis…

— Une salope ! C'est une grosse salope !

— De qui tu parles ?

— De Capucine !

— La femme avec qui tu travailles ? Qu'est-ce qu'elle t'a fait ?

— Il y a trois quarts d'heure, je passe au bureau récupérer les visuels pour le dossier de presse Cartier. J'entends un bruit en ouvrant la porte…

Vanessa est prise de sanglots.

— Vanessa ?

Elle finit par reprendre sa respiration. Elle se mouche bruyamment, puis continue son récit :

— C'était elle : Capucine. Elle était au bureau. Elle ne m'a pas entendue arriver. Elle était en pleine conversation téléphonique…

— Et ?

— L'autre a dû lui demander des nouvelles de moi, ou de notre éventuelle association…

Eva commence à deviner la suite…

— Elle débitait des horreurs sur papa, poursuit Vanessa. Enfin, sur la situation. Elle disait être ennuyée par mon lien de parenté, que c'est le genre d'affaire qui peut aller beaucoup plus loin que ce que l'on pense, que ça pouvait lui ruiner sa réputation, à elle, Capucine…

— En effet, c'est choquant. Tu as dit quelque chose ?

— Et comment ! J'ai flanqué un gros coup de pied dans la porte, et je lui ai dit ma façon de penser. Son hypocrisie ! Sa bêtise surtout ! J'ai fini en lui disant d'aller se faire voir.

— C'était prévisible. Tu m'as dit que tu la sentais fuyante, alors qu'avant cette histoire elle te relançait sans cesse pour signer les papiers et t'associer avec elle.

— Comment peut-on être aussi profiteuse ? Quand papa est au top et qu'on le voit partout, là, je suis intéressante en tant qu'associée, pour faire ses soirées caritatives. Et soudain…

— Calme-toi. Je rentre demain, samedi au plus tard. On s'occupe de tout ça à mon retour. D'accord ?

— Il n'y a plus à s'occuper de rien ! Je m'en vais. Je vais reprendre la communication des établissements de papa ! Je ne sais même pas pourquoi je me suis tuée à travailler comme ça pour des nanas pareilles.

— On en parle à mon retour mais fais comme tu penses et pour le mieux. Tu pourrais aussi reprendre la com de la galerie…

Vanessa reste silencieuse quelques secondes.

— Tu es sérieuse ?

— Je préfère confier l'image de la galerie à ma sœur. Tu as oublié de mentionner papa en tant que personne. Il faut gérer son image aussi…

Les sœurs rient de bon cœur.

— Je te rappelle tout à l'heure.

— Comment ça se passe, à Marseille ? Avec ton avocat, je veux dire… Allô ? Allô ? Je ne t'entends plus…

Eva repense à Myriam : sa détermination, ses allusions insistantes d'hier matin… Elle est tentée aussi de commencer à parcourir le contrat entre Fast Invest et Jacques, mais lire en voiture lui donnerait la nausée.

*

Pendant le trajet, elle garde de longues minutes durant les yeux fixés sur l'écran de son téléphone. Avant de partir, elle a pris des photos de son petit frère. Elle agrandit l'image pour mieux scruter le visage de l'enfant et y chercher les signes qui marquent la ressemblance avec Jacques, ou avec elle. Toute son enfance, Eva a comptabilisé ses points communs avec Vanessa. C'était pour elle une façon de nier qu'elles ne fussent que demi-sœurs. Trente ans plus tard, la voilà dans la même situation. Elle détaille les yeux, la bouche, le nez, le sourire de Léo, et y découvre quantité de points communs.

Libérée du poids énorme qu'elle porte depuis l'âge de dix ans, elle va devoir en porter un nouveau. Divulguer à Vanessa l'existence de Léo ne sera pas… Ce que Vanessa ne saura jamais, c'est qu'ils n'ont en fait aucun lien de sang. Vanessa n'est pas la fille biologique de Jacques. Et Léo ayant une autre mère, ils ne sont pas frère et sœur…

Eva relève les yeux.

Henri est en train de garer la voiture à l'entrée de l'hôtel.

*

Sacha, qui profite de sa fin de journée pour travailler sur un dossier en cours, est sans nouvelle d'Eva. Il a eu seulement un message disant qu'elle était bien arrivée chez Hélène. On frappe à sa porte…

— Je ne vous dérange pas ?

— Pas du tout. Je n'ai pas voulu vous harceler de messages. Ça va ?

— Je ne sais pas pourquoi, mais ça va. Un peu fatiguée, c'est tout. Je me suis dit que vous pourriez jeter un coup d'œil au dossier avant le dîner.

Elle lui tend le sac avec les documents.

— Je vais le lire attentivement, je vous en parle tout à l'heure.

À peine arrivée dans sa chambre, elle ôte ses vêtements et reste un long moment sous la douche. Puis elle s'allonge pour prendre un peu de repos et se délasser après les émotions de l'après-midi.

Quand elle sort de ses pensées, il est vingt et une heures ; elle commence à se préparer.

Sacha, de son côté, a eu le temps de lire la totalité du dossier. Cinq minutes avant de sortir, il découvre une clause entre les lignes ; cette clause stipule une commission d'introduction pour le cabinet MMT basé en région parisienne. Il envoie un message à Eva : « Peut-être le début d'une piste. J'aurai dix minutes de retard : pardon. Je lance des recherches et vous explique tout au restaurant. À tout de suite. »

Eva sourit et répond : « Largement pardonné. Je vous attends en bas. »

Sacha est déjà en train d'appeler Marc, qui est inspecteur de police à Paris. Le cabinet a l'habitude de faire appel à ses services pour les besoins de certains dossiers. Marc promet de le recontacter dès qu'il aura du nouveau.

Sur la terrasse, Eva s'appuie à la balustrade et contemple la mer. Sacha, arrêté sur le seuil, observe le corps de la jeune femme jusqu'à ce qu'elle tourne la tête.

— J'ai pris un verre, dit-elle. Je vous commande la même chose ?

— Avec plaisir.

Eva adresse un signe au serveur.

— Ce dossier, dit-elle. Des choses intéressantes ?

— Un détail que j'ai repéré à la deuxième lecture des clauses financières. Une commission à régler à l'intermédiaire qui a rendu la transaction possible…

— Myriam.

— C'est ce que j'espère. Il n'y a pas de nom, seulement les initiales d'une prétendue société située en région parisienne. J'ai appelé Marc, un de nos contacts, pour éclaircir ce point.

— Je vois.

— Ce qui est sûr, c'est que votre père n'a pas mis un centime dans l'opération. C'est un premier chef d'accusation qui tombe. Le soupçon de blanchiment est éteint. En revanche, la juge peut rester campée sur la complicité. J'ai tout envoyé à Olivier. Je vais demander une entrevue d'urgence chez la juge.

— Vous pensez que ça va prendre combien de temps, avant qu'elle daigne vous recevoir ?

— Entre une et trois semaines. À moi d'insister…

Le serveur apporte le verre à Sacha et le maître d'hôtel dépose les menus sur la table.

— Si l'on ne trouve aucune preuve valable, reprend-elle, il va peut-être falloir vendre des locaux. J'ai peur que le chiffre d'affaires ne baisse trop en l'absence de mon père. On arrive encore à garder la tête hors de l'eau mais pour combien de temps ?

— Je préfère rester prudent et ne pas vous garantir une échéance…

— J'ai intérêt à assurer, la semaine prochaine, chez la juge. Ce rendez-vous me fait très peur, Sacha. Si j'aggravais le cas de mon père sans le savoir ?

— Ne vous tourmentez pas. La juge a parfaitement compris que vous n'étiez qu'un prête-nom. Vous n'apparaissez nulle part. Elle a demandé à vous voir parce qu'elle veut vous intimider.

— Et si mes réponses ne la satisfont pas ?

— On a bien avancé, l'autre soir, au cabinet. Je vous ai dit l'essentiel : les questions les plus importantes qu'elle est susceptible de vous poser. Pour le reste, répondez le plus calmement et le plus simplement possible.

— En quelques semaines, j'avais tout gagné ; maintenant j'ai tout reperdu.

— Vous exposerez à la Fiac l'année prochaine. C'est eux qui y perdront, de ne pas vous avoir cette année.

— Il n'y a pas que la Fiac. La galerie est restée fermée deux jours en pleine semaine, mon compte courant a été bloqué, j'ai eu une vingtaine d'appels de clients surpris de voir leur virement retourné pour cause de procédure judiciaire en cours. Il faut ramer pour leur faire comprendre que je n'y suis pour rien. Sans compter les paiements de la galerie : tout a été rejeté.

— Je trouve que vous vous en sortez très bien.

— Seriez-vous en train de devenir aimable ?

— J'ai une manie qui peut passer pour un défaut : quand je prends un dossier important comme celui de votre père, je vais droit au but. J'estime que les hommes d'affaires comme Jacques n'ont rien à faire en prison. Dans ce cas précis, je tombe sur votre famille qui ne veut rien divulguer au risque de prolonger l'incarcération. J'ai perdu patience, je le reconnais.

— Face aux psychopathes que nous sommes, je trouve que vous ne vous en sortez pas mal non plus...

Le maître d'hôtel est de retour. Ils commandent des plats. Sacha réclame la carte des vins et, pour ne plus être dérangé, choisit une bouteille dans la foulée. Eva aime sa façon d'être : toujours poli et galant sans en faire de trop. L'assurance qu'il dégage la rassure.

— Comment allez-vous, Eva ? C'est à la femme que je m'adresse maintenant...

— J'ai eu un déclic quand j'ai rencontré Myriam. Profiter d'une position de faiblesse pour mettre un homme à terre ! C'est lâche, non ?

— Cette femme est un escroc.

Leurs mains se rapprochent.

— Vous savez, Sacha...

— Attendez une seconde... Vous voulez bien redire mon prénom ?

— Pourquoi ?

— Votre façon de prononcer *Sacha*...

Eva répète en appuyant sur les syllabes :

— Vous savez, Sacha…

Elle sourit : il ferme les yeux chaque fois qu'elle dit *Sacha*.

— Pardon, dit-il, ému. Poursuivez…

— J'allais vous dire… ce fardeau… voilà trente ans que je le traîne. Ce qui arrive à mon père m'a aidée à accepter ce que j'essaie de fuir depuis toujours.

— Je comprends. Comment s'est passée la rencontre avec Léo ?

— Il est beau comme un dieu. Il a autant de prestance que papa…

— Et que vous aussi.

Le compliment la fait rougir.

— On était tous émus, dit-elle. De toutes manières, il n'est pas responsable des choix faits par les adultes : c'est un gamin. Il avait l'air tellement heureux que je sois venue le voir, c'était touchant. Pour le reste… Franchement, au point où j'en suis dans les révélations familiales, je ne peux pas haïr mon père davantage. Je dois passer à autre chose. Et puis, il vieillit.

— Je vous trouve courageuse. Vous auriez très bien pu vous sauver, vous épargner de venir à Marseille rencontrer votre frère.

— Ce que j'appréhende le plus, c'est cette discussion avec Vanessa. Je dîne avec elle samedi.

Eva a subitement le regard triste.

— Je reconnais que le moment est délicat, dit-il. Eva, vous avez été admirable toutes ces années, je suis certain que vous trouverez les mots justes.

— Peut-être, mais je sors de trente ans de non-vérité. Et c'est pour entrer dans un nouveau mensonge…

— Ce n'est pas votre mensonge. Vous n'avez rien fait de mal. Vous voulez juste continuer de protéger Vanessa.

— Vous savez, je n'ai jamais parlé de tout ça avec personne.

— Vous êtes gênée ?

— Non, bizarrement…

— Vous semblez nettement moins nerveuse… En fait, *enragée* est le mot qui correspond mieux.

— « Enragée » !

— C'est ce que j'ai ressenti à notre première rencontre…

Il se reprend :

— Pardon, je voulais dire à notre *deuxième première rencontre*. Au cabinet…

— Dit comme ça, je comprends mieux.

Les amuse-bouche et les entrées sont engloutis. La bouteille est vide. Le sommelier s'approche :

— Souhaitez-vous en commander une autre ?

— La même, répond Sacha.

Et il enchaîne en regardant Eva :

— Cette accalmie vous va très bien.

Prenant goût à la confidence, elle poursuit :

— Quand ma mère est partie, elle a laissé une lettre à papa. En deux pages elle lui a tout avoué. Le choc a dû être d'une violence inouïe pour lui. Il a continué d'aimer Vanessa, de s'occuper d'elle, de l'élever de la même façon, avec la même implication, la même tendresse. Ces derniers jours, je me dis que mon père m'a transmis toute cette générosité. Ma grand-mère s'est installée avec nous à peine quinze jours après le départ de maman. Il n'a pas réfléchi non plus, il a fait cela pour nous.

Des larmes giclent de ses yeux. Sacha l'encourage :

— Eva, ce n'est pas grave de pleurer…

— J'en aurais presque des remords… Je veux dire, de m'être montrée si dure avec lui ces vingt ou trente dernières années. Je n'ai fait que l'accabler, le juger, me fermer… Finalement, si j'avais été à sa place, qu'est-ce que j'aurais fait ? Il les a largement payés, ses écarts ! Il en a l'addition sous les yeux tous les jours. J'ai appuyé là-dessus au parloir, j'ai été virulente. La seule personne qui me canalisait, c'était ma grand-mère. Elle me manque tellement.

Le serveur apporte des serviettes en papier pour Eva. Elle lui sourit timidement et le remercie.

— Ne soyez pas si dure avec vous. Ce n'est pas vous qui avez menti…

— Je ne lui ai pas laissé beaucoup de place, vous savez. J'avais beau être froide, distante, il demeurait présent. Quand maman est partie, il s'est occupé de nous comme peu de pères l'auraient fait. Il savait même nous faire des coiffures de filles. Il s'entraînait sur les têtes des poupées pour les nattes, les couettes… Il nous a acheté nos premiers rouges à lèvres. Je me souviens aussi de ma première paire de chaussures à talons.

Les plats sont servis. Eva a séché ses larmes ; elle a même retrouvé son sourire.

— Parlez-moi de vous, Sacha. Je me sens toute nue devant vous. Il ne faudrait pas que je vous prenne pour mon psy !

— J'ai grandi dans un environnement familial plutôt normal. Je suis né à Bordeaux, d'où mes parents sont originaires. Vous savez, en province, on est axé sur la famille. Mon père est notaire. Il a toujours eu une passion pour le droit. Je pense que j'ai attrapé le virus assez tôt. J'ai toujours su que je défendrai des gens.

— Votre maman travaille ?

— Non, ma mère nous a élevés. Nous sommes quatre frères et sœurs. Deux filles, deux garçons.

— C'est génial, une grande famille ! Vous êtes proches les uns des autres ?

— Aussi fou que cela puisse paraître, oui. Seul mon frère est resté à Bordeaux, c'est le plus jeune. Il a monté un restaurant après avoir fait l'école de Lausanne.

— Vous ne m'aviez pas dit qu'une partie de votre famille était dans la restauration.

— Je n'en ai pas eu l'occasion.

— Un restaurant français ?

— Oui. Il a même décroché une étoile.

Ils sont interrompus par une personne de la réception qui apporte un téléphone à Sacha : un appel urgent. Sacha s'excuse auprès d'Eva et se lève pour prendre la communication. C'est

Marc, son informateur, qui est au bout du fil. L'échange est bref. Sacha a l'air satisfait des informations obtenues.

— C'est bien ce que je pensais, dit-il en se rasseyant. MMT, la soi-disant société intermédiaire censée empocher la commission, est bien détenue par Myriam, et domiciliée *via* une boîte postale à Neuilly, non loin de ses bureaux.

— Les chefs de complicité de blanchiment ou association de malfaiteurs tiennent toujours la route ?

— Ceux-là, oui. La juge insistera sur le fait que Jacques s'est « associé » avec des voyous. Le point positif, c'est que les chefs d'inculpation sont moins accablants. Je vais faire passer tout ça à Olivier et à Catherine.

Ils continuent d'évoquer leurs vies respectives jusqu'au dessert. L'effet du vin commence à se faire ressentir : le rire leur vient plus facilement. Le maître d'hôtel leur ayant proposé de prendre les cafés ou les infusions dans les fauteuils, ils quittent la table. Et comme Eva tangue un peu, Sacha lui offre son bras.

Sans qu'ils s'en aperçoivent, le restaurant s'est vidé, le chef de rang commence à éteindre les lumières ; déjà on dresse les tables pour le petit-déjeuner du lendemain.

— Quelle heure est-il ? demande Eva.

— Bientôt une heure et demie.

— Cendrillon retrouve ses vêtements d'origine à minuit, c'est bien ça ?

— J'étais plus fort aux dessins animés de garçons, mais oui, c'est à minuit que le carrosse redevient citrouille. Vous comptez aller mettre des haillons ?

— Non, dit-elle en riant. Mais... Vous allez m'en vouloir si j'enlève mes chaussures ? Plus je regarde cet escalier, plus je me demande comment je vais faire pour le monter.

— Enlevez vos souliers, Eva. Je m'en remettrai...

Elle ôte ses sandales, délicatement.

— Même pieds nus, je sens que vous allez devoir me prêter votre bras...

— L'idée de vous être indispensable m'enchante !

Entre rires et regards complices, ils finissent par atteindre le haut de l'escalier. Arrêtés entre les deux chambres, ils échangent un long regard, sans plus rien dire. Puis Sacha se rapproche d'elle, glisse la main dans le cou d'Eva, et l'attire vers lui.

— Je ne veux rien brusquer, dit-il à voix basse.

Il l'embrasse tendrement dans le cou, puis remonte le long de sa joue ; ses doigts sont tout près de la bouche d'Eva.

— Si vous préférez ne pas…

La réponse d'Eva est de l'embrasser avec fougue. Elle se retrouve adossée au mur contre la porte de sa chambre. Ses sandales lui échappent des mains. La tendresse de leurs gestes est infinie. S'arrachant à leur long baiser, il lui glisse à l'oreille :

— Est-ce l'alcool qui vous fait cet effet ?

— Ne soyez pas modeste, dit-elle dans un souffle.

Elle se saisit de sa carte magnétique pour ouvrir la porte. Elle entraîne Sacha à l'intérieur. D'autorité, elle le pousse vers le lit.

L'instant d'après, ils sont allongés et Sacha, avec des gestes délicats, lui enlève ses vêtements sans cesser de la couvrir de baisers… Puis il veut déboutonner sa chemise mais elle l'interrompt :

— Laisse-moi faire…

Elle défait les boutons un à un jusqu'au troisième, puis tire d'un seul coup sur les autres.

Leurs étreintes se poursuivent jusqu'au petit matin.

Eva n'a plus peur, elle s'endort dans les bras de Sacha qui la tient serrée contre lui.

15

Vendredi 12 juin

Les amants se réveillent dans la même position, aucun d'eux n'ayant voulu perdre une seconde de l'accord parfait qui les unit. La première image que découvre Eva, ce sont les yeux de Sacha fixés sur elle. Elle referme les paupières et s'abandonne dans ses bras.

— Bonjour, mademoiselle Kahn. Voulez-vous un petit-déjeuner ?

— Bonjour, maître. Des litres de café suffiront-ils à me tirer de cette gueule de bois ?

— On peut essayer.

Sacha se tourne pour décrocher le téléphone de la chambre et appuyer sur le bouton du service d'étage.

— Room service, bonjour. Laure à votre écoute.

— Bonjour Laure, pourrions-nous avoir des litres de café, deux petits-déjeuners continentaux et, surtout, deux citrons pressés. À moins que vous n'ayez un meilleur remède contre la gueule de bois : dans ce cas, n'hésitez pas, nous sommes preneurs.

— Votre commande arrivera dans vingt minutes, monsieur Bettane. Je vous souhaite une bonne journée.

— Merci, Laure. À vous aussi, bonne journée…

Eva se lève, titube, enveloppée dans le drap.

— Je vais essayer d'atteindre la salle de bains, dit-elle.

Sacha rit de bon cœur.

— Ne te moque pas, s'il te plaît.

— On dirait Jules César dans sa toge, dit-il.

— Ne sous-estime pas la capacité de Jules César à être sexy.

Quelques minutes plus tard, elle se glisse dans le lit.

— Tout va bien ?

— Je vais te faire une confidence.

Elle lui donne un baiser et lui chuchote à l'oreille :

— Je ne me souviens pas avoir été aussi bien.

Elle se reblottit dans ses bras, lui caresse les cheveux, puis la nuque, et le haut du dos. Leurs corps sont attirés comme des aimants. Sacha fait basculer Eva sur lui…

Leur première nuit d'amour se prolonge dans la demi-pénombre de leur chambre.

Ils aimeraient rester coupés du monde mais le petit-déjeuner les ramène aux exigences du jour. C'est aujourd'hui qu'Estelle ira pour la première fois voir Jacques au parloir. Un court instant, Eva se sent coupable de ne pas être à Paris pour la soutenir et la préparer à cette visite. Heureusement, un seul regard de Sacha suffit à la déculpabiliser.

*

Olivier a fixé un rendez-vous téléphonique à Sacha à onze heures :

— En lisant ce contrat, on voit clairement que Jacques n'a pas mis un euro en apport. Cette société lui a vraiment avancé dix millions. Ils ont demandé des garanties exorbitantes, sans parler du taux de remboursement. C'est principalement pour cette raison qu'il a mis sa fille en gérante. Il a pensé que c'était une façon de se protéger lui-même, et son groupe, si les choses venaient à mal tourner.

— Il y a aussi une clause de confidentialité, enchaîne Sacha. C'est absurde. Personne ne doit avoir accès à ce dossier, à défaut de rendre leur accord caduc. Ce que je n'arrive pas à comprendre, c'est la raison pour laquelle il s'est acharné à ce point-là, en prenant autant de risques. Sans parler de ceux qu'il fait courir à Eva.

— D'après Catherine, et je la crois, vu combien ils sont proches, c'est en rapport avec la banque. Jacques Kahn était vexé qu'on lui refuse un prêt. Du coup, il en a fait une vengeance personnelle.

— Je vois. Qu'est-ce que tu en penses ? On a des éléments pour aller voir la juge, non ?

— On a avancé depuis la semaine de l'arrestation. Ça ne veut pas dire que tout sera simple. Ne donnons pas de faux espoirs à la famille. Ça pourrait traîner plusieurs mois.

— Il va falloir remettre le dossier, enfin le contrat.

— Pas moyen de faire autrement. On a la certitude qu'il y a une commission de prévue pour la tierce personne qui les a mis en relation…

— Myriam.

— Exactement. Ça se tente. J'appelle le cabinet de la juge pour obtenir une date. Je vais dire qu'on a une requête urgente, sinon elle va nous faire poireauter pendant des semaines…

Pendant cet échange, Eva aussi est au téléphone. Elle parle avec Catherine qui la rassure : les nouvelles de Jacques ne sont pas trop mauvaises.

— On se rappelle, dit Eva, mettant fin à la communication.

Elle rejoint à la fenêtre Sacha qui est à présent en ligne avec le secrétariat de la juge Soulemoidon. Il sent les bras d'Eva lui entourer la taille. De sa main libre, il prend la main d'Eva…

La conversation est terminée. Eva se love contre lui. Avec un sourire légèrement inquisiteur, elle demande :

— Ça dure depuis longtemps, ma tante et Olivier ?

— Je ne sais pas de quoi tu parles, dit-il en plaisantant.

Puis :

— Plusieurs années. Combien exactement, je n'en sais rien.

— C'est une femme extraordinaire.

— Je suis d'accord. J'aime beaucoup ta tante. Ils sont touchants tous les deux. Ils veillent l'un sur l'autre.

— Note tout de même que c'est une famille où l'on a du mal avec la vérité. La tendance à cacher, à enfouir est assez récurrente…

— C'est vrai mais je n'avais encore jamais vu un regard comme le tien.

Sacha est sous le charme. Eva raconte :

— Ma grand-mère m'avait offert le roman de Françoise Giroud, *Les Taches du Léopard*. J'avais combien ? dix-sept ans. J'ai tellement aimé ce livre que je l'ai lu trois fois de suite. C'est une histoire de révélation familiale et de secrets enfouis. Aujourd'hui, je comprends pourquoi il m'a tellement impressionné.

— Je ne l'ai pas lu.

— Je te l'offrirai.

Il l'embrasse tendrement, puis l'attire sur le lit. Il fait glisser le drap qui souligne les courbes et la cambrure parfaite de son amante. Elle lui enlève son peignoir et le couvre de baisers. Bientôt, elle ne contrôle plus son ardeur. Ils font l'amour à nouveau, abandonnés à leur passion.

*

Quand Eva se réveille, il est treize heures passées. Sacha écrit, assis au bureau.

— Je commence à rédiger des arguments, dit-il.

— Je peux voir ?

— Bien sûr.

Eva quitte le lit, s'approche de Sacha et lit par-dessus son épaule. Elle demande :

— Il faut vraiment justifier chaque information à ce point ? Mon père doit se sentir tellement rabaissé… Quelle humiliation. Lui qui a toujours tout dirigé…

— Je sais quelle épreuve ça représente pour lui.

— Se retrouver enfermé pour une histoire d'argent, ça paraît dingue.

— On va y arriver, Eva. On va le sortir de là. En tout cas, je te promets de faire mon maximum.

— Je sais, Sacha. Je le vois bien. C'est l'acharnement de cette juge qui me fait peur.

— Elle ne pourra pas aller au-delà des lois. Ça reste une affaire financière.

— Si elle décide de le laisser en détention pour toute la durée légale de la préventive, ça veut dire encore plusieurs mois.

— Je vais être franc, Eva. Il faut l'envisager. Mais il y a aussi une probabilité pour qu'il sorte avant l'échéance des six mois.

Il ajoute :

— On rentre aujourd'hui ? Qu'en penses-tu ? Je vais bosser tout le week-end et dès lundi matin, j'irai le voir.

— Le retour à la réalité me fait peur mais d'accord, rentrons à Paris.

— « Le retour à la réalité », dit-il… Tu parles de nous ou du reste ?

— De nous.

— Tu as quelque chose à cacher ?

— Strictement rien.

— Dans ce cas, il n'y a rien à craindre. À part tes enfants, bien sûr, qu'il faut protéger au maximum.

Assis sur le rebord du lit, il l'attire sur ses genoux.

— Eva, je n'ai aucune envie de rester éloigné de toi plus de quelques heures.

— Tu me rassures. Cette nuit, j'ai entrevu chez toi un côté animal… Je ne me serais pas doutée… C'est une de tes qualités que je préfère.

*

Sachant qu'Estelle devait venir le voir, Jacques n'a pu trouver le sommeil. Comment lui expliquer un pareil mensonge ? Il n'aurait pu faire pire que céder ainsi à la proposition de Myriam. Il réalise à présent combien il s'est montré influençable, naïf, prêt à tout pour arriver à ses fins.

Quant aux révélations d'Eva, elles ont été un déclic. Jusqu'ici, il s'abritait et se protégeait derrière son image publique comme sous une carapace. Ainsi se persuadait-il que tout était parfait, lisse comme le papier glacé des magazines dans lesquels il pavanait. Aujourd'hui, tout a changé ; désormais, pour lui, l'important est ailleurs.

*

À l'entrée de la prison, sur le banc, Catherine enchaîne les cigarettes. Elle attend Estelle qui est au parloir. Elle sait qu'Estelle parvient à produire un son en toussant, en bâillant. Elle peut chuchoter quelques voyelles. Jamais elle ne se plaint d'avoir perdu l'usage de la parole. Malade de savoir Jacques enfermé, elle passe ses nuits à se tourmenter, à regarder les photos de leurs belles années, à ranger ses placards frénétiquement. Elle ne sait plus que faire pour tuer le temps sans lui. Comment va-t-elle réagir au parloir ?

La porte principale vient de s'ouvrir. Les familles des détenus sortent lentement. Estelle vient la dernière. Elle a le regard triste et le visage fermé. Catherine se lève, s'approche d'elle, la prend dans ses bras.

Estelle est effondrée. Elle allume une cigarette, puis sort son bloc de sa poche. Elle griffonne quelques mots : « Il m'a menti à moi aussi. J'avais une confiance aveugle en lui, en nous. Je comprends mieux votre dispute au *Bistrot*. Venir le voir ici est déjà insoutenable, alors maintenant que je connais les véritables raisons. Je ne peux plus le plaindre. Je n'ai pas envie d'en "parler", s'il te plaît, Catherine. »

Catherine répond oralement :

— Je te comprends. Je ne te parlerai de rien.

Pendant le trajet du retour, l'esprit d'Estelle est envahi par des bribes de ce que Jacques lui a dit. Elle porte encore sur elle, et incrustée en elle, cette odeur âpre de la prison. Frénétiquement, elle se vide le flacon de désinfectant sur les mains.

Catherine respecte le désir de silence d'Estelle. En arrivant à la porte Maillot, elle lui dit seulement :

— Je voudrais te dire une chose importante.

Estelle regarde Catherine avec un léger sourire.

— On a du nouveau sur le dossier. Sacha et Eva l'ont récupéré. On a trouvé deux grosses failles.

Estelle sort son bloc et écrit d'une main impatiente : « Il va sortir bientôt ? »

— Tant que Sacha et Jacques n'ont pas vu la juge, je préfère ne pas me prononcer. Mais le point positif, c'est que nous avons de la matière et des faits pour commencer à négocier avec elle.

Estelle écrit : « Et après, que va-t-il se passer ? »

— Pour le moment, on n'en sait rien. Il y aura une instruction avec un procès à la clé et des conséquences pénales. Une fois qu'il sera sorti, les choses seront plus simples.

Estelle note rapidement quelques mots dans son bloc : « Merci Catherine. »

Elle ne laisse transparaître aucune émotion.

Catherine la dépose en bas de chez elle.

*

En route pour la gare Saint-Charles, Eva et Sacha ont fait un arrêt dans le centre de Marseille et sont entrés dans une boutique de souvenirs, une papeterie améliorée proposant toutes sortes de cartes postales. Eva en achète un stock. Elle prend aussi un livre sur le plus ancien restaurant de bouillabaisse de la ville – Jacques adore la bouillabaisse. Dehors, Sacha est au téléphone. Eva en profite pour demander au libraire s'il n'aurait pas un exemplaire des *Taches du léopard*. Le libraire lui indique l'étagère où chercher. Eva s'accroupit, fait courir un doigt sur les rangées de livres. Le roman de Françoise Giroud est là… Elle se relève, ravie.

— Ça m'avait l'air important, lui dit le libraire, tout sourires.

— Vous n'avez pas idée ! Vous faites mon bonheur !

Dans le TGV, Sacha se plonge dans la lecture du roman. Eva s'endort, la tête contre lui. Elle se réveille à l'arrivée en gare de Lyon.

— J'ai dormi tout le trajet ?

— Oui. Le livre est passionnant. Regarde, je suis presque à la fin…

— Je suis contente que tu partages ça avec moi.

Une voiture les attend. Eva se fait déposer chez Estelle. Sacha a rendez-vous avec Olivier au cabinet. Il descend pour porter la valise d'Eva jusqu'au porche de l'immeuble où ils s'embrassent longuement.

— Je ne suis pas loin, dit-il.

Ils n'arrivent pas à se quitter.

— Je serai au cabinet jusqu'à vingt-trois heures au moins. S'il y a quoi que ce soit, appelle.

— Et s'il n'y a rien ? J'ai quand même le droit de t'appeler ?

— C'est même un devoir.

Il l'embrasse une dernière fois sur le front, puis remonte dans la voiture.

Eva est prévenue par un texto de Catherine qu'Estelle est choquée de sa visite au parloir. En arrivant chez Estelle, elle voit que Rosa est sur le départ. Rosa s'adresse à Estelle :

— Madame Estelle, vous êtes sûre que je peux prendre ma journée demain ? Je passerai quand même vers dix-huit heures…

Estelle répond d'un signe qu'elle est d'accord. Puis elle embrasse Rosa. Les enfants sautent au cou de leur mère.

— Maman, quand tu partiras en voyage, on pourra encore rester chez Nany avec tata ? On s'est éclatés ! Par contre, hier…

— Vous n'êtes pas allés à l'école, je sais. J'ai eu votre tante ! Vous savez quoi ? Vous avez très bien fait !

— Et tu sais, j'ai tout gagné les jeux ! J'ai même fait des voitures qui se cognent !

— Les autotamponneuses !

Eva les serre fort et les couvre de baisers.

— Mes amours, ça ne vous ennuie pas de regarder les dessins animés un moment ? Je dois discuter avec Nany. Après, on rentre.

— Nany vient dîner avec nous ?

— Tata ne rentre pas ? Laissez-moi voir tout ça.

Les enfants s'installent dans le salon devant la télé.

— Estelle ?

Assise dans la cuisine, une boîte de kleenex à portée de la main, Estelle a les yeux hagards. Eva lui tend son bloc avec le feutre.

— Écris-moi quelque chose. Ne reste pas comme ça, pas avec moi. Je te jure, je comprends tellement ce que tu ressens. La trahison, la déception, les remords, l'incompréhension : c'est ce que je vis sans rien dire depuis trente ans.

Estelle prend le feutre et commence à écrire : « Pourquoi attendre toutes ces années pour me mentir ? On s'était juré. Combien de fois je lui ai conseillé de te parler de Léo, de Vanessa… Je n'étais pas à l'aise avec tout cela. Par amour, je le comprenais, le soutenais… Pour rien au monde je n'aurais été capable de le trahir comme il l'a fait. »

— Je sais. Tu sais, j'ai pensé à tout quitter, à maintes reprises. Prendre les enfants et m'installer ailleurs. Fuir ces faux-semblants, ne plus avoir ma sœur sous les yeux en sachant l'inavouable. Je devrais tout savoir ? Continuer de jouer un jeu abject ? Pourquoi ? Même avec toi, je gardais mes distances. Je ne voulais rien approcher qui puisse toucher papa. Et quant à ma relation avec les hommes, je ne t'en parle même pas. Je me suis vengée de tous les mensonges que j'ai gardés pour moi. Je les voyais tous comme des menteurs, des manipulateurs. Et je ne te parle pas de ses pitreries à la télé, de ses articles bidon qui n'avaient plus rien à voir avec son rôle de chef étoilé. Aux yeux de tous, il passait pour le mec génial, père de famille parfait… Et moi, je vivais avec l'envers de la médaille.

Estelle écoute, touchée par la sincérité de ces confidences. Elle écrit dans son cahier : « Avec qui as-tu partagé cela ? »

— Sophie et Jeff. Ce sont les deux seules personnes en qui je puisse avoir entière confiance. Les gens se réjouissent des malheurs des autres et je n'avais pas envie de faire pitié, ni qu'on juge ma famille. Même Franck n'en a jamais rien su. Tu sais, Estelle, je ne vais pas essayer de te convaincre de lui pardonner, ce n'est pas mon rôle, mais si j'y arrive peu à peu, tu devrais pouvoir le faire. Il t'aime, crois-moi. Je ne pensais pas prêcher pour lui un jour, mais tu vois…

Estelle reste un instant le regard dans le vide.

— Il ne faut pas rester seule. Vanessa rentre à quelle heure ?

Elle écrit : « Elle mange avec son amie Marjorie, et rentre après. J'ai besoin d'être un peu seule, je t'assure. S'il y a quoi que ce soit, je t'appelle et je tape dans le téléphone. »

— Tu me promets de garder le téléphone à côté de toi ?

Estelle répond par un grand « OUI ! » en lettres majuscules.

Les enfants se jettent dans les bras de leur Nany, lui font plein de bisous.

— C'était génial ! Quand maman part en voyage, on revient toujours dormir ici. La prochaine fois, il y aura peut-être papi…

Hannah parle tout le temps de son grand-père. Benjamin demande :

— Dans combien de dodos il rentre, papi ?

Un texto arrive sur le portable d'Eva. Sacha vient de recevoir la date de l'audition de Jacques chez la juge : jeudi 2 juillet à quinze heures. Elle tape un message à son tour. « Merci. Et pas que pour ce message. Je quitte Estelle à l'instant, je rentre avec les enfants. Plein de pensées, plein d'images, plein de tout… »

Réponse de Sacha : « Si tu commences à m'envoyer des messages comme celui-là, je ne vais pas pouvoir travailler… Mais si tu ne m'en envoies plus, ça risque d'être pire. À toi de voir. Plein aussi. »

16

Samedi 13 juin

Estelle n'arrive pas à se calmer. Elle voudrait hurler mais rien ne sort. Impossible d'accepter que Jacques l'ait mise au même niveau que les autres, en lui cachant la vérité ces derniers mois. Peu avant dix heures, elle chausse une paire de baskets pour aller courir. Si seulement l'exercice pouvait l'aider à retrouver ses esprits, et surtout une objectivité pondérée face à cette situation irréelle !

Elle prend avec elle son téléphone et ses écouteurs. À défaut de pouvoir parler, elle peut entendre et surtout écouter. Elle commence à courir sur des airs de Stevie Wonder. L'effort lui permet de se défouler, d'évacuer de l'angoisse. La sueur lui rougit le visage et son T-shirt est trempé. Après quarante minutes de jogging, elle fait demi-tour et reprend le chemin de chez elle.

Sans ôter les écouteurs, elle compose le code de l'immeuble. Dans son élan sportif, elle décide de ne pas prendre l'ascenseur. Elle grimpe jusqu'au cinquième. Au moment de sortir les clés de sa poche, elle est bousculée par deux individus qui sortent précipitamment de chez elle. Pour cacher leur visage, ils portent une casquette enfoncée sur la tête. Ils dévalent les escaliers. À l'intérieur, l'alarme s'est déclenchée.

Estelle sent le sol se dérober sous ses pieds. Le choc de la bousculade l'a laissée pétrifiée de peur. Elle constate que la porte de l'appartement est pratiquement arrachée de ses gonds. Ces voyous ont agi dans l'urgence et la précipitation…

Estelle laisse échapper de sa gorge un cri quasi animal.

À l'intérieur, c'est le capharnaüm. Les placards du salon sont ouverts. Même chose dans le couloir menant aux chambres : tout a été jeté à même le sol. Les photos se mélangent au verre brisé. Les tables de nuit sont renversées, vidées.

La voisine d'en dessous apparaît : elle a entendu le vacarme.

— Voulez-vous appeler quelqu'un ? dit-elle. La police ?

Estelle pense immédiatement à Catherine. Les mots se bousculent dans sa bouche. Elle essaie de bredouiller quelque chose. Elle bégaie. Finalement elle rédige un SMS : « Catherine, on a été cambriolés à la maison ! J'ai croisé deux types qui m'ont bousculée. J'ai peur, tu ne pourrais pas venir ? »

La réponse arrive instantanément : « Bureau de Jacques visité aussi. Sûrement les mêmes personnes. J'arrive. »

*

La police ne tarde pas à venir : deux inspecteurs et des agents. Tout est noté, photographié, analysé. Les inspecteurs étudient l'effraction et les dégâts effectués dans l'appartement. L'un d'eux procède au relevé des empreintes. L'autre interroge Estelle qui recouvre peu à peu l'usage de la parole, et s'efforce de tenir un propos audible. Ils vont ensuite interroger la voisine. Et Catherine les accompagne au bureau de Jacques. Estelle vient aussi. Entre-temps, Rosa est arrivée, alertée par Estelle qui la charge d'attendre la venue du serrurier.

Le bureau de Jacques est saccagé. Les malfaiteurs se sont introduits par la terrasse. Tout a été jeté à terre : les livres, les dossiers. Le petit canapé a été déchiré au couteau. Jacques dispose d'un interphone le reliant directement à la cuisine : cet équipement a été détruit, sûrement à coups de pied.

La conclusion des deux inspecteurs est qu'il n'y a pas eu vol. Cependant tout est sens dessus dessous. Les voyous ont dû être pris par le temps, raison pour laquelle ils n'ont emporté ni les ordinateurs, ni les bijoux, ni les sacs à main de prix.

Pendant qu'Estelle en termine avec la police, Catherine appelle Olivier et Sacha :

— Estelle est secouée. Au point d'avoir recouvré l'usage de la parole. Enfin… elle arrive à produire des sons.

— C'est déjà ça, dit Olivier. Ces salopards devaient la surveiller. Le bureau en premier, où il n'y a personne durant le week-end, puis l'appartement. Rien n'a disparu ?

— Pas même une montre.

— C'est clair : ils cherchaient la même chose aux deux endroits. Myriam s'est piégée elle-même.

— Piégée ?

— Elle ne croyait pas que Jacques serait mis sous les verrous. Elle était sûre de pouvoir garder la main sur leur accord véreux, et faire pression sur lui…

— Alors ces visites…

— Elle sait très bien qu'il va finir par parler et montrer le contrat. Et là, elle est foutue. Du coup, elle a envoyé ces gars en mission pour le récupérer.

— Mais elle a fait courir un danger à Estelle ! Aux filles ! Aux enfants… Mon Dieu !

Catherine est gagnée par la panique. Sacha intervient :

— Catherine, on est sur haut-parleur. Ça commence à devenir dangereux. Myriam est manifestement décidée à récupérer ce foutu contrat. Donc elle est prête à tout pour intimider la famille…

— Si quelqu'un d'autre met la main sur le contrat, Myriam coule, dit Catherine, réfléchissant à voix haute. On fait comment pour la sécurité ?

— On voit la juge dans dix jours, reprend Olivier. J'ai appelé une agence de sécurité avec laquelle le cabinet travaille. Deux équipes vont être déployées dès cet après-midi, une pour Eva et les enfants, une autre pour Estelle et Vanessa. Elles vivent ensemble, n'est-ce pas ?

— Vanessa a élu domicile chez Jacques et Estelle.

— Je vais l'appeler et lui expliquer. Il vaudrait mieux qu'elle ne sorte pas seule le soir, pour le moment. Aux yeux de Myriam, Vanessa, c'est la proie idéale. Elle peut la faire chanter, lui révéler qu'elle n'est pas la fille de Jacques…

— Sacha, dit Catherine, je vous laisse le soin d'appeler Eva ?

On devine le sous-entendu…

— Je l'appelle tout de suite, dit Sacha.

— Bon, dit Catherine, on a un dispositif…

— Pour ta sécurité à toi, dit Olivier, je m'en charge personnellement. Je sais à quel point tu tiens à ton indépendance, et que tu aimes pouvoir péter tranquillement dans tes draps, mais pour les dix jours à venir, on va devoir partager la même maison…

Catherine éclate de rire : Olivier la rassure, en plus d'avoir le sens de l'humour.

— J'essaierai de te supporter, dit-elle.

— J'aime quand tu es docile comme ça. On s'installe chez toi ?

— Oui, mon chéri.

Sacha intervient :

— Hé ! les tourtereaux ! Vous savez que j'entends tout !

*

Sacha appelle Eva :

— Ça va ?

— Je suis heureuse de t'entendre.

Il devine qu'elle sourit.

— J'ai besoin de te voir…

— Un problème ?

— Pas au téléphone… Où es-tu ?

— J'adore quand tu vas droit au but…

— Non, Eva, c'est sérieux. Et urgent.

Eva fronce les sourcils, prise d'une légère inquiétude.

— J'allais partir pour la galerie.

— Reste chez toi. Je serai là dans dix minutes.

— Les enfants sont là…

— J'arrive.

Eva raccroche, soudain nerveuse.

Puis, s'adressant aux enfants :

— L'avocat de votre grand-père va venir déposer un dossier.

— C'est le monsieur qui nous a donné des bonbons ?

— Il s'appelle Sacha, mon chéri.

— Oui mais il va encore venir avec des bonbons, Sacha ?

— Je ne sais pas, dit Eva.

Tout en parlant, elle a appelé Vanessa :

— Je te dérange ? Ça va ?

— Je voudrais tellement que papa rentre chez lui. Ça n'a aucun sens. Je suis triste. J'essaie de faire des efforts, mais ça ne sert à rien. Et puis, j'ai honte de te le dire…

— Quoi ? Vas-y…

Vanessa se jette à l'eau :

— Si tu savais comme j'ai peur d'aller le voir là-bas ! C'est effrayant, Eva… Je ne vais pas savoir quoi lui dire.

— Ce que tu ressens est normal. Ne t'inquiète pas. D'ailleurs rien ne t'oblige à aller à ce parloir. Si tu veux, j'irai à ta place. Ou mieux : allons-y ensemble.

Un silence sur la ligne : Vanessa réfléchit.

— Tu sais, reprend Eva, il y a du nouveau. On a trouvé un début de piste dans le dossier. J'avais l'intention de t'en parler ce soir puisqu'on dîne ensemble…

Vanessa reprend :

— Je m'en veux depuis qu'on est gamines, Eva. Tu me rassures, tu me cajoles, tu me soignes, tu m'écoutes… Papa, depuis que maman nous a laissées, il a tout fait, même au-delà. Et moi, qu'est-ce que j'ai fait ? Tu en connais beaucoup, des pères qui se seraient déguisés en lapin pour nous emmener voir Chantal Goya ? Tu te rappelles ?

— Bien sûr. Il n'avait honte de rien.

— En temps normal, il m'appelle tous les matins, juste pour savoir si je vais bien. Même en ce moment, si tu lisais les lettres qu'il m'envoie ! C'est encore lui qui s'inquiète et prend soin de moi !

— C'est le rôle d'un père, Vanessa. Surtout quand la mère est partie.

— N'empêche : peu d'hommes auraient fait tout ce qu'il a fait. Et quand tu as eu ton accident d'équitation ! Il se levait à six heures pour te faire des brioches, des pissaladières et tout ce dont tu raffolais. Alors qu'il était accaparé par son restaurant. Tous les jours, à quatorze heures pétantes, il appelait mamie pour savoir si tu avais bien mangé. Tu ne te rappelles pas ?

— Mais si !

— Je me sens nulle. Aujourd'hui, c'est lui qui a besoin de mon soutien.

— Ne sois pas si dure avec toi, ça ne sert à rien. C'est aussi ça, une famille : faire attention les uns aux autres. Personne n'a été préparé à une telle situation !

— Tu trouves toujours les mots pour me rassurer, comme quand on était petites. À ce soir, alors ?

— À ce soir. Et n'oublie pas : personne ne te jugera, surtout pas moi…

— Au fait, Marseille ? Tu ne m'as pas raconté…

— Tu en as mis du temps à demander ! Je te raconterai ce soir. Mais je suis sur un nuage. Tu veux dîner où ?

— Chez papa ?

— Non, on ne serait pas tranquilles pour parler.

— Tu as raison.

— Plutôt l'italien ? Je réserve ?

— Parfait.

— Je t'embrasse.

Quelques minutes plus tard, Sacha est là ; elle l'embrasse fougueusement.

— Mademoiselle Kahn, je vous en prie… Et les enfants…

— Ils sont dans la chambre d'Hannah… Ils préparent leurs affaires pour la galerie.

Hannah et Benjamin sortent de la chambre en courant et se jettent au cou de Sacha. Puis c'est le pizzaïolo qui sonne à la porte : Eva a commandé à déjeuner pour les petits. Après les avoir installés dans la cuisine, elle entraîne Sacha sur la terrasse.

— Ta tante ne t'a pas appelée ?

— Non. Que se passe-t-il ? Tu avais l'air inquiet au téléphone.

— Un peu inquiet, oui. Mais tout va s'arranger. On a une dizaine de jours à tenir…

— À tenir ? Explique-toi…

Il lui dit pour le double cambriolage ; et pour le dispositif de sécurité.

— Myriam n'a pas l'intention de se laisser faire, poursuit-il. Elle est en train de comprendre que ton père va nous donner le contrat.

— Prise à son propre piège.

— Elle s'est surestimée. Ce n'est jamais une bonne chose…

*

Les gardes du corps doivent prendre leur service à quinze heures. À quatorze heures trente, Eva pousse la porte de la galerie. Sacha refuse de repartir tant que le service de sécurité n'est pas en place.

La journée file à une allure folle. Les enfants, aidés de Rudy, sont occupés par leurs travaux pratiques. L'agitation autour de la galerie a obligé Eva à reporter l'événement au Plaza Athénée. Il aura lieu finalement le jeudi 9 juillet. Eva est rassurée : elle se sentait dépassée par la situation. Quand elle quitte la galerie, vers dix-huit heures trente, elle est escortée par deux hommes.

À vingt heures, les deux sœurs gagnent l'italien encore désert. On est samedi et, pour beaucoup de dîneurs, la soirée n'a pas encore commencé.

— Alors, cette escapade marseillaise ?

— On verra ça au dessert. Catherine t'a expliqué pour les gardes du corps ?

— Oui, j'avoue que je ne comprends pas vraiment que les agissements de papa puissent nous mettre dans une telle situation.

Enzo prend les commandes, puis les plats arrivent.

— Quand j'ai décidé de partir pour Marseille, dit Eva, ce n'était pas pour passer vingt-quatre heures avec Sacha… Enfin, pas seulement. Et ce n'était pas non plus seulement pour aller chercher le dossier de papa.

— Pourquoi alors ?

— Le dernier parloir a été houleux. J'ai réglé mes comptes avec lui.

Eva, submergée par l'émotion, s'efforce de garder le contrôle d'elle-même.

— J'avais beaucoup à lui dire. Il y avait cette histoire de papiers qui ont fait de moi la gérante du groupe. Il maintient sa version sur la prétendue assurance vie. Apparemment, c'est bien ça que j'ai signé : une assurance vie. Elle stipule que s'il arrive quelque chose à papa, nous devenons les uniques bénéficiaires : toi, moi et un tiers.

— Un tiers ?

— Il y a une tierce personne sur l'assurance vie…

Eva se tait. Elle a de la peine à retenir une montée de larmes. Elle descend d'un trait son verre de vin. Et elle ajoute enfin :

— Nous avons un frère, Vanessa. Un jeune frère.

Vanessa accuse le coup. Elle répète :

— Un frère…

Puis :

— Qui est la mère ?

— Prenons les choses dans l'ordre. Le banquier m'a montré le contrat où figurent trois noms. Toi, moi et… Léo Kahn.

— Papa nous a caché un événement pareil ? C'est de la folie…

— Léo a douze ans. Il vit près de Marseille avec sa maman, Hélène, qui est œnologue.

Vanessa tente de rassembler ses esprits.

— J'ai besoin de temps pour réaliser ce que tu es en train de me dire, Eva… Et ce parloir, lundi…

— Tu as le temps de réfléchir. Comme je te l'ai dit, on peut y aller ensemble.

— Mais ce garçon… Euh, Léo… Il voit son papa ? Il sait qu'il a deux sœurs ?

— Ils se voient régulièrement avec papa. Jacques et Hélène s'entendent bien. À la naissance de Léo, ils n'étaient déjà plus ensemble : grossesse accidentelle. Léo sait qu'il a deux sœurs parisiennes, il y a même des photos de nous dans sa chambre.

Eva a l'impression d'être un robot parlant d'une voix monocorde.

— Il a des photos de nous et papa ne nous l'a jamais présenté ! Il a dû se sentir rejeté, non ? C'est à peine croyable. Quand j'entends ce genre d'histoires dans d'autres familles, je me sens tellement privilégiée ! Je veux dire… Avec le père héroïque qu'on a… Tu n'es pas déçue au plus profond de toi ?

— Je ne sais pas, je ne sais plus trop… Je te comprends, bien sûr. En même temps, papa souffre tellement, ces dernières semaines, qu'il en arrive à me faire de la peine. En le voyant là-bas, j'ai même eu pitié de lui, c'est un sentiment épouvantable. Sur Léo, tout ce que je peux te dire, c'est qu'il est beau comme un dieu, qu'il a l'air gentil, intelligent…

— Papa est un menteur, en fait. Quand tu mets les choses bout à bout, tu t'aperçois qu'on n'est au courant de rien. Il a fait ce qu'il a voulu, comme il a voulu… Il nous l'a encore prouvé avec son incarcération. Quel âge tu dis qu'il a, Léo ?

— Douze ans…

— Douze années à nous mentir ! Je comprends maintenant quand il nous disait à Noël qu'il devait être dans le Sud pour le réveillon. Le vingt-cinq, il revenait de bonne heure pour ouvrir les cadeaux avec nous. Il faisait de la garde alternée ? Une année sur deux ? Il avait bon dos, le restaurant de Monaco ! On était là, bien sages, comme des minipotiches, pendant que lui allait dans son autre famille.

Eva ne sait que répondre. Elle ne veut pas aggraver la situation. Mieux vaut laisser Vanessa vider son sac :

— Toutes ces années à entretenir cette position d'homme irréprochable ! Quel cinéma à l'extérieur, devant les gens ! Mes filles par-ci, mes filles par-là… On était sa vitrine, c'est ça ?

— Essaie de voir les choses différemment… Il va te falloir du temps, c'est sûr. Je pense qu'il a voulu nous protéger, il devait avoir peur de nous perturber…

— C'est de la science-fiction, ce dîner. Tu as d'autres révélations de cette taille ? Parce que c'est le moment…

Eva serre les mâchoires, puis dit d'une voix blanche :

— Rassure-toi. Il n'y a rien d'autre.

— Ça ne t'a pas fait un choc ?

— Bien sûr, que ça m'a fait un choc. Je me suis défoulée au parloir. Je lui ai dit ce que je pensais. J'ai pleuré, crié… Si tu avais vu la tristesse dans son regard ! Il était terrassé. Maintenant, avec quelques jours de recul, j'en arrive à regretter la violence de mes propos… Tu sais, ça fait des années que je rejette papa. Mais dans la situation qui est la sienne aujourd'hui, je ne peux m'empêcher de me dire que notre devoir est de le soutenir.

— Tout le monde est au courant, j'imagine.

— Catherine sait. Estelle aussi. Qu'est-ce qu'elles auraient pu dire ou faire ? Ce n'était pas leur rôle de nous parler. Tout ça tourne dans ma tête, le jour, la nuit…

— Et mamie, elle savait ?

— Oui, mamie savait tout.

— Ils se sont connus comment, avec la maman de Léo ?

— Ils se sont rencontrés quand papa faisait beaucoup de collaboration à Montpellier, à Monaco…

— Tu imagines la déception que je ressens ? J'étais tellement fière quand on me disait que j'étais comme lui… Je ne voulais qu'une seule chose, lui ressembler.

— Papa est un être humain, Vanessa. Avec ses failles. J'essaie de faire la part des choses : il a fait aussi énormément de bien, à nous, et à tous ceux qui l'entourent.

Les rôles sont en train de s'inverser : c'est au tour d'Eva de défendre Jacques. Elle ne supporte pas de voir sa sœur à ce point bouleversée. Comme elle aurait voulu la laisser dans un monde parallèle où l'on ne souffre pas ! Vanessa laisse échapper un profond soupir. Elle s'essuie les yeux.

— Si l'on essayait de parler d'autre chose ? dit-elle. De ton escapade, par exemple…

Mais Eva n'y arrive pas.

— Tu sais, le gosse est vraiment adorable…

Elle lui montre sur son portable la photo prise avec Léo, celle prise avec Hélène.

— Tu notes la ressemblance ? dit-elle.

Estelle est devant sa télé avec une tisane quand elle entend rentrer Vanessa. Il est environ minuit et demi. Quelques secondes après, Vanessa franchit le seuil du salon, ses chaussures à la main. Estelle n'a pas complètement récupéré le langage parlé. Elle chuchote. Et quand la tâche devient trop ardue, elle reprend un de ses blocs. Ce soir, elle parvient à articuler :

— Ça va ?

— Je ne sais pas si ça va, répond Vanessa en se laissant tomber sur le divan. Je viens d'apprendre qu'Eva et moi avons un frère. Un certain Léo… Très mignon, paraît-il. Il y a deux mois, nous étions encore des petites princesses. Les filles de. Enfin, surtout moi. Maintenant, on pourrait faire la une des faits divers. On se croirait dans un mauvais téléfilm. Sauf que c'est notre vie ! C'est pathétique.

— Je sais, chérie.

Estelle baisse les yeux. Vanessa se rapproche d'elle et met sa tête sur ses genoux.

*

Sa garde rapprochée a escorté Eva jusqu'à sa porte. Ayant jeté chaussures, sac à main et téléphone sur le canapé, elle se dirige vers sa chambre en commençant à se déshabiller. Après un bref passage dans la salle de bains, elle revient dans le salon et sort prendre l'air sur la terrasse. Mais son téléphone sonne sans arrêt. Sacha a tenté de la joindre plusieurs fois. Elle le rappelle.

— Navré d'avoir insisté comme ça, mais je commençais à m'inquiéter. Tu es bien rentrée ?

— Quelqu'un s'inquiète de mon sort ! C'est un scoop !

— Je ne plaisante pas, Eva. Tu vas tenir ?

— Je ne sais pas trop. Vanessa a eu du mal à accuser le coup du petit frère.

— Les enfants dorment ?

— Je crois. Sarah dort à la maison.

— Je peux passer, si tu veux. J'ai fini au cabinet.

— Il est tard… Après, tu vas croire que je bois tout le temps. Rassure-toi, je ne suis pas Sue Ellen. Même si ma famille est un remake de *Dallas*. À ton jeu des sept familles, je gagne haut la main !

— Je saurai être bon perdant.

— Tu te rends compte ? Je dîne avec ma petite sœur qui en fait est ma demi-sœur, ce qu'elle ignore, et je lui apprends qu'on a un frère caché, lequel n'est finalement pas son frère puisque mon père n'est pas son père… Comment faire tenir tout ça ensemble ? Notre seul vrai lien, c'est notre mère… Où est-elle ? Là est la vraie question.

Tout en parlant, elle a fondu en larmes. Sacha, qui en est conscient, se met en route tout en gardant le téléphone à l'oreille. Eva continue de parler et de parler encore, jusqu'à ce que Sacha dise :

— Pardon de te couper… Je suis devant ton interphone. Tu m'ouvres ?

Eva presse le bouton qui déclenche l'ouverture de la porte cochère. Sacha entre dans l'ascenseur. Il est touché par la tristesse d'Eva qui craque et lui tombe dans les bras.

Ils passent la nuit à parler.

Eva finit par s'endormir blottie contre lui.

17

Dimanche 14 juin

— Pardon, je me suis endormie. Il faut que tu ailles dormir, Sacha. Ça commence à faire trop pour moi, je crois que j'ai été débordée. Je t'épargne mes plaintes sur ma migraine.

— Il te faut une échappatoire émotionnelle, Eva. Ce n'est pas simple tout ça. Le contraire serait inquiétant.

— J'ai longtemps cru qu'il suffisait d'étouffer toutes ces histoires pour qu'elles se fassent oublier.

— L'inconscient ne prend jamais de vacances, tu sais.

— Et rien n'arrive pour rien, comme disait ma grand-mère. Il n'y a pas de hasard. L'incarcération de mon père m'aura permis de regarder mes blessures en face, et d'éliminer ce qui m'empêche d'avancer. Quel désespoir dans les yeux de Vanessa hier soir ! Je ne l'avais jamais vue avec un regard aussi grave. Je n'arrive pas à chasser cette vision de mon esprit.

— Eva, regarde-moi. En passer par là n'était pas seulement nécessaire, mais indispensable.

Eva se tait. Elle sort de la cuisine avec un plateau supportant les cafés et un morceau du biscuit qu'elle a fait la veille avec les enfants. Sacha lui prend le plateau des mains, le pose sur la table, prend Eva dans ses bras et appuie son front contre le sien.

— Eva, tu vas te sortir de toutes ces souffrances, j'en suis sûr. Vanessa est plus forte que tu ne le penses. On va l'aider à passer ce cap.

— Tu es avocat, psy, magicien et maintenant… médium ?

— Je suis juste logique.

Elle reprend en lui donnant un baiser sur les lèvres entre chaque mot :

— Tu sais quoi, Sacha ? Je n'ai pas envie que tu rentres chez toi. J'ai envie qu'on passe la journée ensemble. Et qu'on aille dîner en amoureux ce soir…

Il lui répond de la même manière :

— Pour le dîner en amoureux, c'est oui. Mais pour la journée ensemble… Olivier et moi devons préparer la défense de ton père et c'est du boulot. Je compte faire avancer les choses rapidement. Il est temps qu'il rentre et qu'il réponde aux questions que tout le monde se pose.

Lundi 15 juin

La convocation chez la juge est pour demain et Eva a du mal à dominer son angoisse. Sa colère envers Jacques s'est calmée ces derniers jours, mais le sentiment d'injustice est toujours là. Elle continue d'en vouloir à son père. Pour l'empêcher de retomber dans l'agressivité, Sacha la recadre habilement :

— Je te comprends, Eva. Mieux que tu ne le penses. Mais demain, quand tu seras dans le bureau de la juge, il faudra impérativement rester calme.

— Je sais, mais c'est plus fort que moi. Tu crois que je le fais exprès ?

— On se fait un dernier point ce soir ? Viens au cabinet. Olivier sera là. On peut même préparer l'entretien à quatre, avec Catherine.

— Oui, avec Catherine, d'accord. Je serai au cabinet à dix-neuf heures.

Eva raccroche le téléphone mais cette discussion ne l'a pas complètement rassurée. Elle essaie de visualiser l'entretien avec la juge et la scène, qui repasse dix fois dans sa tête, ne fait que la rendre encore plus nerveuse.

Le soir, au cabinet, elle commence enfin à se détendre car Sacha, Olivier et Catherine sont là. Elle se sent entourée. Ils savent trouver les arguments qui apaisent et les explications utiles pour affronter la magistrate. Après la réunion, Sacha raccompagne Eva chez elle. Les enfants n'étant pas là, ils passent la nuit ensemble.

Quand elle rouvre les yeux, le réveil marque cinq heures. Eva ramène le drap sur le corps de Sacha. Et elle se blottit contre lui.

Mardi 16 juin

Il est quatorze heures trente quand le taxi dépose Eva et Sacha au café en face du Palais de Justice. Sacha rappelle à Eva les conseils les plus importants : ne s'énerver sous aucun prétexte, ne s'adresser à la juge que pour répondre aux questions.

Ce rappel est utile mais Eva redoute tellement cette épreuve qu'elle est terriblement anxieuse.

Sacha, quant à lui, a l'habitude d'affronter les juges. Et même, il aime ça. Les défis, l'adrénaline, c'est le cœur de son métier. Mais aujourd'hui, il est inquiet, même s'il n'en montre rien. C'est à cause de ses sentiments pour Eva. Ils l'empêchent de garder sa sérénité.

Assis dans le couloir, devant le bureau de la juge, ils échangent des banalités. Lorsque la porte s'ouvre enfin, ils échangent un dernier regard, se lèvent et entrent.

— Bonjour, maître. Mademoiselle Kahn, asseyez-vous.

La juge affiche le même dédain dont elle a fait preuve quand elle a reçu Jacques dans ce même bureau. C'est à peine si elle a levé les yeux pour les saluer.

— Mademoiselle Kahn, en tant que gérante du groupe Jacques Kahn, avez-vous des informations à me donner sur l'instruction en cours ?

— Non, madame la juge. J'ignorais être la gérante du groupe.

La juge prend un air moqueur :

— Vraiment ? Comment expliquez-vous cela ?

— Mon père m'a demandé de signer des documents et je l'ai fait. Sans les lire.

— À quarante ans passés, vous signez des papiers sans les lire ? Votre avocat vous a prévenue que vous encourez des risques pénaux pour ça ?

— Pardonnez-moi, madame, mais je n'ai pas encore quarante ans.

Sacha fusille Eva d'un regard qui veut dire : « Évite de te montrer insolente ! » Mais la juge ne manque pas de relever cette faute. Elle reprend d'un ton sec :

— Maître, avez-vous pris le temps d'expliquer à votre cliente la raison pour laquelle elle est convoquée aujourd'hui ?

— Oui, madame. Je vous prie d'excuser ma cliente : elle vit des moments stressants ces dernières semaines.

— Poursuivons.

Eva bout intérieurement. Elle s'enfonce l'ongle du pouce dans la main. Penser que cette femme sèche, aigrie a le pouvoir d'enfermer un homme !

— Bon, vous les avez signés, ces documents qui font de vous la gérante du groupe. En d'autres termes, vous êtes responsable d'une société dont le président est incarcéré. J'espère que ça vous servira au moins de leçon. À l'avenir, avant de signer, lisez.

Eva ne répond rien. Sacha intervient :

— Madame la juge, mademoiselle Kahn n'a rien à voir avec les affaires de son père. Il est facile de prouver qu'il n'existe aucun lien entre sa galerie et le groupe de restauration de Jacques Kahn.

— C'est moi qui pose les questions, maître. Mademoiselle, votre comportement est puéril. Que feriez-vous si la même situation se reproduisait ?

— La même chose, madame. C'est mon père.

— Et comment ferez-vous quand votre père sera mort ?

Pour Eva, c'en est trop. Elle s'adresse à la greffière :

— Vous notez aussi cette phrase, n'est-ce pas ?

— Je vois que vous n'êtes pas moins insolente que votre père, dit la juge.

Dans la suite de l'entretien, Sacha estime que la juge se montre trop dure avec Eva. Elle est même injuste, selon lui. Il ne manque pas une occasion de le lui faire remarquer, y compris en lui coupant la parole à plusieurs reprises. Puis le verdict tombe. Les sanctions décidées par Soulemoidon s'appliqueront dès aujourd'hui. Eva est placée sous contrôle judiciaire. Interdiction de quitter le territoire sans autorisation spéciale. Obligation de se faire enregistrer chaque semaine au commissariat de police. Eva comprend aussi qu'elle est poursuivie pour faux en écriture. Elle risque fort de se voir interdite de gérance.

Mais pendant le trajet du retour, la pression retombe un peu. Eva et Sacha se moquent de l'air excédé qu'avait la juge à la fin de l'audience. La repartie d'Eva l'avait mise hors d'elle. Eva singe l'expression acariâtre de la magistrate et cette imitation déclenche un fou rire dans la voiture. Au final, cette éprouvante journée a encore rapproché les amants ; leur complicité n'a jamais été aussi forte.

18

Lundi 22 juin

La clé tourne dans la serrure mais Jacques ne réagit pas. Il est groggy. Il a le regard vide. Il se ronge les sangs jour et nuit. Il se sent coupable, il enrage. Dans sa tête, c'est le chaos. Il a le teint grisâtre. Bruno, qui ne sait comment prendre son prisonnier, s'en tient à une communication minimum.

— Jacques, bonjour. Votre avocat est arrivé.

— Bonjour, Bruno. Allons-y.

Sacha a compris que son client ne va pas bien. Il lui donne une chaleureuse poignée de main. Et ils prennent place dans cette pièce où flotte une odeur de moisi désormais familière.

— Catherine vous a expliqué ? On a trouvé les clauses du contrat prouvant que vous n'êtes pas à l'origine des fonds qui ont servi à financer votre projet d'hôtel. Nous avons une date de rendez-vous chez la juge : jeudi 2 juillet. On avance, Jacques. On va y arriver.

Sacha s'efforce de parler avec entrain, mais sans arriver à sortir Jacques de sa torpeur.

— Catherine m'a parlé de la société de Myriam, dit Jacques d'une voix morte. Pour la commission ou je ne sais plus… Je suis fatigué. Je remets toute ma vie en question. Eva avait raison de garder ses distances avec moi. J'ai fait vivre tout le monde dans le mensonge.

— Jacques, ce n'est pas le moment de craquer. Jusqu'à ce jour, on n'avait pas d'arguments à présenter à la juge, mis à part votre carrière et votre casier judiciaire vierge. À présent, tout est différent.

— Quand je pense à ma famille, chaque heure qui passe est un supplice. Je ne pourrai jamais rattraper des années de mensonge. À l'heure où je vous parle, j'ai certainement perdu l'estime et la confiance des personnes qui comptent le plus pour moi. Quand on n'a plus sa famille autour de soi, à mon âge, que reste-t-il ? Au fond, je mérite ce qu'il m'arrive. J'aurais dû ouvrir les yeux il y a bien longtemps.

— Croyez-moi, votre famille, vous pouvez en être fier. Vos filles sont unies, solidaires, elles s'entraident. En plus, elles entourent votre femme. Estelle n'aura jamais été seule, ne serait-ce qu'une seule nuit, depuis le début de vos ennuis. Votre sœur se bat pour les restaurants et toutes vos affaires en général. Les familles sans remous n'existent pas, et la vôtre ferait bien des envieux.

— Vous êtes gentil, Sacha. Mais je crois que l'on a dépassé le stade des remous.

— Je peux vous dire une chose, elles sont toutes pressées de vous voir sortir.

Jacques se mouche bruyamment et avale le café que Sacha lui a pris au distributeur. Il faudrait commencer maintenant à parler du dossier mais Jacques demande :

— Eva ? Comment est-elle ?

— Elle accepte.

Sacha ajoute :

— Elle a été émue de rencontrer son frère. Samedi soir, elle a dîné en tête à tête avec Vanessa, elle lui a parlé de Léo. Elles accusent le coup, il faut leur laisser le temps.

— Vous êtes bien renseigné, s'étonne Jacques.

Il a compris qu'il y a quelque chose entre Eva et Sacha ; et la nouvelle, semble-t-il, n'est pas pour lui déplaire.

— Venons-en au dossier, dit Sacha. Il est écrit page vingt-deux que la totalité des fonds avancés, soit dix millions d'euros, provient bien à cent pour cent de Fast Invest. Page suivante, il est spécifié que « M. Jacques Kahn ne fait aucun apport de trésorerie personnelle ». Et à la page quarante-deux, on liste les biens qui vous sont demandés en caution de votre emprunt. Le soupçon de blanchiment a sauté et c'était un élément fort pour la juge. On arrive à la page cinquante et une. Regardez, là, sous le paragraphe en minuscule. Il est question de l'intermédiaire, la « société MMT » censée recevoir, dans un délai de quatre semaines, à compter de la date de la signature, sa commission d'apporteur d'affaire, laquelle s'élève tout de même à huit cent mille euros.

Jacques est surpris :

— Elle m'avait dit qu'elle ne touchait rien sur ce pacte et qu'en échange de nous avoir présentés, ils l'aideraient sur un autre dossier compliqué. Cette femme est pourrie jusqu'à la moelle !

— C'est un peu léger de leur part, d'avoir mis tout ça noir sur blanc.

— Elle a essayé de me coincer avec un contrat illégal, pour me forcer à dépendre d'elle et de ses relations ! Elle pensait me tenir avec un chantage odieux…

— C'est exactement ça.

— Je m'étonne qu'elle n'ait pas fait davantage pression sur mes enfants, ou même sur Estelle.

Sacha ne peut lui cacher plus longtemps ce qui s'est passé quarante-huit heures plus tôt. Jacques est accablé par ces révélations.

— Être enfermé ici et savoir qu'à l'extérieur il se passe tout ça, ça devient inhumain, je n'en peux plus !

Sacha lui explique en détail le dispositif de sécurité mis en place. Puis Jacques demande :

— Vous savez qui vient au parloir aujourd'hui ?

— Une des trois va venir, c'est sûr.

— Je voulais vous dire autre chose Sacha. Avant que vous ne partiez…

— Je vous écoute.

— Je vous ai mal jugé au départ. Je m'en excuse. Je voulais Olivier et personne d'autre. Pour des raisons stupides de renommée, de célébrité même. Vous n'avez pas moins de talent que lui. Je comprends qu'il vous ait pris comme associé. Je serais ravi de dîner avec vous quand je serai sorti.

— Jacques, vous n'avez pas besoin de me dire ça, mais je vous en remercie. Et quant au dîner : avec joie.

Sacha lui explique comment va se dérouler l'entretien avec la juge. Il le met en garde contre ses propres sautes d'humeur et insiste sur les arguments qu'il doit mettre en avant. Jacques est tout ouïe.

Après ces deux heures passées ensemble, Sacha quitte la maison d'arrêt ennuyé d'avoir vu Jacques dans cet état, mais confiant en l'avenir.

*

Vanessa a passé la nuit à réfléchir. Ira-t-elle au parloir ? Ne pas y aller serait minable ; mais le courage lui manque pour fournir un pareil effort.

Elle interroge sa sœur : « Que dire à Jacques ? Quels sujets aborder ? » Elle se demande si elle pourra se retenir de parler de Léo, d'exiger des explications. Mais elle doit admettre qu'elle souffre de l'absence de son père. Elle a besoin de le voir, de le toucher. C'est même en train de devenir une obsession.

*

Eva a envie de faire une surprise à Sacha. Elle sait qu'il travaille à un rythme effréné. Son idée est de faire en sorte que *Le Bistrot* lui livre un déjeuner. Avant de partir pour la maison d'arrêt, elle le prévient :

— J'accompagne Vanessa.

— Tu sais, ça ne me regarde pas, mais…

— Mais…

— Ne sois pas trop dure avec lui. Je sais que ça t'énerve, ce que je dis là, mais il regrette, il se sent coupable. Il faut l'empêcher de sombrer. S'il doit encore passer deux ou trois mois en détention, il va falloir l'entourer. Il traverse une épreuve terrible…

— Sacha, ce que tu dis ne m'énerve pas. Je sais qu'il regrette.

— Très égoïstement, je suis heureux d'arriver dans ta vie à ce moment-là. Je me permettrais bien d'ajouter autre chose, mais c'est totalement hors sujet…

— Au contraire. Justement : changeons de sujet…

— J'ai terriblement envie de toi. Ta peau me manque…

— J'adore quand tu es hors sujet. Tu me manques aussi.

— Ce soir, je ne vais pas finir trop tard. Tu es libre ?

— Oui, Franck prend les enfants pour deux jours.

— Si Vanessa n'est pas en forme, allons dîner tous les trois, ou même tous les quatre avec Estelle. Après, je te kidnappe jusqu'à demain matin. Le programme te convient ?

— Va pour le kidnapping. Volontiers. C'est gentil pour Estelle et Vanessa. Je te dirai. Je dois te laisser. Je vais chercher ma sœur pour aller à Nanterre.

— Donne-moi des nouvelles en sortant. Je t'embrasse tendrement.

— Je t'embrasse aussi. Je garde pour ce soir mes envies et idées coquines.

*

Catherine est arrivée de bonne heure au bureau ce matin. Depuis qu'elle partage le quotidien d'Olivier, elle se cale sur ses horaires à lui. Il a été clair : elle ne doit pas rester seule chez elle.

La fenêtre grande ouverte, elle s'assoit au bureau de Jacques, promène un regard autour d'elle, repositionne les piles de courriers. Elle voudrait garder intacte l'atmosphère de son frère. Aidée d'Estelle, elles ont remis le bureau en état après le passage des cambrioleurs. Dans le tiroir, il y a toujours des tablettes de chocolat noir, avec ou sans noisettes grillées. Elle en sort une et croque dedans avec nostalgie. Pour la première fois, elle éprouve le besoin de parler à Jeff de sa liaison avec Olivier. Jeff n'est plus un enfant, il comprendra.

— Mon chéri, tu décroches ! C'est mon jour de chance. Tu vas bien ? Je ne te dérange pas ?

— Et toi ? Comment ça va ? Pas trop bouleversée par toutes ces histoires.

— Je suis au bureau. Je me disais que ça faisait un temps fou que nous n'avions pas déjeuné ensemble. Tu es libre aujourd'hui ?

— Bonne idée. Où ?

— Ça ne t'ennuie pas de déjeuner au *Bistrot ?* On a une équipe de photographes et de décorateurs toute la journée : ils font un reportage sur l'ambiance de nos restaurants. Estelle supervise mais je préfère rester dans les parages.

— Je te rejoins sur place dès que j'ai fini.

*

La voiture d'Eva pénètre sur le parking de la maison d'arrêt. Vanessa est blême et ses lèvres tremblent. Eva a essayé de la rassurer mais rien n'y fait : elle se liquéfie.

Dans la guérite, Eva salue les bénévoles, échange avec elles des mots de réconfort. Elle remet au gardien les pièces d'identité, la sienne et celle de Vanessa. Puis elle sort avec deux gobelets de café. Bruno, qui passe au même moment, salue les deux sœurs.

Pour faire diversion, Eva parle de la galerie, des enfants ou de divers sujets de la vie courante. Mais sa sœur n'arrive pas à détacher les yeux de la prison – l'enceinte, les barreaux, les barbelés, tout ce décor morbide.

Le rituel est toujours le même : un gardien appelle haut et fort.

— Les familles pour le premier tour, veuillez me suivre, s'il vous plaît.

— Allez, viens. Ne pense qu'à une seule chose : tu vas prendre papa dans tes bras. Accroche-toi à cette idée.

— Je vis un cauchemar, Eva.

Dans la pièce où elles se retrouvent parquées avec les autres familles, il règne une chaleur étouffante. Appuyées contre le mur en crépi, elles ne parlent plus. Elles attendent que le gardien vienne ouvrir. Le verrou produit un claquement. Les gens se lèvent.

L'administration a attribué à Eva et Vanessa le parloir numéro cinq. Encore une dizaine de pas et les voilà face à Jacques. Le temps semble s'arrêter. Il les regarde. Il est fier de les voir ensemble. En même temps, il souffre de leur infliger cette insupportable épreuve. Il les serre contre lui. Malgré la colère et l'incompréhension qui se sont emparées d'elle ces derniers jours, Vanessa éprouve un soulagement : elle a bien fait de venir.

Le parloir se déroule sans euphorie ni conflit. Il est question de Léo, de l'hôtel marseillais, d'Estelle. Vanessa a du mal à se montrer naturelle et Eva doit souvent faire les frais de la conversation. À la fin du parloir, Jacques a meilleure mine. Vanessa a perdu de son agressivité. Eva, quant à elle, semble résignée. Elle commence à accepter les choses telles qu'elles sont. L'atmosphère du retour est plus légère qu'à l'aller. Vanessa promet de revenir aux parloirs suivants ; pourtant, au fond de son regard, la tristesse et la déception demeurent.

*

Catherine et Jeff ont commandé au chef une omelette aux cèpes accompagnée de petites rattes sautées à l'ail. Une salade de fèves et de radis à la coriandre fraîche complète un repas qui n'est autre que le déjeuner favori de Jacques.

— Tu es sûre que tout va bien, maman ?

— J'ai l'air de ne pas aller bien ?

— Ce déjeuner à la dernière minute… Je serais surpris que tu n'aies pas quelque chose à me dire.

— Je voudrais te parler de moi.

Jeff ne peut s'empêcher de sourire.

— J'ai une… Comment appeler ça…

— Tu vois quelqu'un ? C'est ce que je suis censé comprendre ?

— Tu avais deviné ?

— Je pense que c'est l'avocat de tonton. Pas Sacha, l'autre. Celui chez qui on est allés avec Eva le lendemain de l'incarcération… Maman, tu rougis ! Ça dure depuis quand ? C'est récent ?

— Ça fait cinq ans.

Jeff ne peut cacher sa surprise.

— Pour être franc, dit-il, je me doutais que tu avais quelqu'un. Mais je suis content que tu te décides à parler.

Catherine est touchée de voir Jeff réagir ainsi.

— Tu sais, papa est parti il y a longtemps. Ce n'est pas à mon âge que je vais jouer les garçonnets traumatisés. Olivier, je ne le connais pas vraiment mais j'aime sa prestance. Il a l'air chaleureux. Tu as besoin d'un homme érudit et Olivier est brillant. Je ne vois pas ce que je pourrais avoir à y redire.

— Il a accepté pendant cinq ans que je ne m'affiche pas avec lui en famille. C'est long, cinq ans. Il ne me l'a jamais reproché. Avec tous ces mensonges qui explosent à la figure de Jacques, je me suis dit que je ne voulais pas la moindre cachotterie entre nous.

Jeff a les yeux rivés à son portable ; un large sourire éclaire son visage.

— Qu'est-ce qui te met en joie, chéri ?

— Hein ? Quoi ? Excuse-moi, maman… Tu disais ?

— Et toi, tu es sûr que tu ne me caches rien ?

— Puisque c'est la journée des révélations, j'ai rencontré quelqu'un. Enfin, rencontrer n'est pas le terme exact. Je me suis rapproché de quelqu'un, disons. Ça date de quelques jours…

— Cette anesthésiste avec laquelle tu travailles à la clinique ?

— Je vais te mettre sur la voie. Je ne pourrai pas lui offrir des fleurs…

— Sophie !

— Je sais, ça semble incroyable. Inattendu, surtout.

— C'est une fille formidable. Je l'aime beaucoup. Eva est au courant ?

— Personne ne sait : c'est tout neuf, comme je viens de te le dire.

— Je suis heureuse pour toi.

— Tu nous fais un café ?

— Bien sûr. Ne bouge pas.

Jeff n'avait pas prévu de révéler à Catherine cette idylle naissante. Mais avec elle, il partage une complicité et ce déjeuner intime l'a aidé à sauter le pas. Après le café, il embrasse sa mère avec plus de chaleur qu'à l'accoutumée. Et il reprend le chemin de la clinique.

*

Une demi-heure plus tard, Eva dépose Vanessa au bureau de Jacques ; l'accueil de Catherine est réconfortant.

— Un café ?

— Un café et je me sauve, répond Eva. Rudy m'attend à la galerie.

— Vanessa ?

— Un café, je veux bien. Et ne te gêne pas pour l'allonger d'un trait de cognac !

— Le parloir était dur ? Comment est Jacques aujourd'hui ?

— Il était tellement heureux de nous avoir toutes les deux que les pleurs ont vite séché.

— C'est normal. Il est temps que ça avance et qu'on pense un peu à l'avenir. J'ai déjeuné avec votre cousin.

— Quelle chance tu as ! Il va bien ?

— Il a l'air d'aller très bien. Je voulais lui parler de quelque chose.

— C'est-à-dire ?

— J'ai tenu à lui dire la vérité…

— Encore ! Encore des choses qu'on ne sait pas ! Il va falloir arrêter ! Ce n'est plus une famille, c'est un Cluedo !

— Je suis avec quelqu'un…

— Ça, ce n'est pas un secret. Courpied ? Tout le monde est au courant.

— Pardon, intervient Vanessa, mais moi je ne savais pas.

— On est contentes pour toi, je t'assure.

— Merci, ma chérie.

Vanessa embrasse sa sœur et la serre dans ses bras. Catherine, qui est en ligne, lui fait un signe de la main, Eva repart en direction de la galerie.

*

Assise à son nouveau bureau, Vanessa feuillette les articles et les interviews parus ces deux dernières années sur la carrière du restaurateur Jacques Kahn. Si elle est sûre d'une chose, c'est que la communication de Jacques doit changer d'axe. Plus question de le mettre en avant comme c'est le cas depuis trop longtemps. La priorité est de faire porter l'éclairage sur les restaurants eux-mêmes, sur le savoir-faire des chefs, la qualité des produits et la façon originale avec laquelle ils sont mis en valeur. Du reste, c'est le talent initial de Jacques.

Elle passe l'après-midi à effectuer des recherches : la gastronomie, les étoiles distribuées, les chefs en vogue et tout ce qui tourne autour d'un monde qu'elle ne connaît pas très bien, en définitive. Vers dix-neuf heures, elle n'a qu'une seule envie, se reposer. Elle propose à Estelle de prendre une bonne bouteille et de l'attendre tranquillement à la maison. Estelle est d'accord. Eva leur a proposé de dîner avec elle et Sacha, mais elles préfèrent rentrer.

*

La semaine s'annonce studieuse.

Vanessa s'attaque à ses nouvelles responsabilités et Eva consacre toutes ses journées à la galerie. L'événement du Plaza Athénée, qui arrive à grands pas, réclame toute son énergie. Il y a du matériel numérique à déplacer, des branchements à effectuer, ce qui nécessite une équipe de professionnels. L'installation doit être parfaite, Eva n'a pas le droit à l'erreur. Et puis il faut bien digérer la déception de la Fiac. La presse professionnelle a parlé de sa déconvenue, ce qui l'a humiliée et lui a valu aigreur et tristesse.

*

Sophie et Jeff vivent leur histoire comme un cadeau de la vie. Comment est-ce arrivé ? Dix jours plus tôt, un soir qu'il sortait de la clinique, Jeff fait le détour par la boutique de Sophie, un peu comme on rend visite à un membre de sa famille. Ni l'un ni l'autre n'avaient envie d'être seul ce soir-là. Pourquoi ne pas dîner ensemble ? Depuis toujours ils se fréquentent par le biais d'Eva, mais sans avoir jamais vraiment fait connaissance. Et l'incarcération de Jacques a pour effet de les rapprocher davantage.

Après le dîner, ils rejoignent ensemble la voiture de Jeff. Jeff raccompagne Sophie. Arrivée devant chez elle, Sophie détache d'abord sa ceinture, puis celle de Jeff. Elle prend la tête de Jeff dans ses mains. Elle le regarde fixement, avec un sourire presque timide. Puis elle lui effleure les lèvres. Il la prend dans ses bras et l'embrasse intensément.

Ils choisissent de ne rien dire pour le moment. Après tout, ils ont peut-être cédé à un besoin de tendresse qui n'ira pas plus loin. Mais la réalité révèle tout autre chose. Ils sont en train de tomber amoureux, c'est une évidence.

19

Jeudi 2 juillet

Le ciel est voilé, le soleil a du mal à percer ; ce matin de juillet ressemble davantage à un jour de novembre. Comme d'habitude, Bruno a emmené Jacques prendre sa douche à sept heures. Pour la première fois depuis son incarcération, il s'est rasé de près. La juge est censée le recevoir à quatorze heures trente. Catherine lui a fait savoir qu'elle viendrait le voir tout à l'heure.

Les couloirs de la prison sont tristes et froids. Jacques, entre deux gardiens, rejoint la salle des avocats où Catherine est déjà arrivée.

— Catherine, réponds-moi franchement, je sors quand ?

— Impossible à dire.

— Il y a la moindre chance qu'elle accepte la demande de mise en liberté ?

— Ça reste envisageable mais Soulemoidon a l'air tellement acharnée contre toi… J'ignore ce qu'on peut attendre d'elle.

Catherine reste deux heures avec Jacques. Pour tâcher de le distraire, elle lui donne des nouvelles du personnel, des habitués, de ses restaurants. Jacques fait mine de s'y intéresser mais il est ailleurs.

Puis Catherine embrasse son frère et s'en va ; comme les autres fois, le laisser entre ces murs est pour elle un crève-cœur.

En début d'après-midi, Jacques est transféré au tribunal. Il est menotté, comme le veut la procédure ; ce qui ne l'empêche pas de parler de tout et de rien avec les gardiens pendant le voyage en camion.

Sacha est déjà au tribunal : Jacques le trouve assis dans le couloir devant le bureau de la juge.

— Bonjour, Jacques, comment allez-vous ?

— Sacha, bonjour, je ne sais pas trop.

— Courage, ne vous inquiétez pas. Rappelez-vous bien ce qu'on s'est dit. Et surtout, Jacques, j'insiste : pas d'emportement.

— Je sais, je sais.

— Voulez-vous un café ?

— Avec ces menottes !

— Je vais vous aider.

Sacha se dirige vers le distributeur et revient avec un gobelet fumant. Puis, s'adressant au gardien :

— Est-il possible d'enlever ses menottes à mon client ?

— Je regrette, maître. Il ne me revient pas de prendre cette décision. La procédure…

Sacha aide Jacques à boire le café ; Jacques, de sa vie, ne s'est jamais senti aussi humilié.

— Merci, dit-il. Il y a encore quelques mois, je cuisinais pour des dîners privés au palais de l'Élysée. J'étais traité comme une star internationale. Aujourd'hui, j'ai deux mois de prison dans les reins et vous me faites boire un café dégueulasse, les mains attachées en plus…

— Jacques, on va vous sortir de là.

Sacha a le sentiment de parler à un homme détruit.

La porte du bureau s'ouvre brusquement. La greffière les prie d'entrer. Pour démenotter le prisonnier, les deux policiers doivent attendre l'ordre de la juge.

— Bonjour, maître. Monsieur Kahn… Messieurs, vous pouvez détacher le prévenu.

Jacques tend les bras.

— Maître, vous avez des documents à me montrer, c'est bien ça ?

— Les voici, madame.

— Merci, maître. Monsieur Kahn, avez-vous des choses à me dire concernant ces documents ?

— Tout est écrit, madame. Je n'ai rien à ajouter.

— Pourquoi ne pas nous avoir fourni ces pièces plus tôt ?

— Je ne pensais pas qu'il y avait nécessité de le faire.

La juge lève les yeux au ciel et secoue la tête, provoquant l'agitation de ses boucles d'oreilles. Elle parcourt le contrat et les statuts de MMT en produisant toutes sortes de mimiques.

— Maître, je vais lire ce document en profondeur. Mais je ne comprends toujours pas les cachotteries de votre client. De plus, il a fait signer à sa fille une gérance sans la mettre au courant. Voilà qui fait beaucoup de questions sans réponse…

Jacques prend soudain la parole :

— Madame la juge, il n'y a aucun mystère. Vous avez sous les yeux la preuve que je n'ai pas été…

Elle le coupe sèchement :

— La question ne s'adressait pas à vous, monsieur Kahn.

— Madame ! mon client est à bout. Il est fatigué…

— J'entends, maître, mais il fallait y penser avant. Bien, monsieur Kahn, puisque vous voulez parler… Expliquez-moi pourquoi vous avez accepté une proposition malhonnête de Mme Miraz. Vous saviez parfaitement qu'elle n'était pas légale, n'est-ce pas ?

— Madame, j'avais besoin d'un financement. La banque m'a refusé un crédit et Myriam Miraz est arrivée à ce moment-là. J'ai cédé. On vous a imprimé des échanges d'e-mails avec elle. Ils prouvent que je ne connaissais pas ces investisseurs. Elle avait tout prévu, j'étais un simple pion dans cette affaire.

— Monsieur Kahn, on réfléchit avant de signer des pactes de cette importance. Et la gérance ? Pour quelle raison l'avez-vous confiée à votre fille Eva ?

— Que je sache, mettre un tiers en gérance n'a rien d'illégal.

— Vous êtes insolent, monsieur Kahn. Je vous prie de répondre à la question.

Elle sait qu'elle n'obtiendra pas de Jacques une réponse franche sur ce point. Elle tente de lui mettre davantage de pression :

— Votre fille a déclaré ne pas savoir ce qu'elle avait signé.

Jacques se contrôle pour ne pas exploser. Utiliser Eva pour faire pression sur lui ! Il estime que c'est déplacé. Du regard, il cherche l'appui de Sacha qui a une expression désolée. La juge reprend :

— Je vais être franche, monsieur Kahn. Je ne m'explique pas la rapidité, voire l'urgence avec laquelle vous avez signé ce pacte. Si vous avez été manipulé, comme vous le prétendez, pourquoi ne pas porter plainte contre Mme Miraz ?

— Je compte le faire quand je serai dehors.

— Pourquoi attendre ?

— Je ne veux pas faire courir de risques à ma famille. Si je porte plainte contre elle aujourd'hui, elle s'en prendra aux miens.

— Ne pensez-vous pas que ce soit déjà fait ?

— Je vais y réfléchir.

— Si vous estimez pouvoir vous permettre de réfléchir, alors très bien. En ce qui me concerne, j'ai tout mon temps.

Sacha, s'exprimant à son tour, propose une synthèse des éléments nouveaux apportés au dossier. Puis l'audience se termine. Dans le couloir, on ne remet pas tout de suite les menottes à Jacques qui est autorisé à s'entretenir avec son avocat.

— C'est mal barré, Sacha. Non ?

— L'attitude de la juge ne veut rien dire, mais elle a l'air de vouloir s'entêter. Pourquoi ne pas envisager tout de suite un dépôt de plainte contre Myriam ? Pour la sécurité, comme vous le savez, on a fait le nécessaire.

— Les documents qu'on lui a remis ne suffisent pas ?

— Non. Je vais déposer dès aujourd'hui une demande de mise en liberté conditionnelle. Elle a cinq jours ouvrables pour se prononcer. À mon avis, elle croit que vous couvrez Myriam. Pensez au dépôt de plainte, Jacques, c'est le meilleur moyen de prouver à la juge que vous ne lui cachez rien.

— Ça peut se faire depuis la maison d'arrêt ?

— Oui. Il suffit que des officiers de police prennent votre déposition. Il faut une photocopie de votre passeport mais ça, je m'en occupe.

— Alors c'est d'accord. Faites le nécessaire.

Sacha songe que Jacques fonctionne toujours en deux temps. Cet homme n'accepte jamais du premier coup…

Le même convoi, avec la même escorte, ramène le prisonnier à la maison d'arrêt. Sacha, resté au tribunal, dépose la demande de mise en liberté ; en même temps, au téléphone, il rassemble les pièces nécessaires au dépôt de plainte contre Myriam. Puis il se concerte avec Olivier et Catherine et ils tombent d'accord tous les trois : la juge n'est pas prête à laisser sortir Jacques.

Sacha attend d'être dans sa voiture pour rappeler Eva.

— Je t'en supplie, ne me dis pas que tu ne sais pas.

— Cette juge est imprévisible, Eva.

— Et les fameux documents que vous lui avez apportés ? Ils ne servent à rien ?

— Si. Ça fait bouger les lignes. Mais quant à savoir si la juge acceptera de libérer Jacques, je ne peux pas me prononcer.

Il précise qu'il y aura une plainte contre Myriam et que la demande de mise en liberté est déposée. Il sent qu'Eva a du mal à cacher son agacement. Elle le trouve *détaché*, alors qu'il essaie seulement de rester réaliste et objectif. Mais ce n'est pas seulement après Sacha qu'elle s'énerve : la situation en tant que telle la met à bout. Les conséquences de cette affaire sont d'ores et déjà dramatiques en ce qui la concerne ; et la mauvaise nouvelle du jour, c'est que *L'Excellence*, le restaurant gastronomique de Jacques, est sur le point de perdre ses étoiles…

Prétextant un appel, elle met fin à cette discussion.

Son seul motif de satisfaction, c'est que ses enfants seront de retour à la maison ce soir.

*

Hannah et Benjamin endormis, Eva tourne en rond dans son salon. L'angoisse laisse place à la colère. Elle appelle Sophie :

— Non, ça ne va pas. Ça ne va pas bien du tout. Sacha est trop dans son rôle d'avocat… Il parle de mon père d'un ton distant et ça m'énerve. Ça contraste tellement avec son attitude dans l'intimité…

— Eva ! Tu ne peux pas lui reprocher ça ! Il dit ce qui est, point. Tu préférerais qu'il te traite comme une gamine ? Ou qu'il roucoule en te parlant des audiences ? Il sort de plusieurs heures dans un tribunal, il se bat pour Jacques. Et Jacques est quelqu'un qui ne doit pas être facile à raisonner. Sacha a un comportement normal, c'est tout.

— Cette histoire n'est pas simple, tu sais…

— Ah non ! tu ne vas pas recommencer. Tu l'aimes, alors ne fous pas tout en l'air !

— Tu as une idée de ce que je vis depuis deux mois ?

— On ne t'a jamais dit que ça allait être facile. Alors arrête, reprends-toi et ne gâche pas tout. Ce n'est pas la faute de Sacha si la juge ne veut rien savoir. Il fait tout pour faire sortir ton père…

Elle se tait un instant, puis enchaîne :

— Pour changer de sujet, j'ai un truc à te dire.

— Un truc important ? demande Eva.

— J'ai rencontré quelqu'un… Enfin, rencontré n'est pas le mot…

— Génial ! Je le connais ?

— Tu le connais même très bien.

— Arrête ce supplice !

Sophie le fait durer encore un instant, puis dit simplement :

— Jeff.

Cette fois, c'est un silence plus long qui s'établit sur la ligne.

— Tu as bien entendu, reprend Sophie.

— Mais… Depuis quand…

— C'est récent…

— Mais quoi, comment, où… Je veux tout savoir !

Sophie raconte l'histoire en détail. Eva était loin d'imaginer voir jamais ensemble son cousin et sa meilleure amie, mais l'idée la ravit.

En se couchant, elle envoie un message à Sacha : « Désolée pour ma réaction. J'accuse le coup. Je devais m'attendre à une surprise, une bonne nouvelle, pour une fois. Je vais aller dormir. Tendres baisers. »

À la lecture du message, Sacha comprend qu'Eva est de nouveau envahie par ses tourments et qu'elle n'arrive pas à faire la part des choses. Ne voulant pas la brusquer, ni polémiquer, il répond très simplement : « Je t'embrasse tendrement aussi. Passe une bonne nuit. »

Dimanche 5 juillet

Sacha, qui est accaparé par une affaire de grande importance – un cas de corruption de magistrat – est attendu à Lyon au tribunal. Il devra être sur place le 7 juillet et plaider le 9. Ce qui veut dire qu'il ne pourra être présent au vernissage d'Eva au Plaza.

Eva et lui sont surmenés : elle par cet événement, lui par son travail. Ils se voient moins. Le dimanche étant un jour calme, Sacha appelle Eva :

— Je t'apporte un petit-déjeuner ?

— Volontiers…

— Les enfants ?

— Ils dorment encore.

— Tu m'ouvres ? Je suis à l'interphone.

Il l'embrasse, la serre dans ses bras. Puis il lui avoue ce qu'il ne lui avait pas encore dit :

— Je ne pourrai pas être à ton vernissage.

Elle ne cache pas sa déception.

— Je suis désolé, dit-il. Impossible de me défiler sur cette affaire. Olivier est désigné aussi.

— Je comprends. Accorde-moi au moins le droit d'exprimer ma frustration.

— Je ne suis pas moins frustré que toi.

— Et papa ?

— La demande a été enregistrée avant-hier, vendredi. Le jour de dépôt ne compte pas car la limite de dix-huit heures était déjà passée. Compte cinq jours ouvrables, ça veut dire qu'elle a jusqu'à jeudi pour donner sa réponse.

— Décidément, il s'en passe des choses, ce jeudi.

— Tu auras une grosse journée, c'est sûr. Je sais à quel point c'est difficile à entendre, Eva, mais essaie de ne pas trop te préparer à une bonne nouvelle.

— Ce n'est pas facile.

— Olivier m'attend au cabinet. Je vais devoir y aller. On dîne demain ?

— Bien sûr.

Sur le palier, ils échangent un long et tendre baiser. Pourtant, Sacha croit percevoir chez elle une certaine distance. Il préfère la mettre sur le compte du stress.

Jeudi 9 juillet

Il est cinq heures et c'est un jour timide qui se lève sur les toits gris de Paris. Au Plaza Athénée, Eva réceptionne du matériel pour l'exposition. Antoine, le directeur, lui a demandé de terminer les branchements avant huit heures, afin de ne pas gêner la clientèle de l'hôtel.

Le stress la gagne. Elle ne sait plus où donner de la tête. Il ne s'agit pas d'abîmer les œuvres ! Et elle a encore mille détails à vérifier pour que l'installation soit parfaite. Autre chose l'obsède : la demande de mise en liberté. Eva est découragée de n'avoir rien vu venir.

À onze heures, elle passe chez elle et se change avant d'aller à la galerie. Un livreur lui apporte un énorme bouquet de fleurs accompagné d'une carte : « Ne perds pas espoir, tout finira par s'arranger. C'est l'avocat qui parle. Ce soir, sois comme d'habitude : la meilleure. Là, c'est l'homme qui parle. Tu me manques. Tendrement, Sacha. »

Elle lui téléphone aussitôt. Il est en réunion mais il prend l'appel.

— Elles sont sublimes. Voilà bien longtemps que je n'avais pas été aussi heureuse de recevoir des fleurs.

— Je pense à toi à chaque minute qui passe, chuchote Sacha. Je suis en pleine réunion… Je te rappelle plus tard… Eva ?

— Je suis là.

— Tu peux être fière de toi.

— Moi aussi, je pense à toi.

*

L'artiste est venu à dix-sept heures faire les toutes dernières vérifications. À présent, il est dix-neuf heures, et Eva comprend que les clients les plus importants vont répondre présent : l'événement va attirer du monde, y compris des clients de l'hôtel que l'exposition semble captiver.

Bientôt, la cour de l'hôtel est envahie.

Catherine et Estelle arrivent, flanquées de leurs gardes du corps, mais Eva ne trouve pas un instant pour leur parler. Elle a auprès d'elle Vanessa qui gère désormais la communication de la galerie. Elle se présente aux invités, leur laisse sa carte ; elle a le contact facile, agréable, ce qui est pour Eva un soulagement.

En fin de soirée, la cour s'est vidée et l'événement restera définitivement dans les mémoires comme un succès. Toutes les œuvres ont été vendues.

Il est vingt-trois heures trente quand Sacha appelle :

— La juge accepte de le laisser sortir. La caution est de deux millions. Contrôle judiciaire et interdiction de quitter Paris. Elle n'aurait pu faire pire, à part le laisser en détention…

— Deux millions…

— Pour une affaire comme celle-là, c'est exorbitant.

— On connaît la réaction de papa ?

— Non. Je serai à Paris demain. J'arrive à sept heures trente : j'irai directement le voir…

— Sacha, je suis paumée… Dis-moi… C'est une bonne nouvelle ? Il va sortir, n'est-ce pas ?

— C'est à lui de décider s'il consent à payer la caution. C'est la seule liberté qu'il lui reste.

Suit un blanc de quelques secondes. Sacha se demande si la communication n'a pas été coupée.

— Eva ?

— Pardon, j'essayais de comprendre…

— Réponse demain matin. Je ne peux pas l'interroger par télépathie…

— Mais s'il refuse de payer ?

— S'il refuse de payer, il reste derrière les barreaux.

— Ce n'est pas envisageable, on est bien d'accord ? Sacha ? Allô ?

— Je t'entends. Je répète : je ne peux pas décider à sa place. C'est peut-être inenvisageable pour toi mais c'est à lui de voir…

Il renoue avec ce ton professionnel qu'elle n'arrive pas à supporter.

— Eva ? Tu as l'air fâchée…

— Non, non, je comprends. C'est difficile mais je comprends.

— Eva, pense à lui ! Il est sous les verrous depuis deux mois…

Elle lui coupe la parole :

— Penser à lui ! Mais je ne fais que ça, penser à lui ! Et pas depuis deux mois !

— Il ne s'agit pas ici de ta relation avec lui. Il s'agit cette fois de sa propre histoire. Essaie de faire la part des choses.

— Sa propre histoire, comme tu dis, il s'est arrangé pour qu'on en fasse toutes partie, non ?

— Demain, je le verrai. Je t'appellerai pour te donner des détails. Maintenant, pour parler d'autre chose : cette soirée au Plaza ? Tu as bien vendu ?

Eva, qui n'a pas envie changer de conversation, répond d'un ton contrarié :

— On a tout vendu. Vanessa se taille une place dans le milieu. D'ailleurs, je vais devoir te laisser. Il faut que je finisse avec Antoine et je ne voudrais pas rentrer trop tard. Je suis lessivée et demain j'emmène les enfants à l'école.

— Appelle-moi avant de t'endormir. Je t'embrasse. Quoi que tu penses, je te comprends.

Eva raccroche en songeant qu'elle va devoir maintenant répondre aux questions de Vanessa…

*

Rentrée en taxi, elle s'enferme chez elle avec soulagement. Elle n'a pas envie de reprendre une discussion avec Sacha : il devra se contenter d'un texto : « Fatiguée. Pas la force de parler. Ne sens plus ma hanche : pris un cachet. Vais dormir. T'embrasse. Dors bien. »

La réponse de Sacha arrive un instant après : « La Eva de la semaine passée me manque… Dors bien, repose-toi. »

Sauf qu'elle n'arrive pas à dormir.

Elle se relève. Elle rallume dans le salon. Elle ouvre grand la baie vitrée. Une tasse de café à la main, elle sort les lettres de Jacques et les relit toutes. Ce qui la fait passer du sourire aux larmes. Comme elle aimerait être une femme pareille aux autres ! Une femme capable de dire : « Je t'aime » et de franchir les épreuves de la vie sans en garder de rancune. Mais à trop vouloir se protéger, elle est devenue dure, impénétrable pour ceux qui ne la connaissent pas. Dès qu'il s'agit d'amour – d'un autre amour que celui que l'on a pour ses enfants –, elle devient une handicapée affective. Elle qui a toujours voulu tout contrôler ne pouvait imaginer la force émotionnelle provoquée par l'incarcération de Jacques. Tous les souvenirs qu'elle pensait avoir enfouis sont en train de revenir, la douleur du passé refait surface – son enfance, sa vie de jeune adulte : les époques repassent devant ses yeux comme un vieux film. Que de souffrances ! Que de frustrations ! Et combien auraient pu être évitées ! La fuite permanente ne résout rien. Elle n'apaise pas les chagrins. Enfin Eva commence à l'admettre.

20

Vendredi 10 juillet

Depuis la veille, le compte courant de la galerie fonctionne à nouveau normalement. Eva n'est pas optimiste en ce qui concerne la libération de son père, mais elle n'a guère le temps d'y penser. Sa hanche la fait souffrir et elle doit gérer les innombrables appels qui font suite au vernissage du Plaza. Elle finit par avoir Sacha au bout du fil :

— Dis-moi que tu viens avec de bonnes nouvelles.

— Tu es injoignable, Eva ! Voilà une heure que j'essaie de…

— Tu as vu Jacques ?

— Il refuse de payer la caution. C'est un non catégorique.

— Il préfère rester en prison ?

— Oui, et il l'assume. Il dit qu'il n'est coupable de rien et qu'il n'a pas à acheter sa liberté. Surtout à un prix aussi élevé.

Eva est sortie dans la cour pour parler sans être dérangée.

— Tu n'as pas essayé de le convaincre ?

— Je suis son avocat, Eva. Pas son associé. Ni son frère. Il faut que tu comprennes une fois pour toutes que je suis là pour exécuter les volontés de mon client…

— Alors tu n'as rien dit !

— Mais si ! Bien sûr, j'ai essayé de lui parler. Je lui ai expliqué qu'une fois dehors, il lui serait plus facile de régler certaines choses…

— On dirait que tu ne t'es pas montré très persuasif.

— Il a le droit de refuser qu'on le traite comme un hors-la-loi. C'est humiliant, de payer pour être libre.

— Au fond, tu approuves sa décision. C'est ce que tu es en train de me dire…

— Je n'ai rien à approuver ou à désapprouver. Je ne suis pas là pour le juger. Mon rôle est de lui expliquer, de faire passer les informations qu'il souhaite communiquer. Je ne peux en aucun cas l'obliger à…

— Et moi ? Tu as pensé à moi ? Ne serait-ce qu'une seconde ?

— Eva ! Quand je suis avec ton père à la maison d'arrêt, on parle de *son* affaire, de *son* éventuelle sortie… Et là, non, je ne pense plus à la fille de Jacques. Je ne peux pas tout mélanger. Quand je suis avec toi, je t'écoute, je te comprends, je partage tes années de souffrance et tout ce qui va avec. Mais dans mon travail, je me dois de faire la part des choses…

— Ce que tu dis me rend furieuse !

— Baisse d'un ton, Eva, si tu veux bien ! Je ne suis pas responsable des choix de ton père, alors épargne-moi tes reproches. Je fais mon boulot…

— Ton boulot, c'est de le faire sortir ! Si tu étais bon, il serait déjà dehors !

— Là, tu deviens puérile, Eva.

Un silence chargé de tensions s'installe sur la ligne, puis Sacha reprend :

— Je vais te dire ce que je pense. Tu es égoïste, Eva. Tu réagis comme une enfant gâtée. Je croyais que tu étais sur la bonne voie, ces dernières semaines, mais je me suis trompé. Tu sais ce que ça veut dire, être en prison ? La cellule. La douche. La nourriture dégueulasse. Les hurlements la nuit. La peur, les humiliations… Sors de ton petit confort, Eva.

Prends conscience de ce que vit ton père. Tu es paumée, inconsciente, enfermée dans de sordides histoires familiales que tu as plaisir à entretenir et à ressasser. Alors libère-toi une fois pour toutes, Eva. Lâche tout ça. Fais de la place pour ta vraie vie, au lieu de te planquer derrière ta galerie, tes enfants, tes bobos !

Sur ces mots, il raccroche.

Eva appelle Catherine.

— Vous êtes tous devenus fous ou quoi ?

— Eva, calme-toi. On espérait autre chose, c'est sûr. Mais Jacques a le droit de réagir comme il l'entend.

— Et pour nous, c'est cette vie de merde qui continue ! Les courriers menaçants, les réunions, les parloirs…

— La juge lui impose des conditions scandaleuses. Il ne serait même autorisé à quitter Paris…

— C'est le prix à payer pour réparer ses conneries, je suis désolée.

— Tu vas trop loin, Eva. Cette juge le maintient en détention alors qu'il aurait très bien pu ne jamais y entrer. Elle veut l'humilier. Il va au tribunal menotté comme un criminel. Tu pourrais te calmer et essayer de comprendre qu'il essaie de sauver le peu d'honneur qui lui reste ?

— J'avais pourtant l'impression de m'être montrée compréhensive depuis le début.

— Je sais ce que tu ressens, mais ne mélange pas tout.

— Jusqu'à preuve du contraire, ce n'est pas moi qui ai tout mélangé !

— C'est vrai, mais ce n'est pas d'actualité. Eva, une mauvaise nouvelle est arrivée ce matin, en plus du reste : il a perdu ses étoiles, c'est officiel. N'achète pas les journaux, c'est un carnage.

Eva reste silencieuse ; autour d'elle, tout s'effondre.

— Eva ? Tu m'as entendue ?

— Je t'ai entendue.

— C'est une catastrophe.

— Qu'est-ce qu'il nous reste comme espoir ?

— Pour être honnête, pas grand-chose. Sauf si la plainte de ton père contre Myriam donne un résultat.

— C'est-à-dire ?

— Il faudrait qu'elle soit arrêtée à son tour, que son appart et son bureau soient perquisitionnés, qu'on trouve le montage complet de l'opération.

— Et c'est possible, ça ?

— Il faut en parler avec Sacha et Olivier. Ce qui me fait peur, c'est la date des vacances judiciaires... C'est le 22 juillet, dans deux semaines à peine.

— Je te laisse voir avec eux. J'ai eu une prise de bec avec Sacha. Je ne tiens pas à lui parler pour le moment.

— Qu'est-ce qui s'est passé ?

— Il défend papa. C'est révoltant.

— Il défend ton père... Il est là pour ça !

*

Eva, qui a besoin de quitter Paris pour prendre l'air, décide de partir avec les enfants. Ils resteront en France : ainsi elle n'aura pas à demander à Sacha d'obtenir une dérogation pour sortir du territoire. Elle opte pour Ramatuelle. Sophie y a une petite maison héritée de sa mère. C'est au bord de la mer. Eva adore cet endroit. En un coup de fil, tout est réglé : Sophie lui déposera les clés en fin de journée.

Vanessa, elle, préfère rester à Paris pour continuer les visites au parloir, mais elle promet de rejoindre Eva et les petits pour le week-end.

Pour la première fois, Eva confie à Rudy la fermeture annuelle de la galerie. Le dernier vernissage de l'année sera annulé – ce n'est pas dans les habitudes de la maison mais tant pis. Elle prend des billets d'avion pour Toulon, sur le vol du dimanche suivant.

Elle est sans nouvelle de Sacha depuis leur dispute. Eva lui en veut toujours. Elle n'a aucune envie de l'appeler.

Le lendemain, de bonne heure, Catherine lui téléphone :

— Pardon de t'appeler aussi tôt, mais on vient d'apprendre que Myriam est en garde à vue. Ils ont perquisitionné hier son appartement et ses bureaux. Ne m'accable pas de questions : il faut un peu de temps avant de savoir ce qu'ils ont ou vont trouver.

— C'est la case prison ?

— On sera fixés là-dessus dans les quarante-huit heures : le temps de la garde à vue.

— C'est la juge de papa qui est derrière tout ça ?

— Évidemment.

— Donc les révélations de papa ont été entendues, on peut espérer…

— Je t'ai tout dit, Eva. Je n'ai pas de réponse sur ce point.

— Je pars demain pour Ramatuelle avec les enfants.

— C'est une très bonne idée. Tu seras absente longtemps ?

— Je ne sais pas. Je verrai.

— Je me mêle sûrement de ce qui ne me regarde pas, mais… Sacha est au courant ?

— Non. De toute façon, je ne sais pas si cette histoire a encore un sens, avec papa au milieu…

— Je peux te dire ce que j'en pense ? Tu ne vas pas t'énerver ?

— Au point où j'en suis…

— Jacques n'est même pas au courant. C'est toi qui le mets au milieu de votre liaison…

— Peut-être mais c'est voué à l'échec. De toute façon, je ne suis plus en état de réfléchir à rien. J'ai besoin de prendre l'air. Je pars : c'est ça, l'urgence. Pour le reste je verrai plus tard.

— Tu es aussi tête de mule que ton père, soupire Catherine. Bon, espérons que ce séjour à Ramatuelle t'aidera à y voir plus clair. Je passerai relever ton courrier. Surtout pour la banque.

— Je te laisserai une clé.

Samedi 11 juillet

Eva a passé la journée à faire des achats avec les enfants en vue du départ. En début de soirée, ses valises bouclées, elle appelle Sophie et lui propose de venir dîner, puisqu'elle doit lui remettre les clés de Ramatuelle. Mais une fois en présence de Sophie, elle refuse de parler de Sacha. Elle continue de camper sur ses positions. Et Sophie, qui connaît le caractère de son amie, préfère ne pas insister.

Mais Jeff, arrivé plus tard, et après avoir grignoté les restes, se montre fidèle à son habitude en mettant les pieds dans le plat :

— C'est con. Pour une fois que tu tiens plus de vingt-quatre heures sans prendre tes jambes à ton cou.

— Je n'ai pas envie d'en parler, dit Eva.

Jeff tient bon :

— J'insiste mais je pense que tu vas le regretter. Et quant à ton père, tu as besoin de te braquer comme ça ?

— Je ne me braque pas ! J'en ai marre de subir son égoïsme légendaire, c'est tout.

— Va à Ramatuelle. Et reviens changée.

— C'est ça.

Avant de s'endormir, Eva ne peut s'empêcher de consulter les messages de Sacha. Elle est bouleversée. Elle n'arrive plus à faire la part des choses. Et puis Sacha lui manque : elle est forcée de l'admettre. Elle cherche à le fuir, tout en espérant qu'il reviendra… Les larmes lui montent aux yeux. Elle étouffe ses sanglots dans son oreiller.

Dimanche 12 juillet

Dans la cellule, il règne une chaleur étouffante et Jacques, contrairement à ces derniers jours, accepte de sortir en promenade. Bruno lui a assuré que Gérard serait au premier tour ce matin. Dans la cour de la maison d'arrêt, ils discutent en marchant. Jacques lui dit les conditions imposées par la juge pour sa libération.

— Elle ne t'a pas raté. C'est exorbitant.

— En refusant de payer la caution, je me fous ma famille à dos. Moi qui pensais que la situation avec ma fille Eva allait s'arranger…

— Elle s'arrangera, Jacques. Il fallait que vous ayez une explication. Maintenant les choses vont retomber. Pour la caution, je te comprends.

— Je n'ai rien à faire ici, Gérard. Et il faudrait que j'achète ma liberté ? Deux millions d'euros pour pouvoir respirer à l'air libre ! Deux millions dont je ne reverrai jamais la couleur…

— Ils m'ont fait le même coup. Et moi aussi j'ai refusé de la payer, cette foutue caution. Psychologiquement, c'est dur. Mais l'essentiel, c'est d'être en phase avec ce que tu ressens.

— Mon avocat me comprend.

— Ta fille va se calmer, vous avez fait le plus dur.

— J'appréhende le parloir de demain. Je ne sais pas qui va venir. Je n'ai plus envie de me justifier de mes décisions. Personne ne vit ce qu'on vit ici.

— Ceux qui sont dehors ont souvent l'impression de souffrir plus que nous. On a tendance à vouloir ménager tout le monde, peut-être trop.

— Ça leur ferait peut-être du bien de voir ne serait-ce que les douches et les lits. De sentir l'odeur…

— Tu as raison.

Les deux hommes continuent de bavarder, et échangent la promesse de rester en contact après leur sortie. Jacques pense déjà au menu qu'il lui préparera lui-même au *Bistrot.*

— La cuisine te manque, pas vrai ?

— Et comment.

La cuisine est la passion de Jacques. Et ces dernières années, il s'en est éloigné. Il sait aujourd'hui qu'il a eu tort.

Olivier est parti de bonne heure pour le cabinet. Paris est calme en ce jour férié, et il entend en profiter pour travailler tranquille. Il rappelle Sacha qui a tenté de le joindre. Sacha répond d'une voix endormie.

— Désolé, je te réveille.

— Pas de problème. J'ai eu mon contact flic cette nuit : Miraz est écrouée. Elle a parlé pendant sa garde à vue. Elle est mise en examen : association de malfaiteurs, faux et usage de faux, escroquerie en bande organisée, blanchiment…

Olivier est aux anges.

— Elle a reconnu avoir joué les *go between* entre Jacques et Fast Invest.

— Si elle s'est mise à table, c'est qu'elle se sentait coincée.

— Le contrat dit la chose clairement. Avec pour elle une commission exorbitante. Huit cent mille euros ! Rien que pour avoir mis les gens en relation. Elle va devoir compter aussi avec ses antécédents : voilà dix ans qu'elle mène la justice en bateau…

— C'est la plainte de Jacques qui a déclenché tout ça ?

— La plainte a mis le feu aux poudres, apparemment. Et Myriam a balancé les mecs de Fast Invest.

— La police les a chopés ?

— C'est en cours. Quoi qu'il en soit, elle ne sortira pas de sitôt.

— Tu vas redemander une audience en urgence chez Soulemoidon ?

— Bien sûr.

— On n'a pas beaucoup de temps, Sacha. Les vacances judiciaires arrivent.

— Je sais. Il faudrait arriver à quelque chose avant le vingt-deux… Soulemoidon sait qu'elle peut se mettre dans ses torts en le gardant trop longtemps derrière les barreaux. Dès lors que Miraz est passée aux aveux, les chefs d'accusation manquent pour justifier la détention.

— Bon, de toute façon, c'est le 14 juillet…

— On ne peut rien faire.

En raccrochant, Olivier informe Catherine des dernières avancées. Soulagée, elle pense immédiatement à prévenir Estelle et les filles. Mais elles risquent de ne pas comprendre pourquoi Jacques n'est pas déjà dehors. Comment leur expliquer que la justice est une machine complexe ? Que Jacques peut rester un mois de plus en prison…

Prudente, elle commence par Estelle qui se dit apaisée d'apprendre que Jacques n'a rien fait de mal, qu'il est victime d'une manipulation ourdie par Myriam. Puis Catherine appelle Vanessa et Eva. Elles sont toutes les deux à Ramatuelle. Vanessa est soulagée : l'honneur de son père est sauf. Cependant la révélation concernant Léo lui reste en travers de la gorge. Comment son père a-t-il pu lui mentir toutes ces années ?

Seule dans sa chambre, Eva ne peut retenir un sourire de satisfaction. Elle comprend maintenant la stratégie de Jacques : il savait que la situation allait tourner en sa faveur, et c'est la raison pour laquelle il a refusé de payer la caution.

À trois heures, elle ne dort pas. Elle a consulté dix fois son téléphone. Elle n'en peut plus. Elle voudrait avoir Sacha auprès d'elle. Elle ne supporte plus son absence. Et même elle s'en veut de s'être montrée si puérile. Elle finit par lui envoyer un message : « Tu dors ? »

Mais le message reste sans réponse.

21

Mercredi 15 juillet

Sacha se présente au tribunal à huit heures quarante-cinq. Il sait pertinemment qu'en prenant rendez-vous de manière classique, il court le risque de voir les choses s'éterniser, et de ne jamais obtenir une date d'audience avant les vacances. Le secrétariat ouvre à neuf heures. Sacha est seul à attendre. La secrétaire arrive. Il lui laisse le temps de s'installer. Puis il frappe à la porte du bureau.

— Bonjour, madame. Je suis maître Bettane et j'ai besoin de voir Mme la juge Soulemoidon en urgence, dans le cadre de l'affaire Jacques Kahn.

— Maître, vous savez bien qu'il faut un rendez-vous. Vous ne pouvez pas débarquer comme ça à l'improviste. Laissez-moi voir le calendrier… Mme Soulemoidon pourra vous recevoir le vendredi 4 septembre à dix heures. Ça vous convient ?

Sacha éclate de rire ; puis, reprenant son sérieux, il change de ton :

— Madame, si M. Kahn reste en détention, il y aura jurisprudence et je ne me gênerai pas pour convoquer la presse ici même. Il est donc impératif que je voie madame la juge avant demain après-midi. Allez le lui dire.

Il a prononcé sa diatribe d'un ton calme, bien élevé, en l'appuyant de son sourire le plus aimable. Si la secrétaire est choquée, elle s'abstient de répliquer. Elle se lève, frappe chez la juge et disparaît derrière la porte.

Sacha attend ; il s'est fait un point d'honneur à obtenir la libération de Jacques…

— Maître Bettane ?

— Oui, madame ?

— Mme Soulemoidon vous recevra demain matin à onze heures.

— Je vous remercie.

Tout en regagnant sa voiture, Sacha consulte plusieurs fois sur son téléphone le message d'Eva : « Tu dors ? » Il a envie de la rappeler. Il ne peut nier qu'elle lui manque. Mais il ne sait plus où il en est.

Jeudi 16 juillet

À onze heures, il est dans le bureau de la juge.

— Je vous en prie, maître, prenez place.

— Je vous remercie, madame.

— Pourquoi vouliez-vous me rencontrer en urgence ?

— Madame la juge, j'ai lu le procès-verbal. Compte tenu de la déposition de Myriam Miraz, il n'y a plus de raison de maintenir M. Kahn en détention.

— Maître, comme vous le savez, nous entrons le 22 en période de vacances judiciaires. Et le 22, c'est mercredi prochain. J'ai peur que nous ne soyons dépassés par le temps. Nous devons respecter les formalités administratives…

— Madame, pourquoi vous acharnez-vous sur mon client ?

— Je ne vous permets pas de remettre en cause mon impartialité, maître.

— Très bien. Vous aurez une demande de mise en liberté avant la fin de la journée.

Sacha quitte le tribunal et court au cabinet où Olivier l'attend.

— Elle va jouer la montre. Elle ne lâchera pas d'ici à mercredi…

— Ne panique pas. Dépose ta demande de mise en liberté. Ensuite, tâche de savoir qui est la ou le juge de garde à partir du 23. Ça pourra difficilement être pire que Soulemoidon.

— OK, je m'en occupe.

*

Catherine, venue passer un moment avec Jacques, l'informe de tout ce qui se passe dehors : la déposition de Myriam, son incarcération, l'espoir d'une libération. La question des étoiles, elle ne peut l'aborder sans appréhension :

— Jacques, j'ai aussi une mauvaise nouvelle… *L'Excellence*…

— J'ai compris. Mes étoiles, c'est ça ?

— Tu as deviné ?

— Je m'y attendais… Ils n'allaient pas me rater, c'était couru d'avance.

— Tu tiens le coup ?

— J'ai le choix ? Mais il faudrait me sortir de là dans pas trop longtemps…

— On fait tout notre possible, je t'assure. Sacha retourne voir Soulemoidon aujourd'hui même. Je ne veux pas te donner de faux espoirs mais ce n'est plus qu'une question de temps…

— Pour revenir aux étoiles… Même sur cette question-là, j'avais perdu la foi. Tu te rends compte ? Je m'en servais comme d'un faire-valoir, je pensais que ça m'ouvrirait des portes, il m'en fallait toujours plus. Mais je n'appréciais plus rien, ni la reconnaissance de la profession, ni la fidélité de mes clients, alors que leurs témoignages étaient des plus chaleureux… Tout me passait au-dessus de la tête. Et tout ça pour quoi ? Pour atterrir ici. J'avais perdu la juste valeur des choses, Catherine. Mes étoiles en sont le meilleur exemple. C'est pathétique non ?

— Certainement pas. Il y en a qui ne comprennent jamais, même en ayant tâté de la prison… Toi, au moins, tu repartiras sur de nouvelles bases.

— Je récupérerai mes étoiles. Mais en étant devant mon piano et plus ailleurs ! Je voudrais que tu mettes en vente l'école de cuisine. On garde les restaurants et la vente à emporter des aéroports. Mais tout ce qui n'est pas cuisine à proprement parler, on s'en sépare.

— Attendons que tu sois rentré…

— On n'attend rien du tout. Tu mets en vente. Je suis chef cuisinier et chef pâtissier, pas businessman. En tout cas, plus maintenant.

— Comme tu voudras.

Pour Catherine, l'état d'esprit de Jacques a quelque chose de rassurant.

Vendredi 7 août

À Ramatuelle, la maison de Sophie offre un havre de paix. Elle en a hérité sans avoir les moyens de la rénover, ni même de l'entretenir. Eva l'a aidée à faire face aux dépenses et ce mas à deux pas de la mer est devenu leur refuge pour les vacances.

Eva fait ses courses au marché du village. Elle prend le temps de choisir soigneusement ses melons et ses tomates. Elle bavarde avec les producteurs et les artisans de la région, elle flâne d'une allée à l'autre, un panier accroché à son bras. Elle se rend compte qu'elle profite de l'instant présent, ce qui n'est pas dans ses habitudes. Elle prend un verre à la terrasse d'un café typiquement provençal, et en profite pour appeler Catherine, histoire d'aller aux nouvelles.

— Comment vont les enfants ?

— Ils ont retrouvé leurs copains et copines de l'année dernière. Et les voisins sont toujours aussi sympas. On refait le monde en buvant du rosé.

— Tu te détends ?

— J'essaie. Je fais le vide, c'est l'endroit au monde qui me dépayse le plus. Et à Paris ? Pas trop dur ?

— Olivier adore Paris au mois d'août. Je mets de l'ordre dans les archives de ton père, je fais ce que je n'ai jamais le temps de faire, c'est agréable.

— Vous allez passer nous voir ?

— Oui, on en parlait hier soir justement. On se disait autour du 15…

— Et papa ?

— On a le nom du juge qui remplace Soulemoidon pendant les vacances : Defarges. Sacha et Olivier disent du bien de lui. Ils vont aller le voir. Au fait : Sacha…

— Aucune nouvelle. C'est ma faute. Je dois en assumer la responsabilité. J'ai dû lui faire peur, à tout mélanger comme ça.

— Eva, si tu regrettes, appelle-le, il n'y a pas de honte.

— Je lui ai laissé un message après mon arrivée à Ramatuelle. Pas de réponse. J'imagine qu'il ne se sent pas qualifié pour soigner les folles dans mon genre. Il a raison.

— Il a peut-être besoin de plus qu'un petit message.

— C'est possible. Mais comment faire ? Les sentiments, ce n'est pas mon fort. Autrement, ça se saurait. Et puis, reconnais que ce n'est pas un contexte des plus faciles pour entamer une histoire d'amour…

— En tout cas, il a l'air de savoir faire la part des choses. Il te manque ?

Eva ne répond pas tout de suite.

— Oui.

— Alors ne baisse pas les bras. Réfléchis, plutôt.

— Tu me tiens au courant pour le nouveau juge ?

— Bien sûr. Ta sœur arrive ce soir ?

— Oui, pour dix jours, je suis contente. Sophie et Jeff vont venir la semaine prochaine. Ce serait vraiment génial qu'Estelle et vous puissiez venir vers le 15.

— C'est une excellente idée. Je vois ce que je peux faire.

Catherine juge prématuré de faire des projets tant qu'on ne sait pas si Jacques sera libéré.

*

Sacha, qui a prévu d'être à Paris le lundi 11 au matin, a été rassuré d'apprendre que le juge Defarges serait de garde au mois d'août : il entretient avec lui des rapports plus cordiaux qu'avec Soulemoidon. Pour l'instant, il profite d'un week-end en famille et son esprit est ailleurs. Il pense à Eva. Il se souvient de leur escapade à Marseille. Il a sans cesse devant les yeux l'image de son amante vêtue d'un drap qui lui donnait des airs de Jules César. Il se rappelle aussi le déjeuner qu'elle lui a fait livrer au cabinet, et la nuit qu'ils ont passée à discuter après qu'Eva eut révélé à Vanessa l'existence de Léo. Attendri, il songe à la façon tellement drôle qu'à Eva d'imiter la juge Soulemoidon. Tant de souvenirs le hantent déjà ! Dès leur première rencontre, il a ressenti quelque chose d'inhabituel, une attirance fulgurante, une évidence ; il a tout de suite été persuadé qu'ils étaient faits pour être ensemble. Mais lors des derniers échanges, il s'est trouvé déstabilisé par l'attitude d'Eva. Il craint qu'elle ne soit incapable de faire jamais confiance à personne, de surmonter un jour ses névroses. C'est pourquoi il préfère se tenir à distance. Il se dit que le temps fera son œuvre, et qu'il finira par l'oublier.

22

Vendredi 14 août

Les Provençaux sont habitués à ce qu'ils appellent « l'orage du 15 août » et cette année, Ramatuelle ne déroge pas à la règle. Le tonnerre a effrayé les enfants et il a plu toute la nuit. Au matin, le soleil a repris ses droits et tout le monde saute dans la piscine. Eva et Vanessa sont excitées car le reste de la famille arrive ce soir. Sophie et Jeff seront là en fin d'après-midi. Quant à Estelle, Catherine et Olivier, leur arrivée est prévue pour le dîner car ils prennent le vol de dix-neuf heures trente.

Les deux sœurs passent leur journée au fourneau. Lorsque Sophie et Jeff klaxonnent pour annoncer leur arrivée, elles viennent à peine de s'asseoir.

— Pile à l'heure de l'apéro ! s'écrie Eva.

Elle est si heureuse de les voir arriver ensemble !

— Ravi de voir que ma cousine ne perd pas le nord ! dit Jeff en descendant de voiture. En tout cas, pas sur les choses essentielles.

Il embrasse affectueusement Eva et Vanessa. Sophie n'en revient pas du nombre de plats qu'elles ont préparés.

— Vous avez cuisiné tout ça aujourd'hui ?

— On n'a pas arrêté ! Comme ça, on sera tranquilles pour le week-end !

— C'est ce gourmand d'Olivier qui va être content.

Ils s'installent autour de la piscine, un verre à la main, et savourent un instant attendu avec impatience durant toute l'année. Jeff reçoit mission d'allumer le barbecue. Les filles mettent la table, puis s'éclipsent le temps de se doucher et de se changer.

C'est une tradition dans la maison : chaque nouvel arrivant est censé annoncer son approche en klaxonnant au moment de franchir le dernier virage. Or ce signal parvient aux oreilles d'Eva alors qu'elle surveille ses casseroles dans la cuisine. Un sourire se dessine sur ses lèvres : elle se réjouit de passer un moment en famille. Vanessa accourt :

— Ils arrivent !

— J'ai entendu le coup de klaxon !

Vanessa remarque qu'Eva a le regard songeur.

— Ça va ?

— J'aurais tellement aimé que papa soit avec nous ce soir. Penser qu'il est là-bas tout seul, ça me fait mal au cœur. J'essaie de prendre sur moi mais c'est triste. Ce soir encore plus.

Elle pense aussi à Sacha : elle s'en veut de s'être comportée ainsi.

Vanessa tente de la rassurer :

— Estelle a vu papa à midi. Elle a prévu d'être à Paris lundi matin, pour le parloir. Et puis il ne tardera plus à sortir, cette fois c'est sûr.

— J'y croirai quand je le verrai dehors.

— Viens. Ils sont dans le jardin.

— J'arrive.

Eva s'asperge le visage avec de l'eau fraîche. Elle passe ses mains humides dans ses cheveux. Avant d'aller rejoindre les autres dehors, elle baisse le feu sous la ratatouille, soulève le couvercle, goûte, remet le couvercle…

— La ratatouille, ça cuit longtemps et à feu doux ! s'exclame une voix.

Eva a sursauté et son cœur a cessé de battre ; mais elle ne s'est pas retournée.

— C'est le secret, reprend la voix. Sinon, ça ne confit pas.

Eva croit rêver. Elle sent que des bras l'entourent. Elle pivote brusquement. Jacques est devant elle ! À cet instant, rien n'est plus important que de se blottir dans les bras de son père.

— Ne te mets pas dans des états pareils, ma chérie, tu n'as rien à te reprocher, rien du tout.

— Papa…

C'est tout ce qu'elle parvient à dire, tant les mots lui manquent.

— Je suis là, ça va aller maintenant.

— Pourquoi toutes ces années… J'aurais dû te parler avant…

— Et moi, si tu savais combien je regrette. Tu as pris un train en marche avec ces révélations qui te sont tombées dessus, tu as encaissé comme personne n'aurait pu le faire ; moi, je vous ai fait du mal.

— Tu as fait comme tu as pu.

— On a du temps devant nous à présent. La vie me donne une sorte de deuxième chance et je compte bien ne pas la laisser passer.

— Oui, c'est exactement…

Il lui coupe la parole :

— Attends, je voudrais te dire autre chose. J'ai mis la faute sur votre mère toutes ces années. Je ne sais pas quelle femme aurait pu supporter ce que je lui ai fait subir tout le temps de notre mariage. C'est sûrement pour ça que j'ai pris mon rôle de père à bras-le-corps : je savais au fond de moi que j'étais le seul responsable de ce gâchis. Je me devais d'assumer le départ si brutal de votre mère. Ma soif de reconnaissance et de popularité doit venir de là aussi. J'ai voulu passer pour l'homme parfait, celui qu'on aimerait avoir comme ami, comme frère, comme père. Celui à qui l'on peut tout demander. J'aurais été capable de rendre n'importe quel service à n'importe qui du moment que ça me faisait briller moi-même. Je me suis perdu dans l'excès de travail, le surplus d'activités. J'ai fui la réalité de ma vie d'homme. J'étais tellement occupé à me regarder que je n'ai pas vu que tu n'arrivais pas à te construire, et que c'était entièrement ma faute.

Assise sur le plan de travail, Eva écoute.

— J'ai été aspiré par une spirale infernale. Je m'autopersuadais que cette fausse image que je véhiculais était réelle. Mais aujourd'hui, je comprends et c'est grâce à toi. Ta grand-mère aurait été tellement fière de toi !

Eva descend du plan de travail et dit :

— On ne rattrapera jamais toutes ces années. Combien de nuits je me suis demandé pourquoi, comment tout cela était possible. Je pensais à maman, à la femme blessée qu'elle a dû être. Combien de fois elle a dû pleurer seule pendant que tu atteignais tes objectifs sans prêter attention aux ravages que tu faisais. Sa souffrance, mais aussi sa soif de vengeance, est passée par-dessus l'amour de ses filles. Les deux premières années, elle m'a tellement manqué ! Je l'ai détestée pour ça. Et je ne lui pardonnerai jamais. Je t'ai haï aussi, j'ai fui tout ce qui pouvait te toucher de près ou de loin. Combien de fois j'ai eu le sentiment de n'appartenir à aucune famille, tellement le mensonge était la base de notre histoire. Mais je t'ai tout dit au parloir. Inutile de ressasser. Certaines blessures resteront, on ne peut pas tout effacer. Mais comme tu dis, papa, on a une seconde chance et moi non plus je ne veux pas la laisser passer. Merci de me dire tout ça. C'est important pour moi de l'entendre de ta bouche.

Catherine, Estelle et Vanessa sont dehors. Elles voient qu'Eva et Jacques parlent calmement, mais n'entendent pas la discussion. Ce revirement était attendu depuis des années : tous sont émus.

Quand l'échange prend fin, Eva est dans les bras de Jacques.

La soirée sera joyeuse, ils sont heureux d'être réunis. Immense est le bonheur des enfants qui ne lâchent plus leur grand-père.

Les anecdotes fusent ; les voisins les entendront rire jusqu'à une heure avancée de la nuit.

*

Jacques est sorti de prison le vendredi en fin de matinée. Estelle l'attendait à la maison d'arrêt. Tous sont tombés d'accord pour faire la surprise aux filles. À présent, Jacques ne manque pas une occasion de dire son admiration pour Sacha :

— Un garçon incroyable. C'est grâce à lui que je suis dehors. J'ai bien cru devoir me taper un week-end de plus en cellule ! Le juge a même levé la caution et reconnu que l'attitude de Soulemoidon à mon égard avait été particulièrement acharnée.

— Je ne t'aurais jamais laissé aux mains d'un débutant, dit Olivier. Sacha est une valeur sûre.

Étendus sur des chaises longues, Olivier et Jacques discutent en tirant sur des cigares.

— Il a été parfait, dit Jacques. Quelle classe ! D'autant que ça n'a pas dû être évident pour lui, vu la famille qu'il avait à gérer.

— Je peux te le dire maintenant : il a failli laisser tomber plusieurs fois.

— Je m'en doute. On s'est promis de dîner ensemble, je compte sur toi pour organiser ça.

— Bien sûr.

Eva, qui vient de les rejoindre, a un pincement au cœur en les entendant parler de Sacha.

— Les filles, je suis bluffé par votre cuisine !

— On a été à bonne école ! dit Eva. Pardonnez-moi, je ne sais pas si c'est le rosé, le soleil ou les émotions fortes, mais je tombe de sommeil. Vous ne m'en voulez pas si je vais dormir ?

Elle envoie un baiser général, puis embrasse Jacques tendrement.

— Papa, si tu n'es pas fatigué, on va faire le marché demain ?

— Fatigué ? De quoi ? Après trois mois de repos forcé, je me sens d'attaque.

— Bonne nuit tout le monde.

Ils lui répondent tous en chœur. Elle s'éclipse.

Dans sa chambre, elle s'assied sur son lit. Comme elle est soulagée ! Pour la première fois depuis de longues années, elle se sent libérée d'un terrible fardeau. Mais d'autre part, elle est malheureuse car à chaque jour qui passe, elle sent plus douloureusement combien Sacha lui manque. Elle regrette sa conduite avec lui. Elle voudrait entendre sa voix, sentir son odeur, lui tenir la main. Que faire à présent de cette frustration qui ne fait qu'augmenter avec le temps ?

Des bribes de conversation lui parviennent. Elle reconnaît la voix de Jeff, celle de Sophie. Elle sourit en entendant Jacques demander à Vanessa s'il y a du chocolat noir avec des noisettes. Catherine et Olivier proposent d'ouvrir une énième bouteille de rosé avant d'aller se coucher.

Les murs de la maison, peu épais, laissent passer les bruits et chuchotements venus des pièces voisines.

Eva sait qu'il va falloir un certain temps à Jacques pour se relever de cette épreuve. Il ne montre que la joie et le soulagement d'être enfin entouré des siens, il ne laisse paraître aucune de ses inquiétudes. Il a toujours préservé ses proches. La perte de ses étoiles reste un déshonneur immense pour le chef qu'il est, elle le sait. Eva garde en elle ce sentiment inconfortable de peine, presque de pitié envers son père. Avant toute cette histoire, elle n'aurait jamais pensé ressentir autre chose que de la méfiance ou un agacement profond. Aujourd'hui, elle a mal pour lui.

Jacques reste un moment seul sur la terrasse devant l'entrée de la maison. Il pense aux détenus restés à la maison d'arrêt avec un pincement au cœur ; il essaie encore de comprendre comment il a pu se retrouver dans une telle situation. Pour la première fois de sa vie, il se demande s'il va réussir à remonter la pente, à récupérer ses étoiles ; est-ce qu'il en a la force ? Est-ce qu'il en a envie ? Comment va-t-il supporter le regard que les gens vont porter sur lui ? Il récupère son cigare dans le cendrier, le rallume et s'installe dans une des chaises longues. La sensation de l'air tiède aux odeurs de lavande, accompagnée par le chant des cigales à l'aube, le réconforte momentanément.

Le jour se lève doucement. Jacques doit redevenir Jacques Kahn, le patriarche, le chef étoilé à l'optimisme contagieux. Il taira ses doutes, ses angoisses et ses souvenirs de la prison qui le hantent à chaque instant, parce que son rôle est de s'occuper des autres. Et même s'il va lui falloir faire preuve de patience pour reconquérir les personnes influentes de la profession, l'amour des siens sera son plus solide soutien sur lequel s'appuyer.

Jacques a regagné la confiance et l'affection d'Eva. Depuis toutes ces années, il pensait que plus jamais il ne pourrait resserrer un jour sa fille dans ses bras.

À quatre heures, quand Eva s'endort, elle a encore son téléphone en main : elle n'a cessé de relire les messages de Sacha.

À six heures, le vibreur du portable la réveille. Ensommeillée, elle regarde l'écran : « Tu dors ? »

Elle se redresse, se frotte les yeux. Sacha ! Non, ce n'est pas un rêve. Elle répond immédiatement : « Pas du tout. » Nouveau message de Sacha : « Je suis à la fenêtre de ta chambre. Tu m'ouvres ? »

Eva saute de son lit. Elle ouvre la porte-fenêtre.

Sacha a roulé toute la nuit et maintenant il est là, adossé au mur.

Ils restent quelques secondes silencieux, puis, avec un grand sourire, il dit :

« On n'a toujours pas fait cette partie de sept familles. »

Elle se jette à son cou. Il la serre contre lui. Ils s'embrassent, puis laissent parler leurs corps.

À peine endormie, Eva entend que l'on tape à sa porte. C'est Jacques. Il est prêt pour partir au marché.

— Papa, tu m'accordes dix minutes ?

— Bien sûr.

Jacques repart en direction du jardin. Eva, vêtue d'un drap, essaie de le rattraper en courant.

— Comment sais-tu que Sacha est là ?

— Prends ton temps, je patiente dehors.

Sur la pointe des pieds, elle retourne dans sa chambre. Sacha fait mine de dormir encore. Elle se penche sur lui et lui chuchote à l'oreille :

— Je t'aime.

À la mémoire de Eva et Léon Elmalek

REMERCIEMENTS

Merci Pierre Elmalek. Papa, tu es ma plus grande source d'inspiration. Je ferai partie jusqu'à la fin de ma vie de ces femmes amoureuses de leur père ! Je puise tout chez toi. Je suis celle que je suis grâce à toi. Je signe pour quarante années d'Œdipe supplémentaires !

Merci Annick Elmalek. Maman, merci d'être un tel exemple, tu es la gardienne d'une vraie famille, je te regarde faire depuis toujours et je ne perds pas espoir, un jour, de savoir en faire autant.

Écrire un roman, un premier en particulier, n'est pas une mince affaire à tous points de vue. Il aura fallu de l'endurance, de la persévérance et encore et toujours plus de travail ! L'entourage, les appuis, les aides ont été indispensables au bon déroulement de ce projet qui me tient tant à cœur.

Merci Sophie Lellouche. So, tu m'as prise en main, sans aucune restriction tu m'as appris une méthode, tu m'as mise sur les rails avec ta douceur et ta générosité que beaucoup devraient copier. Je me suis lancée grâce à toi.

Merci Fabienne Gauthier. Comment résumer ? Tu es ma première lectrice, tu as corrigé mes premiers mots avec une objectivité et un professionnalisme hors du commun que tu as su dissocier de notre amitié si précieuse ! Prête pour le deuxième ?

Les amis sont chers à mon cœur, sans eux la vie serait bien terne.

Aude, parlons-nous encore d'amitié depuis quarante longues années ? Je ne saurais plus faire sans toi. Je sais qu'elle nous regarde de là-haut et que, plus d'une fois, elle rit avec nous !

Merci à mes plus proches pour leur soutien, leur amour, leurs encouragements et surtout leur confiance en moi, quoi que je fasse. Vous êtes là, comme je suis chanceuse !

Merci Lilly, Laurent, Filou, Jess, Nannelle, Stefou, Alex.

Merci à Jacqueline Frydman. Ta bienveillance est devenue un repère, merci de tant d'encouragements au quotidien.

Merci Françoise Fortin, tu es la gardienne de tous mes manuscrits, ton écoute et ta confiance sont si précieux !

Eva et Léon Elmalek, mes grands-parents adorés, il ne se passe pas un seul jour sans que je pense à vous. Comme vous auriez été heureux de voir ce livre sortir.

Je termine avec Toi, merci Patrick Klugman. Notre rencontre, notre histoire ressemble à un roman. La « vraie vie » avec toi est encore plus merveilleuse et chaque jour est une surprise ! Un vrai film de Lelouch ! Ta manière de croire en mes rêves, d'en faire des projets qui aboutissent, est certainement la plus grande preuve d'amour qu'on m'ait jamais donnée. Et ce n'est que le début !

Cet ouvrage a été composé
par Facompo
à Lisieux (Calvados)

Impression réalisée par

PRÉSENCE GRAPHIQUE
à Monts (Indre-et-Loire)

en août 2020 pour le compte des éditions Écriture,
département éditorial
de la SAS Écriture-Communication

IMPRIM'VERT
Votre imprimeur agit pour l'environnement

PEFC
10-31-2677
Certifié PEFC
Ce produit est issu de forêts gérées durablement et de sources contrôlées.
pefc-france.org

Imprimé en France
N° d'impression : 092066847
Dépôt légal : octobre 2020